佚名编

唐詩鼓吹

（一）

中國書店

詳校官助教臣常循

臣紀昀覆勘

欽定四庫全書　　集部八

唐詩鼓吹　　總集類

提要

臣等謹案唐詩鼓吹十卷不著編輯者名氏據趙孟頫序稱為金元好問所編其門人中書左丞郝天挺所註

國朝常熟陸貽典題詞則據金史隱逸傳謂天挺乃好問之師非其門人又早衰厭科舉不

復充賦亦非中書左丞頗以為疑案王士禎池北偶談曰金元間有兩郝天挺一為元遺山之師一為遺山弟子考元史郝經傳云其先潞州人徙澤州之陵川祖天挺字晉卿元裕之嘗從之學裕之謂經曰汝貌類祖才器非常者是也其一字繼先出於朶魯多羅別族父和上拔都魯元太宗世多著武功天挺英爽剛直有志畧受業於遺山元好問累官

河南行省平章事追封冀國公謚文定為皇慶名臣嘗修雲南實録五卷又註唐詩鼓吹集十卷近常熟刻鼓吹集乃以為隱逸傳之晉卿而致疑於趙文敏之序稱尚書左丞又於尚書左丞上妄加金字誤甚云云然則貽典等所考知其一而不知其二矣是集所録皆唐人七言律詩凡九十六家共五百九十六首作者各題其名惟柳宗元杜牧題其字

未喻何故第四卷中宋邕詩十一首天挺註以為實出曹唐集中題宋邕當必有據然第八卷中胡宿詩二十三首今並見文恭集中實為宋詩誤入則亦不免小有踈舛顧其書與方回瀛奎律髓同出元初而去取謹嚴軌轍歸一大抵遒健宏敞無宋末江湖四靈瑣碎寒儉之習實出方書之上天挺之註雖頗簡畧而但釋出典尚不涉於穿鑿亦不似明廖

文炳等所解橫生枝節庸而至於妄也據都卬三餘贅筆此書至大戊申江浙儒司刊本舊有姚燧武一昌二序此本佚之又載燧序謂宋高宗纂唐宋軼事為幽閒鼓吹故好問本之案三都二京五經鼓吹其語見於世說好問立名當由於此燧所解不免附會其文也乾隆四十九年二月恭校上

總纂官臣紀昀臣陸錫熊臣孫士毅

提要

總校官臣陸費墀

唐詩鼓吹註序

鼓吹者何軍樂也選唐詩而以是名之者何譬之於樂其猶鼓吹乎遺山之意則深矣中書左丞郝公當遺山先生無恙時嘗學於其門其親得於指授者蓋不止於詩而已公以經濟之才坐廟堂以韋布之學研文字出其博洽之餘探隱發奥人為之傳句為之釋或意在言外或事出異書公悉取而附見之使誦其詩者知其人識其事物者達其義覽其辭者見其指歸然後唐人之

精神情性始無所隱遁焉嗟夫唐人之於詩美矣非遺山不能盡去取之工遺山之意深矣非公不能發比興之藴世之學詩者於是而紬之繹之厭之飫之則其為詩將見隱如宫商鏘如金石進而為詩中之韶濩此政公惠後學之心而亦遺山褭集是編之初意也耶公命為序不敢辭謹序其大略如此至大元年九月十二日吴興趙孟頫序

唐詩鼓吹卷一

元 郝天挺 註

柳子厚 諱宗元河東人貞元九年進士授校書郎累遷監察御史裏行擢禮部員外郎後貶邵州刺史又徙柳州卒於官有集今行於世

登柳州城樓寄漳汀封連四州 永貞元年子厚與韓泰韓曅劉禹錫陳諫淩準程异韋執誼皆以附王叔文貶號八司馬準執誼皆卒貶所程异先召用元和十年子厚等五人例召至京師又皆出為刺史子厚柳州泰漳州曅汀州諫封州禹錫連州

城上高樓接大荒左思吳都賦云出乎大荒之中行乎東極之外爾雅曰大荒海外彌廣無所不海天愁思正茫茫柳州近海故曰海天驚風亂颭芙蓉水颭職連切密雨斜侵薜荔墻離騷云貫薜荔之落蘂○注云薜荔香草緣木而生嶺樹重遮千里目江流曲似九迴腸司馬遷云是以腸一日而九迴共來百越文身地史記楚大敗越殺王無疆越以此散諸侯子爭立或為君或為王故為百越猶自音書滯一鄉

衡陽與夢得分路贈别子厚浮舟適柳州夢得登陸赴連州

十年顦顇到秦京即赴召長安時也誰料翻為嶺外行伏波故

道風烟在後漢馬援拜伏波將軍南討交趾道出衡陽至今廟存焉○時子厚與禹錫同出衡陽有伏波神祠云一以功名累翻思馬少游蒙蒙篁竹下有路出壺頭是也翁仲遺墟草樹平魏明帝鑄銅人二名曰翁仲○水經注云鄗南千秋亭壇廟東梚道兩石翁仲南北相對此墓前石人也直以慵疎招物議休將文字占時名今朝不用臨河別垂淚千行便濯纓漢李陵別蘇武詩曰嘉會難再遇三載為千秋臨河濯長纓念別悵悠悠

柳州寄丈人周韶州

越絕孤城千萬峯越絕書云何謂越絕越者國之姓氏也絕者絕也勾踐抑强扶弱絕惡反之於善也空齋不語坐高春淮南子曰日至於悲谷是謂晡時回于女紀是謂大還經於泉

隅是謂高春頓于連山是謂下春○注尚未冥上蒙先春曰高春連山西北山名言將欲冥下蒙悉春故曰下春○連音爛

印文生綠經旬合硯匣留塵盡日封梅嶺寒烟藏翡翠翡翠鳥名桂江秋水露鰅鱅上魚容切下音庸魚皮有文者出樂浪○張衡南都賦云水蟲則有鱏音尋鱣鰅鱅黿鼉蛟蠵文人本自忘機事莊子云漢陰丈人曰有機械者必有機事有機事者必有機心為想年來顲頷容楚詞漁父篇云形容顲頷蓋問之之辭也顲頷容自謂也

得盧衡州書因以詩寄

臨蒸且莫歎炎方衡州有臨蒸縣為報秋來雁幾行林邑東迴

山似戟（林邑漢象林郡馬援鑄銅柱於此也）牂牁南下水如湯（楚遣莊蹻伐夜郎至目蘭椓船於岸而步戰既滅夜郎以目蘭有椓船處故名為牂牁史記牂牁江出番禺城下牂牁音臧柯繫船杙也其義取此）蒹葭淅瀝含秋雨（毛詩蒹葭蒼蒼白露為霜）橘柚玲瓏透夕陽非是白蘋洲畔客（南史柳惲為吳興太守為江南曲云汀洲采白蘋日落江南春）還將遠意問瀟湘（問盧衡州也）

嶺南郊行

瘴江南去入雲烟望盡黃茆是海邊（元和志廉州春謂青草瘴秋謂黃茆瘴中多死者）山腹雨晴添象跡（嶺外代答象州郡治西樓正面西山雨晴山腹忽起白雲

(狀如白象經時不滅)潭心日暖長蛟涎(蛟於江中吐涎人浮為涎所制不得出遂沒死)射工巧伺遊人影(博物志江南有射工蟲長二三寸有弩形氣射人不治則殺人即短蜮也)颶母偏驚旅客船(颶音具○嶺表志云南海秋夏間有暈如虹者謂之颶母影必有颶風○南越志熙安多颶風颶者具四方之風也常以五月六月發未至時雞犬先為之不寧)從此憂來非一事豈容華髮待流年

柳州峒氓

郡城南下接通津異服殊音不可親青箬裹鹽歸峒客綠荷包飯趁墟人(青箱記錄云嶺南村市滿時少虛時多故以市為墟)鵝毛禦臘

縫山罽音寄○邕管溪峒不產絲纊民多以木綿莭花鵞毛為被士人家家養鵞三月至十月摯取軟毛積以禦寒雞骨占年拜水神前漢郊祀志漢武帝元封二年初令越巫祀上帝百神而用雞卜注云持雞卜如鼠卜也卜歲之豐凶云愁向公庭問重譯書傳周成王時越裳氏重譯而來朝曰久矣天無烈風淫雨意中國有聖人乎欲投章甫作文身章甫士冠商之冠曰章甫其制與周之委貌夏之母追俱以漆布為之莊子曰宋人資章甫而適越越人斷髮文身無所用之也

別舍弟宗一

零落殘魂倍黯然魏文帝與吳質書數年之間零落畧盡言之傷心○江淹別賦黯然消魂者別而已矣雙垂別淚越江邊一身去國六千里萬死投荒

十二年漢馬援傳朱勃上書曰切見伏波將軍拔自西州欽慕聖義間關阻難觸冒萬死孤立羣貴之間傍無一言之助馳深淵入虎口豈顧計哉○投荒者謂投竄于荒服外也桂嶺瘴來雲似墨洞庭春盡水如天季春巴蜀雪消洞庭漲溢欲知此後相思夢長在荆門郢樹烟荆門郢樹謂宗一將遊之處也

再授連州至衡陽酬贈别夢得南本柳文作夢得詩○夢得至衡陽詩贈子厚故酬此贈别

去國十年同赴召謂與夢得六司馬同赴長安時湘江千里又分岐重臨事異黄丞相漢黄霸為頴州守徵為京兆尹坐發民治馳道乏軍興有詔歸頴川守後為丞

相夢得初貶連州令再出刺連州故曰重臨事異也三黜名慚柳士師柳下惠為士師三黜曰直道而事人焉往而不三黜歸目併隨回雁盡衡陽有回雁峯愁腸政遇斷猿時桂江東過連山下桂江即灕水在柳州城外連山即連州也相望長吟有所思嵇康贈兄詩心之憂矣永嘯長吟

楊尚書寄郴筆知是小生本樣令更商搉使盡其功輒獻長句尚書即楊於陵也

截玉銛錐作妙形銛思廉切利也○以竹作管故云截玉白樂天詩云筴目穿如札毫鋒利似錐貯雲含霧到南濱書法苑云王逸少裁成之妙烟霏霧結斷而復連鳳翥龍盤斜而復

正○鄭虔草書如風送雲收霞催月上○今言貯雲含霧言筆未經用也柳州近海故曰南溟

尚書舊用裁天詔

漢制以尚書作詔文

內史親將寫道經

晉王羲之爲會稽內史爲山陰道士寫道德經籠白鵞而歸

曲藝豈能裨損益

禮記曲藝皆誓之注曲藝爲小技藝也誓謹習之也

微辭秪欲播芳馨

文選登徒子好色賦云宋玉爲人體貌閑麗口多微辭注云微妙之辭也

桂陽卿月光輝遍

郴州即古桂陽郡也○書洪範王省惟歲卿士惟月注卿士各有所掌如月之有別

毫末應傳顧兔靈

楚詞曰夜光何德死而又育厥利維何顧兔在腹注謂顧兔望也今筆用兔毫故能傳其靈也

同劉二十八哭呂衡州兼寄江陵李元二侍郎

呂溫渭之子也與宗元禹錫善以妄言李吉甫憲宗怒貶道州刺史徙衡州治有善狀

衡嶽新摧天柱峯衡嶽五峯其一曰天柱此喻呂溫也士林顦顇泣相逢

秖令文字傳青簡古人書于竹簡故曰青簡不使功名上景鐘國語晉悼公曰晉克路之役秦來圖敗晉功魏顆却退秦軍於輔氏親止杜回其勳銘于景鐘韋昭注景公之鍾也

三畝空留懸罄室春秋齊侯曰室如懸罄野無青草九原猶記若堂封禮檀弓趙文子與叔譽觀于九原文子曰死者如可作也吾誰與歸注云晉大夫之墓也○又云吾見封之若堂者矣注築土為四方隴而高也

遥想荆州人物論幾回中夜惜元龍魏志陳登字元龍劉備在荆州論天下人物許汜曰陳元龍湖海之士豪氣不除備曰元龍文武膽志當求之于古

人中耳陳登卒年三十九○溫卒
時年四十故以元龍比之云耳

劉禹錫 字夢得中山人貞元九年進士時王叔文得
幸與之交及叔文敗斥朗州司馬後徙和州
刺史裴度薦為翰林學士遷太子賓客會
昌間檢校禮部尚書卒有集今傳於世

西塞山懷古

王濬樓船下益州 晉王濬為益州刺史大造舟船伐吳
○漢武帝鑿昆明池以習水戰作樓
船上建樓櫓故名樓 **金陵王氣黯然收** 楚威王以其地
船楊僕為樓船將軍 有王氣埋金鎮
之故名金陵○晉書秦時望氣者云五百年後金陵有
天子氣始皇東巡以厭之改其地為秣陵塹北山以絕
其王 晉書吳人以鐵鎖橫絕江面王
氣 **千尋鐵鎖沈江底** 濬作火栰火炬遇鎖輒溶液船

無所礙一片降幡出石頭王濬軍次建業吳主孫皓出降人世幾回傷往事山形依舊枕寒流今逢四海為家日漢書天子以四海為家故所居曰行在所故壘蕭蕭蘆荻秋

漢壽城春望

漢壽城邊野草春荒祠古墓對荊榛古荊州治亭下有子胥廟楚王故墳田中牧豎燒芻狗莊子天運篇夫芻狗之未陳也盛之以筐衍巾之以文繡尸祝齋戒以將之及已陳也行者踐其首脊蘇者取而爨之矣陌上行人看石麟西京雜記云五柞宮西梧桐樹下有石麒麟二枚各刊其文是始皇驪山墓上之物也華表半空驚霹靂驚一作經

華表墓前雙柱也○神仙傳丁令威化白鶴集于遼東城門華表柱上碑文纔見滿埃塵

不知何日東瀛變顏魯公麻姑壇記云麻姑自言接待以來見東海三為桑田向聞蓬萊水淺于往者此地還成要路津古詩先據要路津

荊門道懷古

南國山川舊帝畿西有夷陵楚之故都邑也宋臺梁館尚依稀宋武帝曾為荊州都督梁元帝龍興於此馬嘶古樹行人歇麥秀空城野雉飛野一作澤○箕子朝周過殷墟乃作麥秀之詩云麥秀漸漸兮禾黍油油○枚乘七發云麥秀漸兮雉朝飛○莊子澤雉十步一啄百步一飲風吹落葉填宮井火入荒陵化寶衣王者葬以

珠襦玉匣故曰寶衣

徒使詞臣庾開府咸陽終日苦思歸

梁庾信因侯景臺城亂奔江陵元帝承制除為御史中丞聘西魏屬大軍南討留長安累遷開府儀同三司後南北通好流寓之人各許還國惟信與王褒惜而不遣信常有鄉關之思乃作哀江南賦有云霸陵夜獵猶是舊時將軍咸陽布衣非獨思歸王子

早春對雲奉寄澧州元郎中

新賜魚書墨未乾

漢楊綰傳舊制刺史被代若別遣皆降魚書乃得去

賢人暫屈遠人安朝驅旌旆行時令

漢書刺史四時行部王尊為益州刺史行部至邛郲九折坂問吏曰此非王陽所畏道耶吏曰是尊叱其馭曰驅之王陽為孝子王尊為忠臣也○續漢書太守常以春

月行縣勸民農桑振救乏絶夜見星辰憶舊官漢書郎官上應列宿○晉書天文志昭昭可知者經星常宿一百一十八名積數七百八十三皆有州國官名物類之象故云梅蘂覆階鈴閣暖晉羊祜在襄陽常輕裘緩帶身不被甲鈴閣之下常不過數人侍衛雪花當户戟枝寒隋書柳彧傳侍制三品已上門皆列戟又呂布為劉備解圍射中轅門戟枝遂免寧知楚客思公子北望長吟澧有蘭屈原離騷九歌湘君沅有芷兮澧有蘭思公子兮未敢言

注澧水名也公子比元郎中

松滋渡望峽中

渡頭輕雨灑寒梅雲際溶溶雪水來江源在蜀雪山之下出焉夢渚

草長迷楚望楚有七澤雲夢最大○史記江陵故郢西通巴蜀有雲夢之饒○傳曰江漢沮漳楚之望也夷陵土黑有秦灰楚頃襄王二十一年秦白起拔郢燒夷陵遂東至竟陵王亡去郢東從陳秦以郢為南郡巴人淚應猿聲落梁簡文帝古樂府云巴東三峽巫峽長猿鳴三聲淚霑裳蜀客船從鳥道回南中八志云交趾郡治龍編縣自古興鳥道四百里以其險絕獸猶無蹊人所莫由特上有飛鳥道耳○太白蜀道難云西當太白有鳥道是也十二碧峯何處所即巫山也永安宮外有荒臺即古夔子國蜀先主改為永安巫山縣西北二百五十步有陽臺今云臺荒者譏楚王淫放也○杜詩懷古云江山故宅空文藻雲雨荒臺豈夢思

送張源中丞充新羅册立使

相門才子稱華簪魏書植傳相門有相夫相者文德昭也文德昭則可以正國朝致雍熙稷契夔龍是也○史記高陽氏有才子八人世得其利謂之八愷高辛氏有才子八人世謂之八元此十六族者世濟其美不殞其名舜舉而用之○陶淵明詩此事直須樂聊用忘華簪持節東行捧德音漢蘇武持節牧羝羊於海上面帶霜威辭鳳闕口傳天○前漢書終德音下明詔語到雞林後漢劉陶訟朱穆曰手握王爵口含天憲○雞林即新羅地名烟開鼇背千尋碧日落鯨波萬頃金想見扶桑受恩後山海經云黑齒之北曰暘谷有大樹九日居下枝一日居上枝皆戴金烏郭璞云扶桑也○十洲記扶桑在碧海中有樹長數千丈三千餘圍兩樹同根更相依倚故稱為扶桑也一時西拜盡傾心

洛中送楊處厚入關便遊蜀

洛陽秋日正凄凄毛詩秋日凄凄百卉具腓君去西秦更向西舊學三冬今轉富書説命王曰來汝説台小子舊學于甘盤既乃遯于荒野○前漢東方朔字曼倩上書曰臣年十三學書三冬文史足用曾傷六翮養初齊世説云林公好鶴翅長欲飛林公甚惜之乃鎩其翮鶴騫翥而不能起乃舒翼反首視之有懊惱意林公曰既有凌霄之姿何當為人作耳目近玩養令六翮成遂冲天而去○漢班固擬連珠曰臣聞鸞鳳養六翮以凌雲帝王乘英雄以濟民王城曉入窺丹鳳王城京兆也有丹鳳門今路由之故云蜀路晴來見碧雞南詔有金馬碧雞之山漢宣帝遣王襃入蜀祀焉左太冲蜀都賦曰金馬騁光而絶景碧雞儵忽而

耀儀早識卧龍應有分成都有武侯廟不妨從此躡丹梯杜詩云丹梯庶可陵

送周使君罷渝州歸郢中別墅

君思郢上吟歸去晉陶潛賦歸去來辭故自渝南擲郡章渝古巴子國○漢朱買臣為會稽太守衣故衣懷其印綬歸郡邸郡吏與同食見其印綬怪之前引其綬視其印乃會稽太守章也野戍岸邊留畫舸綠蘿陰下到山莊池荷雨後衣香起離騷製芰荷以為衣兮集芙蓉以為裳○杜詩寄嚴武云不妨遊子芰荷衣庭草春深綬帶長毛詩義疏曰鷊五色作綬文章故曰綬帶秪恐鳴騶催上道北山移文鳴騶入谷

鶴書赴隴○後漢郭祚傳曰祚遷尚書右僕射故事令僕中丞騶唱而入宮門至于馬道及為僕射以為非盡敬之宜言於世宗帝納之詔御在太極唱至止車門御在朝堂至司馬門騶唱不入宮自此始也不容

待得晚菘嘗齊周顒隱鍾山王儉謂曰卿山中何所食曰赤米白鹽綠葵紫蓼又問何者最佳曰

春初早韭秋末晚菘

送浙西李相公赴鎮

建節東行是舊遊歡聲喜氣滿吳州郡人重得黃丞相前漢黃霸為潁川太守徵守京兆尹坐乏軍興詔復歸頳川太守童子爭迎郭細侯後漢郭伋字細侯為并州牧行部到西河美稷童兒百餘各騎竹馬道次迎拜詔下初辭溫室樹

溫室長樂宫中殿名○前漢孔光嘗休日兄弟妻子燕語終不及朝省政事或問光溫室省中樹皆何木光嘿然不應更答以他語也

上以應夢中先到景陽樓齊書武帝宫内不聞端門鼓漏置鐘于景陽樓上以應五鼓

自憐不識平津閣公孫弘為丞相封平津侯開東閣以待四方之賢者

遥望旌旗汝水頭

送蘄州李郎中赴任

楚闗蘄水路非賒東望雲山日夕佳陶淵明詩云山氣日夕佳

薤葉照人呈夏簟淮南蘄州出笛林薤葉簟杜詩恩分夏簟氷

松花滿椀試新茶樓中飲興因明月晋庾亮月夜登南樓佐吏欲避亮曰諸君且住老子于此興復不淺○李

白陪宋中丞武昌夜飲云清景南樓夜風流在武昌庚公愛秋月乘興坐胡床龍笛吟寒水天河落曉霜我心還不淺懷古醉餘觴江上詩情為晚霞謝玄暉餘霞散成綺澄江淨如練李白歌殘霞飛丹映江水此地交親長引領早將玄髮到京華晉陸機詩云柔顏收紅藻玄髮吐素華

贈日本國僧智藏

浮杯萬里過滄濵高僧傳杯渡者不知其姓名嘗乘木杯渡河因以名焉宋文帝元嘉元年行至赤山湖而死徧禮名山適性靈深夜降龍潭水黑後趙佛圖澄能降龍致風雨新秋放鶴野田青放鶴事已見送處厚入關註〇晉永嘉郡記曰青田有雙

白鶴年年生子長大便去惟餘父母一雙在耳身無彼我那懷土論語小人懷土心會真如不讀經馬祖曰真如有變易豈不聞善知識者能迴三毒為三聚淨戒迴六賊為六神通迴煩惱作菩提迴無明作大智若真如無變易是外道矣為問中華學道者幾人雄猛得寧馨晉書王衍字夷甫神情明秀總角嘗造山濤濤曰何物老嫗生寧馨兒○寧馨吳語猶常言如是也

哭麗京兆

俊骨英才氣褎然褎余救切○前漢武帝建元元年舉賢良直言詔曰今子大夫褎然為舉首朕甚嘉之于是董仲舒上策注云褎然者盛服貌也策名飛步冠羣賢左傳策名委贄

○李陵與蘇武書策名清時貳乃辟也逢時已自致高位得疾還因倚少年天上別歸京兆府王隱晉書曰鎮南劉弘以王矩為廣州矩至長沙見一人著單衣持奏在岸上省奏云京兆杜靈之矩問君京兆人何時發來答云朝發矩怪問京兆去此數千那得早發今到杜答云僕天上京兆去此數萬何止數千乎人間空歎茂陵阡漢書原陟自以先人墳墓儉約非孝也乃大治冢舍初武帝時京兆曹氏葬茂陵民謂其道為京兆阡陟慕之乃買地開道立署曰南陵阡人不肯從秪謂之原氏阡今朝繐帳哭君處繐旋芮切疏布之帳也○杜詩云空餘金椀出無復繐帷輕前日見鋪歌舞筵

哭吕衡州時余方謫居

一夜霜風凋玉芝 晉謝玄傳譬如芝蘭玉樹欲使生于階庭耳○晉書庾亮死將葬何充會之歎曰埋玉樹于土

蒼生絕望士林悲 晉書謝安高卧東山諸人每相與言安石不起將如蒼生何○周庾信哀江南賦曰設重雲之講開士林之學

空懷濟世安人畧 晉成帝時廷尉孔坦疾篤庾冰省之流涕坦慨然曰大丈夫臨終不問以濟世安人之術乃為兒女子相對泣

不見男婚女嫁時 魏書管輅弟辰謂輅曰大將軍待君意厚冀當富貴乎輅歎曰我自知有分耳然天與我才名不與我壽恐四十七八間不見女嫁兒娶婦也

遺草一函歸太史 漢司馬相如病甚居茂陵天子曰相如病甚可往悉取其書使者至相如已死妻曰長卿未死時有一卷書曰有使者求書奏之乃遺札封禪事○詩意言呂溫雖歿所遺文章奏記皆付于太史氏傳不朽也

旅

墳三尺近要離 後漢梁鴻字伯鸞與妻孟光隱于吳依富人皋伯通廡下為人賃舂其妻具食舉案齊眉伯通異之舍之于家病困告主人曰我死慎勿令持我喪去及卒伯通葬于要離塚傍咸曰要離烈士伯鸞清高可相近也

朔方徙歲行將晚 毛詩城彼朔方○漢蔡邕以光和災異表忤宦者楊球曹節奏下洛陽獄劾以害大臣不敬棄市中常侍呂強愍邕無罪請之詔減死與家屬髡鉗徙朔方不得以赦令除○禹錫時亦謫居以己之文章比伯喈也

欲為君刊第二碑 蔡邕為郭林宗碑謂盧植曰吾為碑銘多矣皆有慚德惟郭有道碑無愧色耳○漢張平子有前後碑○又後魏鄭義卒其子道昭為光州刺史為其父磨崖石刻二碑焉

東嶽張鍊師

東嶽真人張鍊師高情雅淡世間稀堪為烈女書青簡秦漢書用竹簡故曰青簡久事元君住紫微京兆南山中有九天太一元君之湫金縷機中抛錦字晉竇滔妻蘇氏有織錦迴文詩玉清壇上著霓衣雲衢不用吹簫伴秪擬乘鸞獨自歸列仙傳簫史秦穆公時人善吹簫公主弄玉好之以妻焉遂教弄玉作鳳鳴似鳳聲鳳凰來止其屋為作鳳臺夫婦止其上數年皆隨鳳飛去

送李庚先輩赴選

一家何啻十朱輪前漢楊惲丞相敞子家隆盛乘朱輪者十人○詔令二千石長吏車朱兩轓畫輪諸父雙飛秉大鈞北史崔陵弟仲文陵為侍中仲文為銀青光祿大夫同日受拜

時云兩鳳連飛○賈誼鵬賦云大鈞播物坱圠無垠○詩小雅節南山云秉國之鈞曾脫素衣參

幕客卻為精舍讀書人後漢包咸傳曰咸往東海立精舍講授離筵洛水

侵杯色征路函關向晚塵今日山翁舊賓主晉山濤能作奏啓人謂之山公啓事知君不負帝城春

許渾字仲晦潤州丹陽人也太和六年登進士第為太平縣令後拜監察御史歷睦郢二州刺史有詩二卷行于世

凌歊臺在太平州當塗縣北黄山上宋高祖所築

宋祖凌歊樂未迴三千歌舞宿層臺宋武帝南遊嘗登此臺且建離宮焉

湘潭雲盡暮山出巴蜀雪消春水來行殿有基荒薺合寢園無主野棠開百年應作萬年計（文苑應作便）巖畔古碑空緑苔（李白凌歊臺詩云曠望登古臺臺高極人目欲覽碑上文苔侵豈堪讀）

途經驪山

聞説先皇醉碧桃日華浮動鬱金袍（杜詩石乳上雲氣杉清延日華○本草鬱金染衣最鮮明然不奈日炙染成亦有鬱金香氣也）風隨玉輦笙歌迴雲捲珠簾劒旆高鳳駕北歸山寂寂（謂肅宗去靈武）龍旗西幸水滔滔（謂玄宗幸蜀）貴妃歿後巡遊少瓦落宮牆見野蒿

咸陽城西門晚眺

一上高城萬里愁蒹葭楊柳似汀洲溪雲初起日沈閣

山雨欲來風滿樓鳥下緑蕪秦苑夕蟬鳴黄葉漢宫秋

行人莫問前朝事渭水寒聲晝夜流

送蕭處士歸緱山別業

醉斜烏帽髪如絲曾看仙人一局棋述異志晉樵者王質伐木入信都郡石室山見二童子棋與質一物如棗核食之而觀童子謂質曰汝斧柯爛矣質歸鄉里無復時人賔館

有魚為客久史記馮驩在孟嘗君門下彈鋏歌曰長鋏歸來乎食無魚鄉書無雁到

家遲此用蘇武事○杜工部酬韋韶州云雖無南過雁看取北來魚緱山住近吹笙廟列仙傳周靈王太子晉好吹笙作鳳鳴遊伊洛之間道者浮丘公接以上嵩山湘水行逢鼓瑟祠離騷遠遊使湘靈鼓瑟兮令海若舞○杜工部酬高蜀州云鼓瑟至今悲帝子注云堯之女妻舜故曰帝子今夜月明何處宿九疑雲盡碧參差九疑蒼梧山名○梁簡文詩九疑勢參差江天相蔽虧

金陵懷古

玉樹歌殘王氣終陳後主遊宴與狎客江總陳暄等及諸妃嬪女學士共賦詩采其艷麗者被以新聲有玉樹後庭花臨春樂等曲○王去聲已見前注景陽兵合戍樓空景陽宮中

樓名也松楸遠近千官家禾黍高低六代宮黍離閔宗周也周大夫行役過故宗廟宮室盡為禾黍閔宗周之顛覆故作是詩○金陵六朝記云吳東晉宋齊梁陳謂之六代石燕拂雲晴亦雨湘中記零陵有石燕得風雨則飛翔風雨止還為石江豚吹浪夜還風緣江居民以江豚出沒為風候英雄一去豪華盡人物志草之精秀者為英獸之將羣者為雄張良為英韓信為雄梁庾信詩金穴盛豪華唯有青山似洛中建康山川與洛陽相似李白詩云山似洛陽多

京中閒居寄兩都親友

吳門烟月昔同遊姑蘇八門吳王所立因謂吳門楓葉蘆花並客舟並蒲

浪切聚散有期雲北去浮沈無計水東流一罇酒盡青山暮千里書迴碧樹秋文選曹植詩云涼風蕭芳氣碧樹先秋落何處相思不相見鳳城宫闕楚江樓

郊園秋日寄洛中故人

楚水西來天際流感時傷别思悠悠一罇酒盡青山暮千里書迴碧樹秋見前注日落遠波驚宿雁風吹輕浪起眠鷗嵩陽親友誰相念潘岳閒居欲白頭晉潘岳字安仁有閒居賦

卧病

寒牕燈盡月斜暉珮馬朝天欲掩扉珮馬搢紳所乘之馬杜詩汝陽三斗始朝天清露已彫秦甸柳白雲應長越山薇病中送客難為別夢裏還家不當歸惟有寄書書未得臥聞燕雁向南飛

登洛陽故城

禾黍離離半野蒿國風黍離已見前注昔人城此豈知勞水聲東去市朝變詩云高岸為谷深谷為陵山勢北來宮殿高鴉噪暮雲歸古堞雁迷寒雨下空壕可憐緱嶺登仙子猶自吹笙醉

碧桃已見送蕭處士歸緱山别業注

傷虞將軍

自昔從軍未有名近將孤劒到江城巴童戍久能蕃語胡馬調多解漢行對月夜窮黄石畧漢黄石公有三畧望雲秋計黑山程黑山北方山名也可憐身死家猶遠汴水東流無哭聲

竹林寺與德玄别

騷人吟罷起鄉愁楚屈原作離騷故曰騷人暗覺年光似水流花滿

楚城傷遠別蟬鳴蕭寺喜同遊梁武帝姓蕭好佛創寺命蕭子雲飛白大書一蕭字唐李約見之破產買歸建一小室玩之號為蕭齋前山日落松杉晚深夜風清枕簟秋明日分襟又何處江南江北路悠悠晉趙景真與嵇生書云悠悠三千路難陟矣

嘗與故宋補闕秋夕游練湖南亭今復登賞愴然有感

西風渺渺月連天同醉蘭舟未十年任昉述異記曰木蘭川在潯陽江中多木蘭樹昔吳王闔廬樹之用構宮殿魯般因刻為舟詩家所用正出此鵩鳥賦成人已殁

前漢賈誼謫居長沙有鵩鳥入誼舍中誼忌之乃為賦以自廣云嘉魚詩在世空傳詩小雅南有嘉魚樂有賢也榮枯盡寄浮雲外哀樂猶驚逝水前杜詩會合苦不及哀樂本相纏○論語逝者如斯夫○杜詩黄衫年少來宜數不見堂前東逝波日暮長堤更回首一聲鄰笛舊山川晉書向秀鄰人有吹笛者發聲寥亮追昔嵇生舊遊之好感音而歎作思舊賦云

登尉陀樓

劉項持兵鹿未窮漢蒯通曰秦失其鹿天下共逐之自乘黄屋島夷中書禹貢島夷卉服南來作尉任囂力北向稱臣陸賈功尉陀姓趙真定

人秦時為龍川令南海尉任囂病且死召陀曰今豪傑叛秦相立南海地方數千里此亦一州之主也即授陀書行南海尉事囂死自立為南粤武王高后時僭號南越武帝乘黄屋左纛稱制文帝遣太中大夫陸賈賜陀復南粤王號遂稱臣去其黄屋左纛

簫鼓尚陳今世廟旌旗猶鎮昔時宫

越人未必知虞舜一奏薰絃萬古風舜彈五絃之琴以歌南風歌曰南風之薰兮可以解吾民之慍兮南風之時兮可以阜吾民之財兮詩意南粤人惟知祀尉陀豈知虞舜之德澤及於萬世乎

題崔處士山莊

坐窮今古掩書堂考經史也二頃湖田一半荒荆樹有花兄

弟樂續齊諧記京兆人田真兄弟三人共分財各居堂前有紫荆花一夕枯真見之驚曰本同株當分析便憔悴況人兄弟乎兄弟相感而更同居橘林無實子孫忙李衡為丹陽太守於武陵龍陽洲上作宅種橘千頭臨死勅兒曰吾有千頭木奴不責汝衣食歲一疋亦足用矣龍歸曉洞雲猶濕周易雲從龍風從虎麝過春山草自香向夜欲歸心萬里故園松月更蒼蒼

凌歊臺送韋秀才

雲起高臺日未沈數村殘照半山陰野蠶成繭桑柘盡溪鳥引雛蒲稗深謝靈運湖中詩蒲稗相因依帆勢依依投極浦鐘

聲杳杳隔前林故鄉迢遞故人去一夜月明千里心宋謝莊月賦云美人邁兮信音絕隔千里兮共明月

送南院盧判官罷職歸華陰山居

曾事劉琨雁塞空晉惠帝光熙元年十月太傅越表劉琨為并州刺史并州有雁門近胡故曰雁塞十年書劒任飄蓬曹子建云轉蓬離本根飄颻隨長風東堂舊屈移山志後秦姚興聽政之暇引姜龕等於東堂講論道藝○唐李元紘為雍州司戶參軍時太平公主勢振天下有司望風順旨與民爭碾磑元紘判還之民長史竇懷貞趨改之元紘大署判後曰南山可移判不可搖遂改作好時令南國新留煑海功左傳成十六年南國蹙射其元王中厥目○前漢鼂錯傳

曰吳王即山鑄錢煮海為鹽還掛一帆青草上比范蠡○青草湖名更開三逕碧蓮中比蔣詡華嶽世謂之蓮華峯關西親友如相問已許滄浪作釣翁孟子滄浪之水清兮可以濯我纓

題四皓廟

四皓謂東園公綺里季夏黃公甪里先生

桂香松暖廟門開獨瀉椒漿奠一杯離騷云奠桂酒兮椒漿秦法未興鴻已去商鞅變秦法○楊子法言鴻飛冥冥弋者何慕焉漢儲將廢鳳還來高祖將易太子呂后用留侯計召四皓至高祖顧謂戚夫人曰羽翼成矣太子位遂定太子即惠帝也紫芝翳翳多青草四皓歌曰漠漠高山深谷逶迤煜煜紫芝可以療飢唐虞世遠吾將安歸

駟馬高蓋其憂甚大富貴之畏人兮曾不如貧賤之肆志**白石蒼蒼半綠苔**毛詩揚之水曰白石鑿鑿素衣朱襮**山下驛塵南竄路不知冠蓋幾人迴**唐都京兆流人逐客南行路出商山之下故云○兩都賦冠蓋如雲

淮陰阻風寄呈楚州韋中丞

楚州今淮安路也

垂釣荆江欲白頭江魚堪釣却西遊劉伶臺下稻花晚淮安志劉伶臺在淮安路山陽縣東北七里臨淮河其南有杜康橋**韓信廟前楓葉秋**淮安志韓王莊在淮陰縣東北與廟相連西接八里莊韓信實生於此**淮月未明先倚檻海雲初起更維舟**海雲起必有大風○詩汎汎揚舟紼纚維之○風惡故繫舟而待也**河橋**

有酒無人醉獨上高城望庾樓梁蕭子暉遊春云上林看草色河橋望日暉○庾樓在江州治後庾亮領江州刺史故名○望庾樓言望中丞也

祇命南海至廬陵逢表兄軍倅奉使淮海別後却寄

盧橘花香拂釣磯上林賦盧橘夏熟即枇杷也○唐庚子西李氏山園記枇杷盧橘一也佳人猶舞越羅衣李賀云越羅衫袂迎春風三州水淺魚來少三州丹徒丹陽金壇也五嶺山高雁到稀五嶺大庾始安臨賀桂陽揭陽○詩意謂魚雁絕處無音書可達也客路晚依紅樹宿鄉關晴望白雲歸唐狄梁公登太山反顧見

白雲孤飛曰吾親舍其下瞻悵久之許渾居京口故云交親不念征南史時渾祇命南海故云一夜風帆去似飛

送王總下第歸丹陽

秦橋心斷楚江湄長安東有灞陵橋繫馬秋風酒一卮汴水月明東下疾自秦歸吳路出汴河練塘花發北來遲青蕪定沒安貧處論語不患貧而患不安黃葉應催獻賦詩漢司馬相如蜀人嘗為子虛賦楊得意侍武帝誦之帝喜曰朕獨不得與此人同時得意曰臣里人司馬相如所為帝驚召問相如曰然此特諸侯之事不足觀請為天子遊獵之賦獻之時楊子雲亦獻羽獵長楊等賦憑寄家書問迴報舊

居還有故人知渾居丹陽故憑寄書待八月赴舉時問迴報也

懷舊居

兵書一篋老無功故國荆扉在夢中文選沈休文詩云槿籬踈復密荆扉新且故藤蔓覆梨張谷暗洛陽北邙張公夏梨海内惟一樹○潘岳賦云張公大谷之梨草芃侵菊庾園空芃音蓬○南史庾詵字彦寶新野人愛林泉十畝之宅山地居其半也朱門迹忝登龍客後漢李膺字元禮名高少所交接故士被其容接者名為登龍門白屋心期失馬翁劉向説苑周公旦白屋之士所下者七十人天下之士皆至○淮南子塞上人其馬亡入胡人弔之父曰此何詎不為福數月其馬將胡駿馬而歸人賀之父曰此何詎不為禍家富馬良其

子好騎墮而折髀人皆弔之又曰此何詎不爲福居一年邊師大出丁壯者皆控弦而戰塞上之人死者十八九此子獨以跛放故父子得相保

楚水吳山何處是北牕殘月照屏風

與韓鄭二秀才同舟東下洛中親朋送至景雲亭下

三十六峯同一川河南嵩山三十六峯綠陂無路草芊芊牛羊晚食鋪平地鵝鸛晴飛磨遠天洛客盡迴臨水寺楚人皆處下江船東西未有相逢日更逐繁華共醉眠

秋日候扇唐百官志尚輦局大朝會大祭祀皆扇一百五十六既事而藏之常朝則

去扇左右留者止三扇耳○扇以障塵秋日早朝候扇出則君視朝也

宵衣應待絕更籌前漢文帝未明求衣○唐書太宗曰朕不敢荒怠宵衣旰食環珮珊珊月下樓杜詩時聞雜珮聲珊珊井轉轆轤千樹曉門開閶闔萬山秋天子門曰閶闔唐玄宗每遊幸從閶闔門出龍旗盡引趨金殿雉扇纔分拜玉旒崔豹古今注曰殷高宗以雉雊之徵服章多用翟故有雉尾扇○禮記天子玉藻十有二旒虛戴鐵冠無事日御史法冠一名柱後一名獬鹿以鐵為柱言其審固而不撓也滄江歸去老漁舟

灞上逢元九處士東歸

瘦馬頻嘶灞水寒灞南高處望長安王粲詩南登灞陵岸回首望長安

何人更結王生韈前漢王生處士善黃老學時張釋之為廷尉公卿會廷中王生曰吾韈解顧謂釋之為我結韈釋之跪而結之人或讓王生曰廷尉名臣故以此重之耳此客空彈貢禹冠前漢王陽與貢禹為友世稱王陽在位貢禹彈冠言其趨舍同也

江上蟹螯沙渺渺塢中蝸殼雲漫漫舊交已盡新知少却伴漁郎把釣竿詩意言丈夫不遇于世不如伴漁人適意江湖食魚蟹而已

經故丁補闕山居

死酬知己道終全波暖孤冰且自堅詩意謂補闕忠直之節不隨俗俯仰

終身無變者也鵩上承塵繞幾日西京雜記賈誼為長沙王傳一日鵩集其承塵而鳴鶴歸華表已千年續搜神記遼東城門華表柱有一白鶴集其上言曰有鳥有鳥丁令威去家千歲今來歸城郭如故人民非何不學仙冢纍纍遂冲天而去風吹蘩蔓迷樵徑水暗蘆花失釣船四尺孤墳何處是闔閭城外草連天吳王名闔閭

題衛將軍廟 并序

將軍名逖陽羨人少習詩書學劍二十七遊并汾間神堯皇帝始建義旗逖以勇藝進備行列洎擒竇建德逖時挾鎗劍前突後翼太宗顧而奇之天下既定錄其功拜將軍宿衛

以母老且病乞歸侍殘年辭官哀激詔許之既而以孝敬睦閨門以然諾居鄉里及卒邑人懷其賢廟於荆溪之湣以平生弓甲懸東西廡下歲時祠祭頗福其土焉文士王敎撰碑辭實詳備而國史闕書其人因題其詩於廟壁○高祖謚神堯

武牢關下護龍旗周穆王豢虎於此故名虎牢避唐高祖父諱改武牢挾槊彎弧馬上飛前漢李廣號飛將軍漢業未興王霸在漢光武為大司馬王霸為功曹令也王郎反光武渡滹沱河候吏還曰無船不可渡光武令霸視之霸詭曰氷堅可渡光武喜曰候吏果妄語也渡未畢數騎而水解光武謂霸曰吾衆得免卿之力也因謂其屬曰王霸以權濟事殆天瑞也秦兵解散魯連歸史記魯連齊人也好高節不肯仕遊於趙時秦圍趙魏使新垣衍相趙欲趙帝秦魯連見

衍言帝秦之害遂却桓衍秦聞之却軍五十里趙平原君以千金為魯連壽魯連笑曰所貴天下士者為人排患釋難而無取也遂辭平原君而去墳穿大澤埋金劍廟枕長流掛鐵衣古木蘭詞曰朔氣傳金柝寒光照鐵衣欲奠忠魂何處問葦花楓葉雨霏霏

村舍

自翦青簑織雨衣村南烟火是柴扉糟妻早報蒸梨熟漢光武妹湖陽公主新寡帝謂宋弘曰貴易交富易妻人情乎弘曰臣聞貧賤之交不可忘糟糠之妻不下堂帝謂主曰事不諧矣家語曾子之妻以蒸梨不熟因出之童子遙迎種荳歸漢楊惲書曰種

一頃荳落而為其魚下碧潭當鏡躍鳥還青嶂拂屏飛花時未免人來往欲買嚴光舊釣磯漢嚴光字子陵少與光武同遊學及光武即位乃隱而不見帝思其賢令以物色訪之後齊國上言有一男子披羊裘釣澤中帝乃備安車玄纁聘之

李宣自殿院銜命歸闕拜外郎

白筆南征變二毛魏明帝燕羣臣問辛毗簪白筆者何官毗曰此謂御史簪筆以奏不法也○離騷濟沅江以南征○左傳宋襄公曰君子不擒二毛二毛者髮半白也越山愁瘴海驚濤纔歸龍尾含雞舌龍尾宮中道雞舌丁香也○漢侍中刁存年耆口臭上出雞舌香使含之香頗辛螫不敢嚥疑賜毒藥與家人訣衆求視其藥乃口香衆笑之存鄙儒則弊於此矣更立螭

頭運兔毫唐書太和九年十二月左右省起居郎賫筆硯及紙於螭頭下記言記事閶闔欲開宮漏盡閶闔見前注冕旒初坐御香高金吾舊侶君先貴漢光武歎曰仕宦當為執金吾杜詩云醉歸應犯夜可怕李金吾曾憶王祥與佩刀晉書徐州刺史呂虔檄王祥為别駕有佩刀工者相之以為三公之器虔謂祥曰卿有公輔之量故以相與祥位至太保祥臨薨以刀授弟覽曰汝後必興足稱此刀後覽果興於江左矣

八月十五夜宿鶴林寺翫月

待月東林月正圓晉武帝為惠遠法師建道場於江州廬山有東林西林廣庭無樹草無烟中秋雲淨出滄海半夜露寒當碧天輪影漸

移金殿外鏡光猶掛畫樓前莫辭達曙殷勤望一墮西巖又隔年

秋晚雲陽驛西亭蓮池

心憶蓮塘秉燭遊古詩晝短苦夜長何不秉燭遊葉殘花敗尚維舟烟開翠扇清風曉水泛紅衣白露秋翠扇比荷紅衣比蓮神女暫來雲易散襄陽耆舊傳楚襄王遊於高唐怠而晝寢夢一婦人曰我帝之女名瑤姬未行而亡封於巫山之臺乃辭去曰妾在巫山之陽高丘之岨朝爲行雲暮爲行雨比旦視之如其言乃立廟名朝雲仙娥終去月難留羿得不死之藥於西王母姮娥得之以奔月是爲蟾蜍比聯模寫雲月故用極妙

空懷遠道無持贈古樂府遠道不可思夙昔夢見之○陶弘景詩山中何所有嶺上多白雲只可自怡悅不堪持贈君醉倚西欄盡日愁

晚自朝臺津至韋隱居郊園朝音潮亦名越王臺

秋來鳧雁下方塘宋玉九辯云鳧雁皆唼夫梁藻兮鳳飄翔而高舉繫馬朝臺步夕陽裴淵廣州記曰尉陀築臺以朝漢室圓基千步直峭百丈螺道登進頂上三畝朔望升拜號為朝臺村逕遶山松葉滑柴門臨水稻花香雲連海氣琴書潤風帶潮聲枕簟涼西去磻溪猶萬里尚書大傳曰呂望釣於磻溪得魚腹中有玉璜可能垂白待文王史記呂尚東海上人也本姓姜從其封曰呂尚嘗窮年老

魚釣於周西伯將出獵卜之曰所獲非龍非彪非虎非羆所獲霸王之輔於是西伯獵果遇太公於渭陽與語大悅曰自吾先君太公曰當有聖人適周周以興子真是耶吾太公望子久矣因號曰太公望共載與俱歸立為師指韋

隱居也

唐詩鼓吹卷一

欽定四庫全書

唐詩鼓吹卷二

元　郝天挺　註

薛逢字陶臣蒲州人會昌元年進士調萬年尉崔鉉入相引直弘文館歷侍御史有薦逢知制誥者適劉瑑當國忌之乃出為巴州刺史稍遷秘書監卒有文集行于世

開元後樂

莫奏開元舊樂章樂中歌曲斷人腸邠王玉笛三更咽百斛明珠云明皇舊置五王帳長枕大被與兄弟同處無何妃子輒竊寧王玉笛吹故張祐詩云梨花院靜無

人見開把寧王玉笛吹○五王謂邠寧申岐薛也**虢國金車十里香**虢國夫人承主恩平明上馬入宮門却嫌脂粉涴顏色淡掃蛾眉朝至尊此言楊氏五家侈**一自犬戎生薊北**史記周幽王寵褒姒戲火於驪山為犬戎所殺詩意犬戎謂祿山也**便從征戰老汾陽**郭子儀有功封為汾陽王**中原駿馬搜求盡沙苑年來草又芳**沙苑在同州馮翊縣南唐以來牧馬之地

長安夜雨

滯雨通宵又徹明百憂如草雨中生文選張景陽詩云歲暮懷百憂將從季主卜○毛詩我生之後逢此百憂**心關桂玉天難曉**蘇秦謂楚王曰楚國之食貴於玉薪

貴於桂又云食玉炊桂運落風波夢亦驚壓樹早鴉飛不散到牕寒鼓濕無聲當年志氣俱消盡白髮新添四五莖

長安春日

窮途日日困泥沙晉書阮籍常率意獨駕不由逕車轍所窮輒慟哭而返上苑年年好物華荊棘不當車馬道管絃長奏綺羅家前漢張禹傳云後堂列絲竹管絃王孫草上悠揚蝶楚詞王孫遊兮不歸春草生兮萋萋少女風前爛漫花庾信傷心賦云風無少女草不宜男嬾出任從遊子笑入門還是舊生涯莊子吾生也有涯

宮詞

十二樓中盡曉粧望仙樓上望君王漢公孫卿言仙人好樓居黄帝為十二樓以候神人武帝於是起飛廉觀望仙樓○唐德宗貞元十二年户部尚書裴延齡奉勅修望仙樓鎖銜金獸連環冷水滴銅龍晝漏長初學記殷夔漏刻法曰為器三重門皆遥尺差立於方輿踟躕之上為金龍口吐水轉注入踟躕經緯之中○張衡漏水渾天儀制曰以銅為器再疊差置寘以清水下各開孔以玉虬吐漏水入兩壺右為夜漏左為晝漏○門皆三尺考初學記作圖皆三尺○杜詩晝漏稀聞高閣報天顔有喜近臣知雲髻罷梳還對鏡羅衣欲換更添香遥窺正殿簾開處袍袴宮人掃御床

漢武宮詞

漢武清齋夜築壇自斟明水醮仙官　壇之名肇見於書而詳記於禮書止曰為三壇同墠禮則曰去廟為祧去祧為壇去壇為墠去墠為鬼則壇築土而不屋不言其成名也至漢武葬李夫人為臺三成好事者謂帝感方士習仙其上○禮記明水注司烜以陰鑑所取於月之水也○韓吏部詩曰上界仙人足官府

殿前玉女移書案雲際金人捧露盤　漢武帝制承露盤金莖銅柱上有仙人掌承露和玉屑飲之

絳節幾時還入夢　杜詩云上帝高居絳節朝

碧桃何處更驂鸞　尹喜內傳曰老子西遊省太真王母共食碧桃紫梨○武帝外傳元封元年王母降帝宮乘紫雲之輦駕九色班麟從官執綵旄之節母升殿東向坐以玉盤盛桃七顆其色青○白羽

經曰太真丈人登白鸞之車遊於九原○詩意謂武帝信方士學仙形於夢寐感之甚矣茂陵烟雨埋弓劍石馬無聲蔓草寒武帝陵曰茂陵太白詩曰鼎湖流水清且閑軒轅去時有弓劍茂陵前有石馬在馬又詩云野有蔓草註君澤不下流民窮於兵革也以武帝窮兵黷武故云

送靈州田尚書

陰風獵獵滿旗竿白草颼颼劍戟攢九姓羌渾隨漢節唐書九姓羌中吐谷渾别自為一部落别羌大小部落八皆不相統一細封氏費聽氏往利氏頗超氏野辭氏房當氏米擒氏拓拔氏○唐書張說為天平軍大使朔方大使王晙誅河曲降虜阿不思也九姓同羅拔野固等皆疑懼說持節從輕騎直詣其部宿帳下召見虜中豪酋等安慰之九姓遂安六州蕃落從

戎鞍唐書銀州夏州石州會州河州靈州○唐書柳公綽為河東節度使有沙陀部武勇為九姓六州所畏公召其酋朱耶執宜及妻母令夫人飲食問遺沙陀感恩悉力保障霜中入塞雕弓硬

月下翻營玉帳寒今日路傍誰不指穰苴門戶慣登壇

史記田穰苴為司馬有司馬兵法其法春蒐秋獮振旅治兵九禁之法○前漢高祖築壇拜韓信為大將

獵騎

兵印長封入衛稀碧空雲盡早霜微滻川桑落鵰初下

渭曲禾收兎正肥滻川渭曲皆屬京兆陌上管絃清似語草頭弓

馬疾如飛豈知萬里黃雲戍血迸金瘡臥鐵衣六義中為風也

韋壽博書齋

玄晏先生已白頭晋皇甫謐字士安修身篤學舉孝廉不就景元初相國辟復不行鄉人勸令應命謐為釋勸論以通言馬卒詔謚為玄晏先生不隨鵷鷺狎羣鷗唐高宗以參軍韋絢為殿中侍御史或疑非遷上官儀曰御史供奉墀下接武夔龍遷羽鵷鷺豈雍州判佐比邪○列子海上人好鷗鳥每旦至海上從鷗鳥遊其父曰吾聞鷗鳥皆從子遊汝取來吾玩之明日之海上鷗鳥翔舞而不下元卿謝免開三逕嵇康高士傳蔣詡字元卿杜陵人為兖州刺史王莽為宰衡詡奏事到灞上稱病不進歸杜陵荆棘塞門舍中三逕終身不出時人諺曰楚國二龔不如杜陵蔣翁平仲朝歸臥一裘朝音潮○齊晏子字平仲為齊大夫禮記檀弓有若曰晏子一狐裘三十年醉後獨知

殷甲子陶潛以曾祖侃晉世宰相恥屈身後代自宋武王業漸隆不復肯仕所著文章皆書年月義熙以前明書晉氏年號宋永初以後惟書古甲子而已病來猶作晉春秋晉褚裒字季野康獻皇后父也少有簡貴之風與京兆杜義俱有盛名桓彝見而目之曰季野有皮裏陽秋言其外無臧否而內有所褒貶也塵纓未濯今如此濯纓見前註野水無情處處流此薛逢自傷也

金城宮

憶昔明皇初御天易時乘六龍以御天玉輿頻此駐神仙龍盤藻井噴紅艷張平子西京賦云帶倒茄於藻井註當棟中交木方為之如井幹也茄藕莖也風俗通曰

殿堂像東井形刻荷菱水物所以厭火也王延壽魯靈光殿賦曰圜淵方井反植荷蕖綠房紫的咄咤垂珠獸坐金牀吐碧烟晉禮儀大朝會即鎮宫階以金鍍九尺麒麟大爐雲外笙歌岐薛醉睿宗景龍三年二月丙子朔岐王隆範為左衛率右羽林大將軍薛王隆業為右衛率月中臺榭后妃眠自從戎馬生河洛安史之亂也深鎖蓬萊一百年蓬萊宫名

驚秋

露竹風蟬昨夜秋百年心事付東流明霜義分成虛語袁淑傚曹子建白馬篇云五侯競書幣羣公亟為言分義明於霜信行直於弦阜俗文章惜暗

投杜甫策問曰夫穀者所以阜俗康時聚人守位者也○鄒陽傳曰隋侯之珠夜光之璧以暗投人必按劒相盼明霜分義言潔白阜俗文章言其文可厚風俗○初逢與彭城劉瑑交逢常易之遂相忿會瑑當國有薦逢者瑑猥言先朝以兩省官給事舍人先治州縣乃得除知制誥遂出為巴州刺史而楊收王鐸同牒署第及收輔政逢有詩微辭譏訕及鐸為相逢又以此詩言鐸鐸怒故不見齒卒於薄書

長笑李斯稱溷鼠李斯上蔡人為郡小吏見吏舍廁中鼠食不潔近人犬數驚恐之入倉中鼠居大廡之下不見人犬之憂乃歎曰人之有賢不肖在所自處耳乃從荀卿學帝王之術也

每多莊叟喻犧牛莊周蒙人楚威王聞其賢厚幣迎之欲以為相周笑曰子不見郊社之犧牛乎養之數年衣以文繡以入太廟當是之時欲為孤豚豈可得乎

五湖烟水盈歸夢蘆荻花中一釣舟先賢傳勾

踐滅吳謂范蠡曰吾將與子分國而有之蠡曰君行令臣行意乃乘扁舟浮五湖終不返○逢志不遂故有此語耶

潼關河亭

重岡如抱嶽如蹲蹲音存踞也嶽即華嶽也氣壓秦川勢自尊天地併功開帝宅山河相湊東龍門陳後主詩日月光天德山河壯帝居○絳州有龍門大河經焉流湍峻急凡魚能上者化為龍櫓聲嘔軋中流渡柳色微茫遠岸村李白惜餘春賦云試登高而望遠兮極雲海之微茫滿眼波濤終古事年來惆悵與誰論

送衢州崔員外衢州即信安縣

笑分銅虎別京師漢置郡國將置銅虎符竹使符發兵至郡符合乃發兵右留京師左與之○文選范尚書讓侯表云分虎出守○公羊傳曰京師者何衆大也嶺下山川想到時紅樹暗藏殷浩宅晉殷浩中軍將軍假節都督揚豫徐兗青五州軍事北征許洛為符秦所敗桓溫上書罷浩廢為庶人死於東陽信安縣綠蘿深覆偃王祠史記徐偃王伯翳之後名誕君國子民一出於仁義偃王死民思之鑿石為室以祠偃王後因廟焉在信安縣南七十里靈山下唐韓愈撰碑文風茅向暖抽書帶三齊畧記鄭玄註詩黌山今有古井不竭猶有細草葉形似韭長尺餘俗稱鄭玄書帶草露竹迎風舞釣絲竹品有垂絲竹休指巖西數歸日

知君已負白雲期陶弘景詩山中何所有嶺上多白雲

六街塵

六街塵起鼓鼕鼕雍洛靈異小録唐馬周上言令金吾每街懸鼓夜擊止其行李以備竊盜時人遂呼為鼕鼕鼓也道士裴修戲為詩曰遮莫鼕鼕鼓須傾滿滿盃金吾若相問報道玉山頹馬足車輪在處通百役並驅衣食内四民長走路岐中春秋四民均則王道興而百姓寧所謂四民者士農工商也年光與物隨流水世事如花落曉風名利到身無了日不知今古旋成空

潼關驛亭

河上關門日日開古今名利旋堪哀終軍壯節埋黃土

前漢終軍入關關吏與軍繻軍問此何為吏曰為復傳還當以此合符軍曰大丈夫西遊終不復傳還棄繻而去時年十八選為博士上書願授長纓必羈南越王而致之闕下遂至越越王聽許請舉國內屬越相呂嘉不欲攻殺其王及終軍漢使者軍死時年二十餘故世謂之終童

楊震豐碑翳綠苔

楊震字伯起弘農華陰人安帝時為太尉上書切至帝不能平因河間趙騰上書指陳得失帝怒遂收考詔獄詰以罔上不道震復救之遂收震太尉印綬遣歸本部行至城西飲鴆而死詔以禮葬於華陰潼亭今有碑存

寸祿應知霑有分一官常懼處非才

晉書東海王越薨衆推王衍為元帥衍不敢當曰吾少無宦情隨牒推移遂至於此今日之事安可以非才者處之

猶驚往歲同袍者

毛詩

豈曰無衣與子同袍　尚逐江東計吏來前漢朱買臣隨計吏為卒將重車至長安

五峯隱者

烟霞壁立水溶溶路轉崖回旦暮中灘鶒畏人沈澗月山羊投石掛巖松高齋既許陪雲宿杜工部在蜀作草堂在夔起高齋處焉晚稲何妨為客春今日見君嘉遯處易遯卦九五嘉遯貞吉象曰嘉遯貞吉以正志也悔將名利役疎慵

上吏部崔相公

龍門曾共戰驚瀾交州記龍門水深魚上者為龍不能上者點額也　雷電浮雲

出濬湍詩意謂憑藉雲雷出濬湍而化龍也喻登第紫府有名同羽化指崔吏部○三元品戒經曰勤感累世念真期靈王鑒其用思著名玉札於是細書紫宮東華之閣故曰紫府○楚詞仰羽人於丹丘留不死之舊鄉○白孔六帖云銀宮金闕紫府清都道士飛昇謂之羽化碧霄無伴劫泥蟠逢自謂也○班孟堅荅賓戲曰故夫泥蟠而天飛者應龍之神也時暗而名彰者君子之真也○張籍行路難龍蟠泥中未有雲不能生彼昇雲翼公車未結王生韈漢官儀公車司馬令周官也秩八百石掌諸上書詣闕下者○王生韈見前註客路虛彈貢禹冠貢禹冠見前註今日鑪錘任真宰莊子太宗師篇黃帝之忘其知皆在鑪錘之間注云聞道忘其所務如世間器物假於鑪冶打鍛以成其用也○莊子齊物若有真宰而特不得其眹注真宰造物也暫迴風

水不應難詩意望崔公薦之耳

悼古

細推今古事堪愁貴賤同歸土一丘漢武玉堂人豈在漢武故事云玉堂去地十二丈階基皆用玉故東京賦曰金華玉堂白虎麒麟范氏後漢書曰獻帝初平三年復修武帝玉堂殿石家金谷水空流晉書石崇有金谷園光陰自旦還將暮草木從春又到秋閒事與時俱不了且將身暫醉鄉遊王績有醉鄉記

九華觀廢月池

曾發簫聲水檻前曹子建與吳質書云若夫觴酌凌波於前簫笳發音於後足下鷹揚其體鳳翔虎視夜蟾寒沼兩嬋娟微波有恨終歸海明月無情卻上天白鳥帶將林下雪綠荷枯盡渚中蓮榮華不肯人間住須讀莊生第一篇莊子第一篇名逍遙遊

八月一日駕幸延喜樓看冠帶降戎長安志唐皇城東面二門北曰延喜門○唐書宣宗大中三年八月上御延喜門見河隴老幼千餘人賜以冠帶皆歡呼舞蹈呼萬歲

城頭旭日照欄杆纂要云日初出曰旭日○又詩嗈嗈鳴鴈旭日始旦城下降戎

綵仗攢九陌塵埃千騎合萬方臣妾一聲歡論語萬方有罪罪在朕躬樓臺乍仰中天易左太冲魏都賦樹中天之華闕注高及半天也衣服初迴左衽難論語微管仲吾其被髮左衽矣清水莫教波浪濁從今赤嶺屬長安唐書清水縣屬秦州通吐蕃道赤嶺屬吐蕃○唐書玄宗開元二十一年金城公主請立碑於赤嶺分唐與吐蕃之境

送劉郎中牧杭州

一州横制浙江灣臺榭參差積翠閒樓下潮迴滄海浪杭州城東有海門故云枕前雲起剡溪山剡溪即子猷訪戴安道之地吴江水

色連隄潤越俗春聲隔岸還浙江分吳越之境聖代牧人無遠近好將能事濟清閒易繫辭曰觸類而長之天下之能事畢矣

貧女吟

殘妝滿面淚闌干幾許幽情欲話難雲髻懶梳愁拆鳳翠蛾羞照恐驚鸞南鄰送女初鳴珮北里迎妻已夢蘭左傳鄭文公賤妾燕姞夢天使與己蘭曰是為而子既而文公與之蘭而御之曰幸妾有子敢徵蘭乎惟有深閨顦顇質年年長凭繡牀看

夜宴觀妓

燈火熒煌醉客豪捲簾羅綺艷仙桃纖腰怕束金蟬斷言腰如蟬之細也鬢髮宜簪白燕高毛詩鬢髮如雲○洞冥記漢武帝得白燕玉釵以賜趙婕妤至昭帝宮人謀碎之明日視匣中見釵化白燕冲天而去愁傍翠蛾深八字杜詩越女紅裙濕燕姬翠黛愁笑迴丹臉利雙刀韓詩妙妓蹈筵舞星眸明劒戟無因得薦陽臺夢陽臺見前註願拂餘香到緼袍論語衣敝緼袍與衣狐貉者立

韓偓字致堯京兆人龍紀元年擢第後王溥薦為翰林學士遷中書舍人從幸鳳翔進兵部侍郎翰林承旨朱全忠惡之乃構禍貶濮州司馬天祐中復召翰林學士偓不敢入朝挈其家南依王審知而卒號玉山樵人有集傳於世

中秋禁直

星斗疎明禁漏殘紫泥封後獨憑欄後漢皇帝六璽皆以武都紫泥封鑄白囊素裹兩端無縫尺一版中約署皇帝露和玉屑金盤冷見武帝宮詞注月射珠光貝闕寒離騷九歌魚鱗屋兮龍堂紫貝闕兮珠宮天襯樓臺歸苑外風吹歌管下雲端長卿只為長門賦未識君臣際會難漢武帝陳皇后以黄金百斤為相如文君取酒因乞解愁悲之辭相如為長門賦以諷上

寄湖南從事

索莫襟懷酒半醒無人一為解餘酲岸頭柳色春將盡

船背雨聲天欲明去國正悲同旅雁隔江可忍更啼鶯

蓮花幕下風流客晉王儉以庾杲之為長史與書曰庾杲之泛緑水依芙蓉何其麗也時人以儉府為蓮花池試與溫存譴逐情

避地寒食

避地淹留已自悲況逢寒食欲霑衣濃春孤館人愁坐斜日空園花亂飛路辱漸憂知已薄伸於知己屈於不知己時危又與賞心違一名所繫無窮事爭敢當年便息機杜詩迴首風塵甘息機

途中經野塘

世亂他鄉見落梅野塘晴暖獨徘徊船衝水鳥飛還止一本作坐袖拂楊花去又來季重舊遊多喪逝三國志吳質字季重魏文帝與質書曰昔年疾疫親故罹其災徐陳應劉一時俱逝痛可言耶昔日遊處謂百年可長保數年之間零落殆盡言之傷心頃撰其遺文都為一集觀其姓名已為鬼録追思昔遊猶在心目而此諸子化為糞壤可復道哉子山新賦極悲哀庾信字子山常有鄉關之思故作哀江南賦以叙其意其序云不無危苦之詞惟以悲哀為主眼看朝市為陵谷詩曰高岸為谷深谷為陵始信昆明有劫灰漢明帝初鑿昆明池底得黑灰帝問東方朔朔曰可問西域梵人及後竺法蘭至問之蘭曰世

界終盡劫火
此劫燒之餘灰也

惜花

皺白離情高處切膩紅愁態静中深眼隨片片沿流去
恨滿枝枝被雨侵總得苔遮猶慰意便教泥污更傷心
臨堦一盞悲春酒明日池塘是緑陰

半醉

水向東流更不迴紅顏白髮遞相催壯心暗逐高歌盡
往事空成半醉來雲護雁霜籠淡月雨憐鶯曉落殘梅

西樓悵望芳菲節處處斜陽草似苔

春晝

惜春連日醉昏昏醒後衣裳見酒痕細水浮花歸别澗斷雲含雨入孤村人閒易得芳時恨地迥難招自古魂楚宋玉傷屈原為作招魂一篇慚愧流鶯相厚意清晨猶為到西園

三月

辛夷纔謝小桃發辛夷花名二月開初出如筆北人呼為木筆踏青過後寒食前四時最好是三月一去不迴惟少年吳國地遥江

接海漢陵魂斷草連天新愁舊恨知無奈須就鄰家甕底眠晉畢卓為吏部郎比舍郎釀熟卓夜至甕間盜飲為掌酒者所縛旦視之乃畢吏部也

午睡夢江外兄弟

長夏居閒門不開梁元帝纂要云夏為長嬴即恢台也言夏氣大而育物故云長夏遠門青堇絕塵埃詩堇茶如飴空庭日午獨眠覺旅夢天涯相見迴鬢向此時應有雪心從到處即成灰到處一作別後○莊子云心若死灰如何水陸三千里幾月書郵始一來晉殷羨為豫章太守都下士人因以致書百餘函行次石頭皆投之水中祝曰沈者自沈浮者自浮殷洪喬不能為置書郵

秋郊閒望有感

楓葉微紅近有霜碧雲秋色滿吳鄉魚衝駭浪雪鱗健鴉閃殘陽金背光心為感恩長慘慽鬢因經亂早蒼浪白詩鬢髮蒼浪牙齒踈注白也可憐廣武山前事楚漢寧教作戰場晉阮籍嘗登廣武觀楚漢戰處歎曰時無英雄遂使豎子成名耳

安貧

天復中車駕幸鳳翔偓以扈從功反正初昭宗面許偓為相偓奏云運契中興宜復用重德鎮風俗因薦右僕射趙崇梁祖在京馳入請見具言崇長短昭宗曰趙崇是韓偓所薦時偓在側梁祖三叱之奏曰臣不敢與大臣爭偓尋出閩中依王審知故有此作山谷云其辭

凄切而不迫可謂不忘其君也

手風慵展八行書後漢竇章字伯尚好學與馬融崔瑗同好共相推薦融與竇書曰孟陵奴來賜書見手跡歡喜無量次於面也書雖一紙八行行七字

眼暗休尋九局圖棊圖有九局○唐王積薪夢青龍吐棊經九部授已其藝頓精後隨明皇西幸宿山中孤姥之家夜忽聞姑與婦棊密記止三十六忽聞姑云子北矣吾勝七秤遲明王具禮請問出局盡生平之好姑謂婦曰是子可教因指示殺奪救應之法曰此已無敵矣出吳蔵談記

牕裏日光飛野馬莊子逍遙篇曰野馬也塵埃也註野馬春月澤中之遊氣塵埃之細者也

椄頭筠管長蒲盧爾雅蒲盧蜾蠃也注俗呼蠮螉音咽翁詩䟽似蜂而細腰○毛詩義䟽曰螟蛉似步屈其色青土蜂取之置空木中或書卷間筆筒中七日化

咸子蒲盧土蜂也

謀身拙為安蛇足史記陳軫見楚使昭陽曰人有遺一壺酒者舍人相謂曰酒不足衆飲請畫地為蛇先成者獨飲一人先成舉酒欲飲曰吾更能畫蛇足後成人奪酒飲之曰蛇本無足有足非蛇也

報國危曾捋虎鬚莊子盜跖篇孔子說盜跖盜跖不從曰丘所為無病而自灸者也疾走料虎頭編虎鬚幾不免於虎口也

舉世可能無默識音志○論語曰默而識之

未知誰復試齊竽復一作擬○齊宣王使人吹竽有三百人東郭先生不知竽濫於三百人中食祿宣王死文王即位一一聽之先生乃逃去

殘春旅舍

旅舍殘春宿雨晴恍然心地憶咸京秦為咸陽漢為京兆

樹頭蜂

抱花鬚落池面魚吹柳絮行禪伏詩魔歸靜域酒衝愁陣出奇兵兩梁免被塵埃汙漢制秩千石冠兩梁拂拭朝簪待眼

明

贈僧

盡説歸山避世塵幾人終肯別囂氛餅添澗水盛將月衲掛松枝惹得雲三接舊承前席遇易晉卦彖曰康侯用錫馬蕃庶晝日三接也○漢文帝徵賈誼至上方授釐宣室因問鬼神之事誼具道其所以然之故至夜半文帝前席聽之釐音禧一靈今用戒香薰釋氏有定香戒香相逢莫話金鑾事韓偓有金

鑾密記觸撥傷心不忍聞

翫水禽在湖南醴陵縣時作

兩兩珍禽渺渺溪翠衿紅掌淨無泥杜詩翠衿渾短盡向陽眠處莎成毯踏水飛時浪作梯依倚雕梁輕社燕抑揚金距笑晨雞左傳季郈之雞鬬季平子介其雞郈氏為之金距勸君細認漁翁意莫遣絙羅惧穩棲絙羅羅禽之網也

贈易卜崔江處士

白首窮經通秘義窮一經而皓首青山養老度危時孟子太公辟紂曰吾

聞西伯善養老者門傳組綬身能退謂簪纓之胄也家學漁樵迹亦奇亦一作更四海盡聞龜筴妙禮記月令五冬命太史釁龜筴占兆審卦吉凶史記司馬遷有龜筴傳日者傳九霄堪歎鶴書遲蕭子良古今篆隸文體曰書有鶴頭書詔板所用○北山移文鶴書赴隴壺中日月將焉用借與閒人試一窺後漢費長房為汝市掾市有老翁賣藥挂一壺於肆頭市罷輒入壺中人莫之見惟長房於樓上覩之異焉因往拜翁乃與俱入壺中見玉堂嚴麗旨酒甘肴共飲畢而出曰我神仙之人以過見責今事畢當去耳

過臨淮故里

交遊昔歲已凋零第宅今來亦變更舊廟荒涼時享絕

時享絶謂歲時祭祀無有也　諸孫饑凍一官成杜詩云諸孫貧無事開舍如荒村　五湖竟負他年志五湖見前注　百戰空垂異代名榮盛幾何流落久遺人懷抱薄浮生

傷亂

岸上花根總倒垂水中花影幾千枝一枝一影寒山裏野水野花清露時故國幾年猶戰鬬異鄉終日見旌旗交親流落身羸病誰在誰亡兩不知

鶺

偏承雨露潤毛衣黑白分明衆所知高處營巢親鳳閣閣一作闕○帝王記云黄帝時白鳳巢於阿閣靜時閑語上龍墀閣一作闕化為金印新祥瑞搜神記張顥為梁相有山鵲飛翔化為圓石顥推破之得一金印其文曰忠孝侯印飛向銀河舊路岐淮南子七夕烏鵲填河而渡織女莫怪天涯棲不穩托身須是萬年枝謝玄暉直省中詩云紫微太清肅彤庭赫弘敞風動萬年枝日華承露掌○文選何平叔景福殿賦云綴以萬年綷以紫榛注晉武帝華林園中有萬年樹二十四株江左謂之冬青樹綷雜也綴連也

禁中作

銀臺直北金鑾外 銀臺宮門也唐書天寶初賀知章見李白文歎曰白謫仙人也言於玄宗召見金鑾殿有詔供奉翰林

暑雨初晴皓月中惟對松篁聽刻漏 宮中更箭也○漢宣帝置刻漏賜十郡列卿

更無塵土翳虛空綠香熨齒金盤果 杜詩況聞內金盤盡在衛霍室

清冷侵肌水殿風 宮中有水殿天子納涼之處也

坐久忽聞鈴索動玉堂西畔響丁東 田文炳續翰林故事唐李德裕云翰林院有雙鈴以備警急文字引之以代傳呼也唐李尋傳玉堂殿名也待詔者直署在其側李尋時待詔黃門故云久汙玉堂之署又唐制禁署嚴密非本院人雖有公事不敢遽入至於內夫人宣事亦先引鈴每有文書即內臣立於門外鈴聲動本院小判官出受訖授院使院使授學士

王維字摩詰太原人開元十九年狀元及第擢左拾遺給事中賊陷京師為所擒維狀呑藥佯瘖祿山愛其才逼至洛陽供舊職拘於普施寺賊宴凝碧池遣梨園諸工合樂維痛悼賦詩曰萬户傷心生野烟百官何日再朝天秋槐葉落空宫裏凝碧池頭奏管絃詩聞行在所平賊後授偽官者皆定罪獨維得免仕至尚書右丞卒有集傳於世

和賈舍人早朝大明宮之作

絳幘雞人報曉籌漢官儀宮中不畜雞汝南出長鳴雞衛士候於朱雀門外著絳幘專傳雞唱○漢魏故事軍中傳箭以直更曉籌謂宮中五更初之籌也尚衣方進翠雲裘唐制宮中官有尚衣尚藥尚食皆奉天子者○宋玉風賦曰主人之女翳承日之華被翠雲之裘九天閶闔

開宮殿九天數起於一立於三成於五盛於七處於九故天去地九萬里○漢書遊閶闔觀五臺萬國衣冠拜冕旒左傳禹會諸侯於塗山執玉帛者萬國○冕旒蔡邕獨斷曰漢明帝采尚書皐陶及周官禮記以定冕制天子冕七寸長一尺二寸繫白珠於其端十二旒三公及諸侯九卿七日色纔臨仙掌動仙掌見前註○唐都長安東望華嶽即日出之所也故云香烟欲傍袞龍浮天子服袞龍詩曰袞職有闕惟仲山甫補之○書曰予欲觀古人之象日月星辰山龍華蟲作會宗彝藻火粉米黼黻絺繡以五采彰施於五色作服注天子之服也○杜詩五聖聯龍袞朝罷須裁五色詔北史鄭中記曰石虎詔以五色紙著鳳口中銜出珮聲歸向鳳池頭鳳池荀勗為中書監除尚書令勗曰奪我鳳凰池也諸君何賀耶

酬郭給事

洞門高閣靄餘暉桃李陰陰柳絮飛禁裏疎鐘官舍晚省中啼鳥吏人稀前漢禁中避元帝后父王禁之諱改名省中晨搖玉佩趨金殿夕奉一本作捧天書拜瑣闈漢制給事黄門之職日暮入對青瑣門拜名曰夕郎青瑣門在南宫顔師古曰刻為連瑣文而青塗也○唐書郭承嘏為給事中太宗開成元年出為華州刺史詔下給事中盧載封還詔書奏曰嘏自居此官繼有封駁能奉其職宜在瑣闈牧守之才易為推擇强欲從君無那老那一作奈將因卧病解朝衣

秋雨輞川莊上

積雨空林烟火遲，蒸藜炊黍餉東菑孟子有童子以黍肉餉。漠漠水田飛白鷺，陰陰夏木囀黃鸝。山中習靜觀朝槿，松下清齋折露葵文選王褒賢臣頌云霜蓄露葵。野老與人爭席罷列子黃帝篇楊朱南之沛至梁而遇老子曰而睢睢而盱盱而誰與居太白若辱盛德若不足楊朱曰敬聞命矣其往也舍者迎將家公執席妻執巾櫛舍者避席煬者避竈其返也舍者與之爭席言同邸之人與之爭席而坐以其遺去矜誇和光混俗故也詩意取此，海鷗何事更相疑海鷗見前注。

送楊少府貶郴州

明到衡山與洞庭，若為秋月聽猿聲。愁看北渚三湘客

楚辭帝子降兮北渚目渺渺兮愁予寰宇記湘潭湘鄉湘源謂之三湘也

惡說南風五兩輕

兩音量○淮南子曰若綄之候風也許慎曰綄候風扇也楚人謂之五兩○郭璞江賦曰鷁氣祲於清旭覘五兩之動靜注以雞羽為之重八兩繫於桅竿之顛鷁音利覘也

青草瘴時過夏口

廣州記夏謂之青草瘴秋謂之黃茅瘴鄂州夏汭書注水北曰汭亦名夏口

白頭浪裏出溢城

溢城即令之江州也

長沙不久留才子賈誼何須弔屈平

漢賈誼為長沙王傅意不自得及渡湘水為賦以弔屈原云恭承嘉俟罪長沙側聞屈原兮自沈汨羅造託湘流兮敬弔先生遭世罔極兮迺隕厥身○平屈原字也

勅借岐王九成宮避暑應教

在鳳翔府麟遊縣西五里即隋仁壽

宮也○諸王命曰應教天子曰應詔皇后太子曰應旨隋楊素作九成宮乃仁壽宮後以犯隋文帝諱故改九成宮

帝子遠辭丹鳳闕帝子即岐王丹鳳宮門名天書遙借翠微宮爾雅釋云山未及上謂之翠微○鄴中記山氣青縹色曰翠微○明皇已幸翠微宮復為王求勝地為創第出白氏六帖○長安城南山中亦有翠微宮太宗嘗避暑遊宴於此隔窻雲霧生衣上卷幔山泉入鏡中周庾信東宮行雨山銘翠幔朝開新粧旦起樹入床前山來鏡裏林下水聲諠笑語巖前樹色隱房櫳班婕妤賦曰房櫳虛兮風泠泠師古曰房櫳疎檻也仙家未必能勝此何事吹簫向碧空吹簫見前注

和太常韋主簿五郎溫泉寓目

漢主離宮接露臺長安志臨潼縣驪山東南三十里有秦始皇墓露臺祠在焉不齋戒往者即風雨迷道去露臺祠不遠故曰接露臺也秦川一半夕陽開驪山上有夕陽樓在焉青山盡是朱旗遶碧澗翻從玉殿來新豐樹裏行人度前漢高祖移豐縣於驪山下故號曰新豐小苑城邊獵騎迴前漢蕭望之以不附霍光署小苑東門候王翁仲曰不肯碌碌反抱關為望之曰各從其志小苑在長安東聞道甘泉能獻賦懸知獨有子雲才前漢揚雄字子雲成帝祠甘泉泰時還雄上甘泉賦以諷

酌酒與裴迪

酌酒與君君自寬人情翻覆似波瀾晉陸士衡君子行曰天道夷且簡人道險而難休咎相乘躡翻覆似波瀾白首相知猶按劍前漢鄒陽上梁王書曰有白頭如新傾蓋如故何則知與不知也又曰明月之珠夜光之璧以暗投人於道路無不按劍相眄者何則無由而至前也朱門先達笑彈冠見前注草色全經細雨濕杜詩曉看經濕處花重錦官城花枝欲動春風寒世事浮雲何足問杜詩流水生涯盡浮雲世事空不如高卧且加餐晉書謝安傳征西將軍桓溫請為司馬朝臣咸送中丞高崧曰卿屢違朝旨高卧東山諸人每相與言安石不肯出將如蒼生何○古飲馬長城窟行云長跪讀素書書中竟何如上有加餐食下有長相憶

春日與裴廸過新豐里訪呂逸人不遇

桃源面面少風塵○面面本集作一向面面誤少一作絕○陶潛桃花源記晉大元中武陵人捕魚為業沿溪行忽逢桃花夾岸遂異之行盡水源得一山有小口入豁然男女衣著悉如外人見漁人驚問遂還設酒食自云先世避秦亂來此問今是何世住數日辭去

柳市南頭訪隱淪漢書萬章字子夏長安熾甚街閭各有豪俠章在城西柳市號曰柳市萬子夏○文選謝靈運詩既枉隱淪者亦棲肥遯賓

到門不敢題凡鳥晉嵇康與呂安善每一相思千里命駕後安來值康不在嵇喜出戶延之不入門上題鳳字而去喜不覺猶以為欣鳳字乃凡鳥也

看竹何須問主人晉王徽之字子猷時吳中士大夫家有好竹欲觀便出輿造竹下往來諷嘯良久主人灑掃請坐徽之不顧而去

城

外青山如屋裏東家流水入西鄰閉戶著書多歲月前漢揚雄閉戶草太玄經又王符著書名潛夫論種松皆作老龍鱗

高適適字達夫一字仲武滄州人舉有道授封丘尉後擢諫議大夫出為蜀彭二州刺史遷西川節度使還為左散騎常侍卒有詩文二十卷傳於世

送李少府貶峽中王少府貶長沙

嗟君此別意何如駐馬銜盃問謫居巫峽啼猿數行淚峽中也衡陽歸雁幾封書長沙也青楓江上秋天遠長沙有青楓江白帝城邊古木疎白帝城在峽中即公孫述所築古夔子國後先主改為永安聖代

即令多雨露暫時分手莫踟躕杜詩登兖州城樓云從來多古意臨眺獨踟躕

岑參南陽人文本之後天寶中進士官至左補闕起居郎累官侍御史退居杜陵山中卒有文集行於世

和賈舍人早朝大明宮

雞鳴紫陌曙光寒鶯轉皇州春色闌金闕曉鐘開萬户玉階仙仗擁千官杜詩仙仗離丹極花迎劒佩星初落柳拂旌旗露未乾獨有鳳凰池上客鳳凰池見前注陽春一曲和皆難文選宋玉對楚王問曰客有歌於郢中者始曰下里巴人國中屬而和之者數千人其歌陽春白雪屬而和者

不過數十人故其曲彌高而和之者彌寡

張説 説字道濟洛陽人垂拱中舉博學科中第三等進太子校書令遷鳳閣舍人睿宗時兵部侍郎平章事終左丞相封燕國公有文集並傳於世

奉和春日幸望春宮

別館芳菲上苑東飛花澹蕩御筵紅蕩一作落城臨渭水天河靜闕對南山雨露通遶殿流鶯凡幾樹梁沈約上巳詩開花已匝樹流鶯復滿枝當蹊亂蝶許多叢春園既醉心和樂詩云既醉以酒既飽以德共識皇恩造化同

幽州新歲作

去歲荆南梅似雪今年薊北雪如梅共知人事何嘗定且喜年華去復來邊鎮戍歌連日動京城燎火徹明開詩庭燎之光遥遥西向長安日晉明帝數歲元帝抱置膝前屬長安使來因問汝謂日與長安孰遠對曰長安近不聞人從日邊來元帝異之明日讌羣臣又問之對曰日近元帝失色曰何乃異向者之言對白舉頭見日不見長安於是益奇之願上南山壽一杯詩小雅天保如月之恒如日之升如南山之壽不騫不崩

耿湋湋河東人寶應二年進士為大理司法終於左拾遺有詩二卷傳於世

道傍老人

老人獨坐倚官樹欲語潸然便淚垂陌上歸心無產業城邊戰骨有親知餘生尚在艱難日長路多逢輕薄兒晉謝靈運詩沓沓日西頹漫漫長路迫○漢書李寶勸劉嘉曰觀成敗光武聞之告鄧禹曰孝孫素謹當是長安輕薄兒誤之耳嘉字孝孫也○後漢馬援書戒兄子嚴敦曰效龍伯高不得猶為謹敕之士效杜季良不得陷為天下輕薄子綠水青山雖似舊如今貧病復何為史記原憲曰若憲貧也非病也○晉顏延年詠陶潛曰少而貧病居無僕妾

送友人歸南海

遠別悠悠白髮新江潭何處是通津潮聲偏懼初來客海味惟甘久住人漠漠烟光前浦晚青青草色定山春定山在錢塘南四十七里定山出浙江數百尺潮至此輒抑聲過復雷吼霆怒〇沈約早發定山詩夙齡愛遠壑晚涖見奇山汀洲更有南迴雁亂起聯翩北向秦

唐詩鼓吹卷二

欽定四庫全書

唐詩鼓吹卷三

元　郝天挺　註

陸龜蒙字魯望舉進士不第遊放山水閒號江湖散人又號天隨子甫里先生後以高士徵不就今有笠澤叢書三卷并詩文十六卷行於世

憶白菊

我憐貞白重寒芳前後叢生夾小堂月朶併開無絶豔風莖時動有竒香何慚謝雪中情詠中情一作情才○世說謝安雪日集

兒女講論文義公曰白雪紛紛何所似兄子胡兒曰撒鹽空中差可擬兄女道韞曰未若柳絮因風起不羨劉梅貴色莊宋武帝女壽陽公主人日臥於含章簷下梅花落於額上成五出之花拂之不去後有梅花粧武帝即劉裕也更憶幽牕凝一夢夜來村落有微霜

別墅懷歸

水國初冬和暖天南縈方好背陽眠縈簷隙也題詩朝憶復暮憶見月上弦還下弦遙為晚花吟白菊近炊香稻識紅蓮紅蓮稻飯何人壽我黃金百春秋後語曰邯鄲之北有蘇人侯蘇秦往說之人侯送以黃金百鎰其家丞諫曰君侯與客無故犒而送百金其說可得聞耶人侯曰客天下之辨士立談之間再

奪我地而復歸之吾地雖小豈直百金也哉

買取蘇君負郭田史記蘇秦嘆曰使我有洛陽負郭田二頃吾豈能佩六國相印乎

寄淮南鄭賓書記

記室千年翰墨孤言鄭賓辭翰千年中一人而已惟君才學似應徐三國志汝陽應瑒字德璉北海徐幹字偉長

五丁驅得神功盡蜀王本紀惠王欲蜀乃刻五石牛置金其後蜀人見之以為牛能便金乃使五丁力士拖牛成道置之成都秦王知蜀王好色獻美女五人蜀王遣五丁迎女還梓潼見大蛇入山穴中一丁引其尾不能出五丁共引之山崩五女上山化為石○李白大獵賦云五丁推峯一夫拔木下槃高頹深平嶮谷

二酉搜來祕檢疎圖經云穆天子藏異

書於大酉山小酉山之中方輿紀云秦人隱學於小酉山中石穴中所藏書千餘卷梁湘東王尤好聚書故其賦曰訪酉陽之逸典○唐段成式著書有異乎世俗故取諸逸典之意名曰酉陽雜俎○孝經鉤命決曰邱拯秘文詩意言鄭書記之文章如五丁之神功搜索遺編盡二酉之秘與

煬帝帆檣歸澤國隋煬帝開通濟渠引穀水洛水達於河引河通於淮造龍舟鳳艒黃龍赤艦數百艘幸江都

淮王箋奏入班書班固前漢淮南王安獻所作內篇上愛秘之又獻頌德長安頌都門頌天子使為離騷傳

清詞醉草無因見文選曹植詩衆賓悉精妙清詞洒蘭藻但釣寒江半尺鱸晉張翰見秋風起思吳中菰米蓴羹鱸魚鱠遂命駕歸

小雪後書事

時候頻過小雪天歷家以十月中氣為小雪江南寒色未多偏楓江尚憶逢人别麥隴惟應欠雉眠更擬結茅臨水次偶因行藥到村前鮑明遠有行藥至城西橋詩言服藥後行以宣導之鄰翁意緒相安慰多説明年是稔年

鵁鶄詩并序

客有過震澤得水鳥所謂鵁鶄者睨乎黑襟青脛蠋爪丹噣色幾及項質甚髙而意甚卑戚畏人抒乎哀其野逸性又非能格羃者而

囚録籠檻逼迫牕户俛啄仰飲為活大不快真天地之窮鳥也為之賦詩宣好事者和之○螳爪集作碧爪杼予一本作極予集作予極

詞賦曾誇鸀鳿流鸀徒角反鳿牛欲反○李白大獵賦云墜鸀鳿於青雲落鴻雁於紫虛○周氏雜字曰鸀鳿鳥似鳧果為名誤別滄洲謝元暉既歡懷祿情復協滄洲趣雖蒙靜置疎籠晚不似閑棲折葦秋自昔稻粱高鳥畏至今珪組野人讐左思珪組賢君盼青紫明主恩詩意謂野人畏珪組如羅網防微避繳

無窮事好為裁書謝白鷗杜詩白鷗波浩蕩萬里誰能馴

二遺詩并序

二遺詩者何石枕材琴薦也石者何松之所化也化於何越之東陽也東陽多名山就中金華為最枝峯蔓壑秀氣磅礴數百里不啻如神仙登臨草木芬怪永康之地亦蟬聯其間中饒古松往往化而為石盤根大柯文理具析盡在好事者攻而置於人間以為耳目

之異太山羊振文得枕材趙郡李中秀得琴薦皆茲石也咸以遺予以二遺之奇聊賦詩以誌其事

誰從毫末見參天老子云合抱之木生於毫末○莊子秋水篇萬物莫不小知天地之為稊米也知毫末之為邱山也又到蒼蒼化石年萬古清風吹作籟莊子齊物篇子綦謂子游曰而未聞天籟夫大塊噫氣其名為風作則萬竅怒號而獨不聞之翏翏乎○翏音溜一倏寒溜滌成川前漢枚乘云泰山之流穿石單極之綆斷幹水非石之鑽索非木之鋸漸靡使然也閑追金帶徒勞恨異聞集呂公經邯鄲邸中有盧生自嘆貧困不達言訖思睡主人方

炊黄粱翁探囊中枕以授生曰枕此則榮遇如意生枕之夢自枕竅中入至其家未幾登高第歷臺閣出入將相五十餘年子孫皆列顯仕金紫滿門貴盛無比年餘八十老病而卒欠伸而寤顧呂公在旁主人黄粱猶未熟生起謝曰先生以此窒吾欲也敢不受教再拜而去

静格朱絲更可憐格篙鶴反○禮記清廟之瑟朱絃而疏越一倡而三嘆有遺音者矣幸與野人俱散誕不煩良匠更雕鐫

奉和襲美送宏惠上人皮日休字襲美宏惠上人新羅人也日本國請日休為靈鷲山周禪師碑事畢東歸以詩送之

一函迢遞過東瀛秖為先生處乞銘先生謂日休也已得雄詞

封淨檢却懷孤影在禪庭春過異國人應寫夜讀滄洲怪亦聽（言日休文驚天地動鬼神）遙想勤成新塔下盡望空碧禮文星（望平聲○空碧天也文星謂日休）

閒書

病學高僧置一牀披書纔暇即焚香閒階雨過苔花潤小篁風來薤葉涼（白樂天寄李蘄州詩云笛愁春盡梅花裏簟冷秋生薤葉中註云蘄州出笛林薤葉簟）南國羽書催部曲（羽書檄也○漢高紀吾以羽檄名天下兵應劭曰以雞毛繫檄文心雕龍曰插羽於書以示迅也）東山毛褐傲羲皇（毛褐賤者之服孟子云皆衣褐

捆屨○曾子建云毛褐不掩形薇藿常不充○晉陶潛夏日高臥北牕之下清風颯至自謂羲皇上人升平人道無時節試問中林亦不妨詩肅肅兔罝施於中林鄭元註兔罝之人能恭敬則是賢者衆多也○晉王康琚反招隱詩昔在太平時亦有巢居子今雖盛明世能無中林士毛萇詩傳曰中林林中也

白菊一叢呈一二知已

還是延年一種材陶詩酒能消百慮菊為制頽齡即將瓊朶冒霜開不知紅豔臨歌扇欲伴黃英入酒盃楚辭朝飲木蘭之墜露兮夕飡秋菊之落英陶令接籬堪岸著陶淵明愛菊言對此可著接籬也接籬色白故云梁王高

屋好歌來漢書曰梁孝王廣睢陽城七十里大治宮室連居於平臺四十里○晉謝惠連雪賦云梁王不悅遊於兔園乃置旨酒命賓友召鄒生延枚叟盖言菊花之白也月中若有閑田地為勸嫦娥作意栽

奉和襲美悼鶴

一夜圓吭絕不鳴宋鮑昭舞鶴賦引圓吭之纖婉頓脩趾之洪姱八公虛道得千齡漢淮南王賓客有八公之徒采藥於嵩山於石室中得王子晉所傳於李浮邱伯相鶴經曰鶴陽身也而遊於陽因金氣依火精以自養金數九火數七故七年小變十六年大變百六十年變止千六百年形定○晉鮑明遠舞鶴賦云守馴養於千齡結長悲於萬里方添上客雲眠思杜詩雲臥衣裳

衿忽伴中仙劒解形解言貫○東鄉序葛洪曰陰君受鮑靚尸解之法後死埋於石子岡有人發其棺見一大刀冢左右有人馬之聲遂不敢取此劒解也但掩翛毛穿古堞謂瘞鶴也永留寒影在空屏君才幸自清如水更向芝田為刻梁簡文帝詩來自芝田遠飛渡武溪深○鎮江府江中有焦山後漢高士焦先隱於此山因名焉有陶隱銘居瘞鶴銘

奉送浙東德師侍御罷府西歸

王謝遺蹤玉籍仙王謝謂江東王導謝安二家也後聖列紀曰若斗巾有玄玉籙籍皆為上仙也三年閒上鄂君船說苑鄂君乘青翰舟越人擁楫而歌曰今夕何夕搴舟中流今日何

日與子同舟鄂君乃以繡被覆之

詩懷白閣僧吟苦唐賈島為浮屠名無本嘗嘆曰知余素心者惟終南白閣隱者耳嵩邱又有舊隱欲歸未得逍遥長生雖行坐寢食苦吟不輟○終南有紫閣白閣二峯

俸買青田鶴價偏永嘉記青田有雙白鶴年年來養子而去

行次野楓臨遠水醉中衰菊臥凉烟芙蓉散盡西歸去唯有山陰九萬牋晉庾冰曰王右軍為會稽謝公就乞牋紙庫中惟有九萬枚遂并與之桓宣武云逸少不節

奉和褚家林亭

一陣西風起浪花遶闌干下散瑶華高牕曲檻仙侯府折葦荒芹白鳥家孤島待寒凝片月遠山終日送餘霞

若知方外仙如此不要秋乘上海槎王子年拾遺記堯時有巨槎浮於西海光若星月十二年一周天名貫月槎又名掛星槎羽仙棲其上

寒食同龔美訪寂上人

月樓風殿靜沈沈披拂霜華訪道林晉高僧支遁字道林此意指寂上人也烏在寒枝棲影動人依古堞坐禪深明時尚阻青雲步半夜猶追白石吟見寗戚飯牛歌註自是海邊鷗伴侶海鷗見前注不勞金偈更降心佛西方人號金仙嘗作半偈示法

江南道中懷茅山廣文南陽博士奉和日休次韻

一片輕帆背夕陽望三峯拜七真堂三茅二許一陽二郭是謂七真三峯謂大茅山中茅山小茅山有茅盈茅固茅衷即三君也　天寒夜漱雲牙淨雪壞晴梳石髮香雲牙雲根皆石也○爾雅釋草篇薄石衣註水苔也一名石髮江東食之○異物志云石髮生海中石上長尺餘大小如韭　自拂烟霞安筆格音閣獨開封檢試砂牀莫言洞府能招隱招隱士者淮南王小山之所作也　會輾飇輪見玉皇集仙録曰王母者龜山金母也居崑邱之圃閬風之苑非飇輪不可到

二

壺中行坐可攜天見前注　何向林間息萬緣組綬任垂三

品石建康有陳朝三品石珮環從落四公泉謂茅許陽郭四仙人也以組綬珮環比泉石語意佳丹臺已運陰陽火丹臺運火養其鉛汞也碧簡須雕次第仙景林真人曰動感累世念真期靈皇鑒其用思太極注名玉札於是細書紫虛之宮朱書東華之閣刻石上清丹文玉籍云也想得雷平春色動雲笈經云許穆子玉斧隱雷平山號雷平真人五芝烟甲又芊綿芝有五色故云五芝山海經云赤芝一名丹芝黃芝一名金芝白芝一名玉芝黑芝一名玄芝紫芝一名木芝○天台山賦曰五芝含秀而敷紫

三

良常應不動移文良常山在潤州句容縣第三十二洞天周迴三十里名良常欲命之天雲

笈經云李真人治之○秦始皇登句曲北垂山嘆曰巡狩之樂莫過於山海自今以往良為常也乃改句曲北垂為良常山○南史宋周顒字彥倫隱此山後應詔出為海鹽令欲過此山孔德璋假作山神意以卻之名北山移文

金醴從酸亦自醺蓬萊公洛廣文以金醴四升侍主簿主簿恨其味酸

桂父舊歌飛絳雪神仙傳桂父常食桂葉人知其神尊事之一旦與鄉曲別飄然入雲而去○酉陽雜俎云仙藥有青津碧荻龍胎醴九鼎魚玄霜絳雪

桐孫新韻倚玄雲風俗通曰梧桐生於嶧山之陽當石之上採東南孫枝為琴聲極清麗○文帝使慎夫人鼓瑟上自倚瑟而歌○漢武帝內傳曰西王母降命侍女安法嬰歌玄雲之曲曰天象雖云寥我把天地戶披雲泛靈輿倏忽適下土古樂府有玄雲曲

春臨柳谷鶯先覺樹醮蕪香鶴共聞醮一作醮○蕪香香名

珍重

雙雙玉條脱盡憑三島寄羊君晉穆宗昇平三年仙女萼綠華夜降於羊權家一月輒六過其家自言玄州以我仙罪未滅故暫謫降以償其過耳因贈詩一首火浣布巾一枚金玉條脱各一條脱似指環而大慎勿泄我下降之事彼此獲罪○三島蓬萊方丈瀛洲也

行次野梅奉和日休韻

飛棹參差拂早梅強欺寒色尚低回晉傅咸感別賦云入閶然而無依步空堂以低回風憐薄媚留香與月會深情借豔開梁殿得非蕭帝瑞金陵覽古云晉孝武太元三年僕射謝安作新宮太極殿欠一梁有梅木流至石頭城下因取用之畫梅花於梁上以表瑞焉因名梁殿齊宮應是玉兒媒齊東昏侯妃潘氏小字玉兒東

昏淫亂暴虐失道國為梁所取玉兒亦為武帝所誅殿為武帝所居竟應梁殿之瑞不知謝客離腸醒臨水應添萬恨來晉謝靈運小字客兒太傅安之從孫文章江左第一襲封康樂公宋武帝長安回奉使慰勞於彭城及宋受命降爵為侯文帝即位興兵叛逆為詩曰韓亡子房恨秦帝魯連恥本自江海人忠義感君子○文選任昉詩曰不忍一晨意千齡萬恨生

揚州看辛夷花正二月開花夏秋再花一名侯桃人家園庭多種木高數丈葉似柿而長初出如木筆故北人呼為木筆其子如相思子

柳踈梅墮少春叢天遣花神別致功高處朶稀難避日動時枝弱易為風堪將亂蘂添雲肆若得千枝便雪宮

孟子見齊王於雪宫不待羣芳應有意等閒桃李即爭紅

奉和襲美見訪不遇

為愁烟岸老塵囂左傳湫溢囂塵註囂聲也塵土也詩意恐形神老於塵囂中也扶病呼兒斸翠茗文選江文通詩青茗日夜黄芳𦲷成宿楚

衹道府中持簡牘不知林下訪漁樵花盤少撥晴初艷葉擁踈籬凍未燒倚杖徧吟春照午一池冰段幾多消

閶闔城北有賣花翁討春之士往往造焉因招

日休

故城邊有賣花翁水曲舟輕去盡通十畝芳菲為舊業一家烟雨是元功（史記太史公曰惟祖元功輔臣股肱後漢高密侯鄧禹元功之首）閒添藥品年年別笑指生涯樹樹紅若要見春歸處所不過攜手問東風

奉和日休病中孔雀

懶移金翠傍簷楹斜倚芳叢舊態生唯耐瘴烟籠飲啄可堪春雨滯飛鳴（紀聞錄南人捕生者候甚雨往擒之尾沾雨重不能高翔又至愛其尾恐人所傷不復騫翔也）鴛鴦水畔迴頭羨荳蔻圖前舉目驚（孔雀所出多荳

蘤故孔雀見其圖則驚喜爭得鷓鴣來往著不妨還校有心情有孔雀處亦有鷓鴣

次韻日休見寄

共尋花思極飛騰病帶春寒去未能烟逕水涯多好鳥竹牀蒲椅但高僧須知日富為神授陶淵明榮木詩云志彼弗舍安此日富秖有家貧免盜憎家語盜憎主人民怨其上除却數函圖籍外更將何事結良明

奉和病後春思

氣和靈府漸氤氳莊子德充符篇仲尼曰日夜相代乎前而知不能規乎其始者也故不足以滑和不可入於靈府使之和豫通而不失於兑注滑音骨亂也靈府心之神也酒有賢人藥有君三國志魏畧太祖禁酒人竊飲之故難言酒以清者為聖人濁者為賢人○素問云藥有君臣佐使

七字篇章看月得百勞言語傍花聞爾雅鶪百勞一名博勞一名伯趙月令仲夏之月鶪始鳴閒尋古寺銷晴日最憶深溪枕夜雲早晚共搖孤艇去紫屏風外碧波文宋玉招魂紫莖屏風文緣波些註屏風水葵也生於池其莖紫色風起水動波緣葉而生文也

次韻館娃宮

揚雄方言娃美也吳楚衛淮之間曰娃故宮有館娃之宮○在平江

府硯石山山蓋以西施得名今為靈巖寺

鏤楣梢落濯春雨蒼翠無言空斷崖草碧未能忘帝女李白詩烟草如碧絲秦桑低綠枝○山海經宣山有桑其枝四衢名曰帝女燕輕猶自識宮釵洞冥記曰元鼎元年起招靈閣有神女留一玉釵與帝帝以賜趙婕妤至昭帝元鳳中宮人猶見此釵共謀欲碎之明旦視之匣惟見白燕直升天去故宮人作玉釵因名玉燕言其吉祥江山只有愁容在劒佩應和媿氣埋賴有伍員騷思少吴王纔免似荆懷史記伍員字子胥諫吴王不聽賜屬鏤之劒以死今言伍員才不如屈原故不能作騷以諷

襲美以紫石硯見贈以詩迎之

霞骨堅來玉自愁琢成物象古釵頭硯形製也澄沙脆弱閒應伏澄沙硯名也青鐵沈埋見亦羞拾遺記晉張華著博物志成武帝賜青鐵硯是于闐國所獻者最稱風亭批碧簡碧簡竹簡也好將雪竇漬寒流雪一作雲君能把贈閒吟客徧寫江南物象酬

看壓新醅寄懷襲美

曉壓糟牀漸有聲旋如荒澗野泉清身前古態醺應出世上愁痕滴合平飲啄斷年同鶴儉淮南王八公相鶴經云鶴一百六十雌雄相視而孕又一千六百年則飲而不食矣胎化也風波終日看人爭樽中若

使常能緑兩綬通侯總强名漢書金日磾二子賞建俱為侍中及賞嗣侯綬昭帝謂霍光曰金氏兄弟兩人不可使俱兩綬邪言侍中封侯佩兩綬〇漢通侯諸將

奉和題達上人藥圃

藥味多從遠客齎旋添花圃旋成畦三椏舊種根應異本草次公高麗人作人參賛曰三椏五葉背陽向陰九節初移葉向低本草蜀郡嚴道縣菖蒲一寸九節者最良服之輕身延年聰神益智山莢便和幽澗石孫氏瑞應圖曰蓂莢圓而五色一名歷莢十五葉日生一葉從朔至望畢十六日毀一葉至晦而盡月小則一葉卷而不落〇白虎通莢者樹名也水芝須帶本池泥水芝蓮也從今直到清明日又有香

苗幾畚齊也畚筐

以竹夾膝寄贈龔美

截得篔簹冷似龍輿元府洋州有篔簹谷篔簹竹也翠光橫在暑天中

堪臨薤簟閒憑月好向松牕臥跂風持贈敢齊青玉案

張平子四愁詩美人贈我錦繡段何以報之青玉案醉吟偏稱紫荷筒南史劉杳

前漢張安世傳持橐簪筆之意而劉偉明乃以荷為芰荷之荷至後歐陽修亦以紅藥翻階對紫荷持橐何耶著紫荷橐

姑待博添君雅具教多著為著西齋譜一通

識者

奉和夏景無事因懷章來二上人

簷外青楊有二梅有青梅有楊梅○潘安仁閑居賦云三桃表櫻胡之別二柰曜丹白之色此其遺意也折來堪下凍醪杯凍醪須臘月釀其醅成氷澌入甕待春氣動成酒甚香美

高杉自欲生龍腦小弁誰能寄鹿胎小弁冠也鹿胎飾之宋何肩字子季著單衣鹿皮巾

麗事肯教饒沈謝南史梁沈約字休文吳興武康人也孤貧好學博覽羣書聰明過人尤善屬文時謝元暉善為詩約兼而有之然終不能過之也

微談何必減宗雷南史宋宗炳少文南陽溫陽人也善琴書圖畫精於言理當入廬山就釋惠遠考尋文義雷次宗字仲倫豫章南昌人也少入廬山侍沙門惠遠篤志好學尤明詩禮隱退不仕

還聞擬結東林社爭奈淵明醉不來高僧傳惠遠法師結白蓮社以書招陶淵明陶曰弟子性嗜酒許飲即往遠

許之遂造焉陶攢眉而去

奉和寄楊舍人

明時非罪謫何偏鵩鳥巢南更數千酒滿椰杯消毒霧海南嶺表多蠱毒食飲以椰子為杯有毒則裂風隨蕉葉下瀧船瀧閭江切湍也○韶州樂昌縣有瀧水名樂昌俗謂水湍瀧急為瀧韓愈瀧吏詩云始下樂昌瀧人多藥戶生一本作行狂蠱吏有珠官出俸錢十道志廉州合浦郡秦象郡後漢改為珠官郡秪以直誠天自信不勞詩句詠貪泉晉安帝紀曰吳隱之字處默性廉操恒立欲救嶺表之弊以隱之為刺史州界有水名貪泉父老云飲此水者廉士皆貪隱之即至水所酌而飲之因賦詩以言志

清操愈厲

奉和夏景冲澹偶然作

蟬雀參差在扇紗竹襟輕利籜冠斜昭潭志立山縣俚婦長於縷績能以竹為衫亢暑服也○漢高祖為亭長乃以竹皮為冠師古曰竹皮筍皮謂筍上所解之籜耳今人亦有筍皮巾古之遺制也

壚中有酒文園會前漢司馬相如初與婦亡奔成都家徒四壁立遂之臨邛賣酒令文君當壚相如著犢鼻裩滌器後獻上林賦拜大園令

琴上無絃靖節家晉陶潛沒謚靖節先生嘗蓄無絃琴一張人問其故荅曰但識琴中趣何勞絃上聲

芝畹烟霞全覆穗離騷經余既滋蘭之九畹兮又樹蕙之百畝

橘州風浪半浮花寰宇記橘州在長沙縣西

南四里江中大水洲渚皆没此洲獨存閑思兩地忘名者不信人間髮解華

懷楊台文楊台鼎二秀才

秋早相逢待得春崇蘭清露小山雲楚詞招魂光風轉蕙汎崇蘭些○淮南王安招集賓客内有大山小山寒花獨自愁中見曙角多從醒後聞釣具每隨輕舸去詩題閒上小樓分重思醉墨縱横甚書破羊欣白練裙羊欣字敬元父不疑為烏程令欣年十二王獻之時為吳興太守甚知愛之欣嘗夏月著新絹裙晝寢獻之入烏程縣署書裙數幅而去欣書本工得此彌善

和張處士詩 并序

張祜字承吉元和中作宮體小詩辭曲艷發當時輕薄之流能其才合譟得譽及老大稍窺建安風格誦樂府録知作者本意短章大篇往往間出諷諭時與六義相左右善題目佳境言不可刋置别處此為才子之最也由是賢俊之士及高位重名者多與之游謂有鵾鷺之野孔雀之鮮竹柏之貞琴磬之

韻或薦於天子書奏不下受辟諸侯府性狷介不容物輒自劾去以曲阿地古淡有南朝之遺風遂種樹築室而家焉性嗜水石常悉力致之後知南海間罷職載羅浮石筍還不蓄善田利產為身後計死未二十年而故姬遺孕凍餒不暇前所謂鵾鷺孔雀竹柏琴磬之家雖朱輪尚乘遺編尚吟未嘗一省其孤而恤其窮也噫人之假玩好不根於道義耶

懼其怨刺於神明耶天果不愛才沒而猶謔耶吾一不知之友人顔宏至行江南道中訪其廬作詩弔而引之屬予應和予泊沒者不足哀承吉之道要襲美同作庶乎承吉之孤倚其傳而有憐者

勝華通子共悲辛即故姬遺孕也荒邏今爲舊宅鄰一代交遊非不貴五湖風月合敎貧魂應絶地爲才鬼名與遺編在史臣聞道生平偏愛石至今猶泣洞庭人洞庭出湖石取之甚

難民多被其害吳融詩云洞庭山下湖波碧波中萬古生湖石鐵索千尋取得來奇形怪狀誰能識○洞庭山在平江府太湖中丹陽曲阿屬焉張祜嘗築室於此

寄吳融子華

一夜秋聲入井桐文選云寒井落梧桐又李白云梧桐落金井一葉飛銀床數枝危綠怕西風霏霏晚砌烟華上漸漸疎簾雨氣通君隱蹄名未了我依琴鶴病相攻到頭江畔從漁事織作中流萬尺淚淚取魚具也

中秋待月

轉缺霜輪上轉遲轉上去聲下上聲好風偏似送佳期簾斜樹隔情無限燭暗香殘坐不辭最愛笙調聞北里左太沖詠史云南鄰擊鐘磬北里吹笙竽漸看星淡失南箕春秋元命苞曰尾九星箕四星為後宮之列為南宮其庭太微此月明星稀之意何人為校清涼力欲減初圓及午時

包佶字幼正天寶六年進士累遷秘書監為刑部侍郎拜諫議大夫御史中丞卒封丹陽郡公有集傳於世

贈廬山白鶴觀劉尊師

蒼蒼五老霧中壇五老峯在江州李白詩廬山西南五老峯青天削出金芙蓉九江秀色可

攬結吾將此地巢雲松杳杳三山洞裏官封禪書自齊威宣使人入海求蓬萊方丈瀛洲此三山諸仙人及不老之藥皆在焉韓詩云上界仙人足官府手護崑崙象牙簡登真隠訣云崑崙瑤臺刊定真經之所也刻簡記仙名○唐書王方慶累為廣州都督南海歲有崑崙舶市外國瓌琲象牙犀角○崑崙人多積犀象齒角貨於中國今道士章醮手捧牙簡也心推霹靂棗枝盤上清經瓊文帝章刻書霹靂棗心之木受於絶巖之中春飛雪粉加毫潤曉漱瓊膏冰齒寒冰去聲○老氏聖紀曰吳猛字世雲豫章人性純孝夏夜在父母側不敢驅拂蚊蚋恐去已而集親後猛登廬山見數人與猛語設玉膏終日○道人亦以嚥漱津液為瓊膏漸恨流年筋力少惟思脱冕事星冠

鮑防 防字子慎襄陽人天寶中登進士第官至太原尹河東節度使境內大治有詔圖形別殿遷江西觀察使從幸奉天封東海公授工部尚書卒有文集今傳

送薛補闕入朝

平原門下十餘人獨受恩多未殺身 史記平原君趙勝合從於楚約與文武備者二十人偕得十九人餘無可者毛遂自薦於平原君願以備員至楚平原君與楚王言利害日中不決遂乃按劍而上合從乃定謂十九人曰公等碌碌所謂因人而成事者也此防自謂

每嘆陸家兄弟少 梁陸瓊幼聰慧從祖襄嘆曰此兒必荷門基所謂一不為少也○唐陸象先兄弟四人僧一行少時皆與相善嘗謂人曰陸氏兄弟皆有士行令代少有古之荀陳無以加也

更憐楊氏子孫賢

後漢楊震為涿郡太守不受私謁子孫蔬食步行故舊欲令開産業震不肯曰使後世稱為清白吏不亦厚乎

柴門豈斷施行馬周禮掌舍設梐枑再重注梐枑謂行馬鄭玄謂行馬再重者以周衛有外内列○漢官儀曰光祿勳門施行馬以旌别之也

魯酒那堪醉近臣淮南子楚宣王朝諸侯魯恭公後至而酒薄宣王怒乃發兵與齊攻魯一日與趙俱獻酒於楚王王主酒吏以魯薄酒易趙厚酒楚王以趙酒薄遂圍邯鄲

賴有軍中遺令在猶將談笑對風塵杜詩談笑覓封侯

皇甫冉字茂政天寶中進士終拾遺左補闕有詩集三卷傳於世

三月三日義興李明府後亭泛舟

江南烟景復如何閑道新亭更可過金陵覽古云新亭在江寧縣十里俯

近江諸晉初過江僕射周顗與羣公遊宴坐中嘆曰風景不殊舉目有山河之異因而流涕王導曰諸公當戮力中原以佐王室何至作楚囚對泣耶衆皆肅然

處處蘋蘭春浦綠楚辭藝蘭兮九畹萋萋藉草遠山多孫綽天台山賦曰藉萋萋之纖草蔭落落之長松壺觴須就陶彭澤晉陶潛為彭澤令解印而去賦歸去來辭曰引壺觴以自酌風俗猶傳晉永和晉王羲之蘭亭記曰永和九年歲在癸丑暮春之初會於會稽山陰之蘭亭脩禊事也更使輕橈徐轉去微風落日水增波文選招隱云山嶄嵒兮水增波

送李錄事赴饒州

北人南去雪紛紛雁叫沙汀不可聞積水長天隨遠客

荒城極浦足寒雲山從建業千峯斷金陵又名建康江到潯陽九派分潯陽即江州書禹貢九江孔殷注江於此分為九道一烏江二蜯江三烏白江四嘉靡江五畎江六源江七廩江八提江九箘江郭璞江賦源二分於崌崍流九派於潯陽借問督郵纔弱冠禮記曰二十而弱冠三十曰壯有室四十曰强而仕督郵比李録事也府中年少不如君貫誼年少通百家書文帝名為博士是時年二十餘最為少每議下諸老先生不能言貫生盡為之對

館陶李丞舊居

盛名天下挹餘芳杜詩盛名富事業無取愧高賢棄置終身不拜郎前漢顏駟文帝時為郎至武帝輦過郎署見駟龐眉皓髮上問曰叟何時為郎何其老也曰臣文帝時為郎文帝好

文而臣好武景帝好美而臣貌陋陛下好少而臣已老是以三世不遇上推拜會稽都尉詞藻世傳平子賦後漢張衡字平子南陽西鄂人也平子擬班固兩都作二京賦永和初為河間相遷侍中園林人比鄭公鄉後漢孔融深禮鄭玄屣履造門告高密縣為玄特立一鄉昔齊置士鄉越有君子軍皆異賢之意也鄭君好學實懷明德今鄭玄鄉里宜曰鄭公鄉其門號為通德門門前墜葉浮秋水籬外寒皐帶夕陽日日青松成古木秪應來者為心傷

送孔巢父赴河南軍唐書廣德中李季卿宣撫江淮薦巢父為左衛兵曹參軍故有此行

江城相送阻烟波況復新秋一雁過聞道全師征北敵更言諸將會南河（孟子舜避堯之子於南河之南○唐書幽州有安史之亂南有永王璘之變唐日以淮為南河黃河為北河）邊心杳杳鄉人絶塞草青青戰馬多共許陳琳工奏記（三國志陳琳字孔璋廣陵人避亂冀州袁紹辟之使典密事紹死魏太祖辟為典記室魏太祖先苦頭風陳琳作檄草成呈太祖是日疾發臥讀琳檄太祖翕然而起曰此愈我疾病孔巢父也）知君名宦未蹉跎（杜詩聞君已朱紱且得慰蹉跎）

同温丹徒登萬歲樓

高樓獨上思依依極浦遥山合翠微（鄴中記曰山氣青縹色曰翠微）江

客不堪頻北望塞鴻何事復南飛遼陽古渡寒烟積瓜步空洲遠樹稀瓜步揚州古渡其狀如瓜謂之瓜洲渡真州亦有瓜步山鮑照文曰因迴為高據絕為雄凌清瞰遠擅奇含秀聞道王師猶轉戰誰能談笑解重圍史記趙被秦圍急魏使新垣衍於趙欲使趙帝秦魯連見衍陳帝秦之害衍遂詘秦兵聞之卻五十里○文選左太沖詠史詩吾慕魯仲連談笑卻秦軍

秋日東郊

閒看秋水心無事莊子有秋水篇坐對寒松手自栽寒松或作東林誤

廬岳高僧留偈別廬岳即江州廬山也偈頌曰偈茅山道士寄書來茅山

在鎮江即古潤州也燕知社日辭巢去燕春社來秋社去菊為重陽冒雨開淺薄將何稱獻納前漢張衡傳朝夕論思日月獻納○杜詩獻納司存雨露邊臨岐終日獨遲迴

宿淮陰南樓酬常伯熊

淮陰日落上高樓喬木荒城古渡頭浦外野風吹入户牕中海月早知秋滄波一望通千里畫角三聲起百憂毛詩曰我生之後逢此百憂杜工部詩有百憂集行獨立宵分遠來客煩君步屣忽相求

郎士元 字君胄中山人也天寳中進士後選京畿縣官歴左拾遺出郢州刺史有詩集傳於世

寄韋司直

聞君感歎二毛初 二毛見前注 舊友相依萬里餘烽戍有時驚暫定甲兵無處可安居客來吴地星霜久 杜詩星霜玄鳥變 家在平陵音信疎昨夜東風還入户登山臨水復何如 潘安仁秋興賦憭慄兮若在遠行登山臨水送將歸

盩少府新除江南尉問風俗

聞君作尉向江潭吴越風烟到自諳客路尋常隨竹影

人家大抵傍山嵐緣溪花木偏宜遠避地衣冠盡向南晉書懷帝永嘉五年時海内大亂獨江東差安中國士民避亂者多南渡江鎮東司馬王導説瑯琊王睿收其賢俊與之共事睿從之惟有夜猿啼海樹思鄉望國意難堪

酬王李友題半日村别業

村映寒原日已斜烟生密竹早歸鴉長溪南路當羣岫半景東鄰照數家晚景為半景門通小逕連芳草馬飲春泉踏淺沙欲待主人林上月還思潘令縣中花晉潘岳字安仁為河陽令嘗作閒居賦云○潘岳為河陽令植桃李花人號曰河陽一縣花○庾信枯樹賦云建章三月火黄河千

里槎若非金谷滿園樹定是河陽一縣花

羊士諤 士諤貞元初進士累至宣歙巡官元和初拜監察御史坐誣論宰執出資州刺史有集傳於世

酬西川獨孤侍御見寄

百雉層城上將壇 左傳都邑過百雉國之害也注方丈曰堵三堵曰雉一雉之牆長三丈高一丈

列營西照雪峯寒 雪峯成都西北山也

文章立事須銘鼎 禮記曰夫鼎有銘銘者論譔其先祖之德美功烈勲勞而酌之祭器自成其名焉故衛孔悝之鼎銘曰叔舅予女銘若纂乃考服悝拜稽首曰對揚以辟之勤大命施於烝彝鼎

談笑論功恥據鞍 後漢馬援據鞍

顧盼以示可用○杜詩傷時即據鞍

草檄青油推健筆青油幕也詩意比陳琳耳曳裾黃閣聳危冠前漢鄒陽諫吳王書曰今臣盡智畢議易精極慮則無國不可十飾固陋之心則何王之門不可曳長裾乎雙金未比三千字淮南子古詩曰客從東南來遺我雙南金負弩應慚知者難前漢司馬相如為中郎將使卭筰馳四乘之車至蜀太守以下郊迎縣令負弩先驅蜀人以為寵

竇常字中行叔向之子也京兆人大歷中王儲榜登第累官水部員外郎後遷國子祭酒卒有集行於世

寒食途次松滋渡先寄劉員外常兄弟五人年羣庠輩四人擢

進士獨常客隱毘陵因韋夏卿薦始入仕皆詩入也常歷武陵夔江撫四州刺史將之武陵故有此作

杏花榆莢曉風前雲際離離上峽船江轉數程淹驛騎楚曾三户少人烟漢書楚雖三户亡秦必楚看春又過清明節筭老重經癸巳年幸得桂山當郡舍隋開皇中刺史樊子蓋以善卷常居桂山更名為善德山今按方輿勝覽松滋在江陵府西北四十里有桂山疑桂誤作桂在朝長詠卜居篇卜居者屈原所作也屈原哀憫當世之人習安邪佞違背正直故陽為不知二者之是非可否而將假著龜以決之故為此辭

竇牟字貽周貞元二年進士累至都官郎中終國子司業有集行世

秋夕閒居對雨贈別盧七侍御牟晚從昭義盧從史從史寢驕牟度不可諫即移疾歸東都故有是作

燕燕辭巢蟬蛻枝詩曰燕燕于飛頡之頏之○楚詞淮南王安曰蟬蛻於濁穢之中以浮游塵埃之外窮居積雨壞藩籬夜長簷溜寒無寢日晏廚烟濕未炊悟主一言那可學前漢車千秋為高帝寢郎衛太子為江充譖敗久之千秋上急變訟太子寃武帝大感悟謂曰父子之間人所難言也公獨明其不然此高廟神靈使公教我立拜千秋為大鴻臚數月為丞相封富民侯千秋以一言寤意旬月取宰相封侯世未嘗有也○唐房琯贊曰琯以忠義自信

片言悟主而取宰相

從軍五百竟何為後漢永元三年班超定西域以超為都護居龜茲後置戊己校尉領兵五百人故人駿馬朝天去洛下秋聲恐要知

楊巨源字景山蒲州人貞元中舉進士不中初為張弘靖從事遷太常博士太和中為河中少尹有詩集一卷傳於世

送人過衛州

憶昔征南府內遊君家東閣最淹留東閣見前註縱橫聯句長侵夜次第看花直到秋論舊舉杯先下淚傷離流一本作臨水更登樓魏王粲有登樓賦相思前路幾回首回首一作千里滿眼

青山過衛州

寄中書同年舍人

晴明紫閣最高峯長安志終南有圭峯紫閣二峯杜詩云紫閣峯陰入美陂仙掖開簾范彥龍杜詩云仙掖高情容相招共一過○南史梁范雲字彥龍居選官任寄隆重書牘盈案賓客滿門雲應荅如流無所壅滯官曹文書發摘如神五色天書詞煥爛五色天書見前五色詔註九華春殿語從容洛陽宮簿有明光繖音式乾九華之殿綵毫應染爐烟細清佩仍含玉漏重二十年前同日喜碧霄何路一本作得相逢有雲泥霄壤之興也

酬于駙馬

綺陌塵香曙色分碧山如畫又逢君蛟藏秋月一片水

驥鎖晴空千尺雲此一聯言駙馬居處第宅如此之麗出入騎從如此之盛在六義中比也

戚里舊知何駙馬前漢萬石君徙其家長安中戚里以其姊為美人故也注於上有姻戚者居之故名曰戚里〇三國志何晏字平叔尚魏太祖女金鄉公主詩家今得鮑參軍晉鮑昭字明遠為臨海王子項前軍參軍杜詩憶李白云清新庾開府俊逸鮑參軍陽和本是烟霄

曲陽和見前注須向花間次第聞

又

芳時碧落心應斷今日清詞事不同瑤草秋殘仙圃在杜詩相期拾瑤草綵雲天遠鳳樓空北王子晉晴光曾送金羈影金羈馬飾也凉葉寒生玉簟風長得閒詩歡自足會看春露濕蘭叢文選阮籍為詠懷詩云清露被蘭皋凝霜沾野草詳此意謂公主先逝而有子也六義中為興也

觀征人回

兩河戰罷萬方清漢順帝永建六年護羌校尉韓皓轉湟中屯田置兩河間以逼羣羌原上軍回識舊營立馬望雲秋塞靜射鵰臨水晚天晴李廣傳乃匈奴射鵰兒也戍閑部伍分岐路地遠家鄉寄斾旌詩曰悠悠斾旌

聖代止戈資廟畧左傳止戈為武○漢趙充國傳誠非素定廟勝之策師古注曰謂謀於廟堂之上而勝敵也○晉張華傳羊祜疾篤帝遣華詣祜問以伐吳之策回及將大舉以華為度支尚書量計運漕決定廟筭諸侯不復更長征

將歸東都寄令狐舍人

綠楊紅杏滿城春一騎悠悠萬井塵周禮小司徒凡經土地而井牧其田注司馬法曰十終為同同方百里萬井三萬家革車百乘士千人徒二千人岐路未關今日事風光欲醉長年人長去聲閒過綺陌尋高寺强對一本作到朱門謁近臣多病晚來還有策洛陽山色舊相親

寄江州白司馬　唐書白居易字樂天王涯上言居易不宜治郡貶江州司馬

江州司馬平安否惠遠東林住得無　高僧傳晉惠遠見廬阜清静足以息心始住龍泉精舍刺史桓伊乃為遠於山東立房殿即東林也　湓浦曾聞似衣帶　郡國志昔人於此洗銅盆墮水取之化龍而去因名湓水○隋號州刺史崔仲方獻平江南策曰賊雖於蘄口湓城置船不能立矣文帝謂高熲曰我為民父母豈可限一衣帶水而不拯救乎　廬峰見説勝香爐　江州廬山有香爐峯

題詩歲晏離鴻斷望闕天遥病鶴孤莫謾拘牽雨花社　雨去聲○梁武帝與雲光法師講經於金陵感天雨花天雨花天厨獻食因築雨花臺○樂天暮節惑浮屠道尤甚自稱香山居士　青雲依舊是前途　揚雄解嘲云當塗者升青雲失路者

婁溝渠〇顏延年五君詠曰仲容青雲器注言器識高遠也

薛司空自青州歸朝 薛平薛仁貴三世孫憲宗朝拜淄青齊登萊五州平盧軍節度使入朝拜檢校司空

天眷君陳久在東 書君陳周公既沒命君陳分治東郊成周注成王重周公所營故命君陳分居治東郊成周之邑里官司也 歸朝人看大司空黄河岸畔長無事滄海東邊獨有功 青州濱海也 已變畏途成雅俗 莊子夫畏途者十殺一人則父子兄弟相戒必盛卒徒而後敢出〇唐盧懷慎傳帝曰以卿坐鎮雅俗耳 仍過舊里揖秋風一門累葉凌烟閣 唐太宗貞觀十七年圖贊功臣於凌烟閣 次第儀刑

漢上公梁范雲讓吏部封侯表爰在中興儀刑多士齊職儀云周以太師太傅太保為三公以大司馬大司徒大司空大司寇大冢宰大宗伯為六卿至西漢末師傅保之官崇其號為上公

送章孝標

曾過靈隱江邊寺杭州有靈隱寺獨宿東樓看海門潮色銀河鋪碧落日光金柱出紅盆日出海中海水盡赤望日光如金柱棒出紅盆耳此最模寫妙處不妨公事資高臥見謝安注無限詩情要細論杜詩何時一樽酒重與細論文若訪郡人徐孺子後漢徐穉字孺子豫章人也陳蕃為豫章太守不接賓客惟為穉特設一榻去而懸之應須騎馬到沙村沙村即孺子之居也

述舊紀勲寄太原李光顔 二首

玉塞含悽見雁行張掖郡北有玉門關故云玉塞○杜詩他日傍江樓含悽述飄蕩光顔與兄光進俱貴顯故曰雁行北垣新詔拜龍驤沈括筆談學士院北扉者為其在玉堂之南便於應詔○晉王濬為龍驤將軍苻堅姚萇等亦嘗為之弟兄間世真飛將唐書太原李光顔少隨兄光進馬燧救臨洛戰洹水有功光進遷御史大夫光顔亦至大夫故軍中號大小大夫後光顔拜司徒河東節度使○漢李廣號飛將軍貔虎歸時似故鄉光顔後為河東節度故曰故鄉鼓角因風飄朔氣旌旗映水發秋光河源收地心猶壯笑向天西萬里霜河源即黄河之源也唐書党項引吐蕃圍涇州光顔力戰破之以功鎮忠武忠

武吐蕃之邊也

又

倚天長劒截雲孤屈原少司命云竦長劒兮擁幼文注司命持長劒以誅絶惡擁護少長各得其命也○宋玉詩曰彎弓掛扶桑長劒倚天外報國縱横見丈夫戰國時有縱横術蘇秦為縱張儀為衡五載登壇真宰相登壇見前注六重分閫正司徒光顔自元和至寶德初歴洛代陳三州刺史忠武深冀節度皆兼兵馬後拜司徒河東節度故云六重分閫○前漢馮唐傳曰王者遣將也跪而推轂曰閫以内寡人制之閫以外將軍制之曽聞轉戰平堅寇轉上聲共説題詩壓腐儒前漢高祖罵酈食其曰腐儒幾敗乃公事料敵知

幾在方寸不勞心力講陰符梁任昉彈曹景宗云料敵制變萬里無差○前漢霍去病上欲教以孫吳兵法對曰顧方畧何如耳不在學古兵法陰符太公六韜中篇名

酬盧員外按唐書盧簡求河中人盧綸第四子也簡求初佐牛僧孺鎮襄陽及僧孺死入遷戶部員外郎

謝傅旌旗控上游晉謝安字安石為太保都督荊揚等州諸軍事薨贈太傅○史記項羽曰古之帝者地方千里必居上游詩意以牛僧孺比謝傅盧郎樽俎借前籌漢張良曰臣請借前箸以籌之詩意指盧佐牛功也舜城風土臨清廟舜城河中也舜清廟茅屋魏國山川在白樓河中北城有白樓雲寺當時接高步水亭今日又

同遊滿筵舊府笙歌在獨有羊曇最淚流羊曇泰山人為謝安所愛重安薨後輟樂彌年行不由西州路嘗因石頭大醉扶路不覺至西州門左右白曰此西州門曇悲感不已以馬策叩扉誦曹子建詩生存華屋處零落歸山邱因哭而去時僧孺已死詩以羊曇比盧員外也

贈張將軍

關西諸將揖容光漢書李循曰關西出將關東出相觀其習兵壯勇寔過餘州獨立營門劒有霜知愛魯連歸海上魯連見前注肯令王翦在頻陽史記王翦頻陽東鄉人也為秦將始皇欲伐荆問李信用幾何人而足信曰不過二十萬人問王翦翦曰非六十萬人不可始皇曰將軍老矣何怯耶翦遂謝病歸頻陽後信敗始皇起王翦用六十萬人遂滅荆〇頻

陽今京兆渭北美源縣也天晴紅幟當山滿前漢韓信破趙使人持一赤幟入趙壁皆拔趙白幟立漢赤幟日暮清笳入塞長杜詩客淚墮清笳年少功高人最美漢家壇樹月蒼蒼言漢將之登壇已為陳迹不若將軍年少功高抑彼揚此之意耳

古意贈王常侍

綉户紗牕北里深杜詩北里富熏天香風搖動鳳凰簪董巴輿服志曰太皇太后簪以瑇瑁為擿上為鳳凰飾以翡翠毛羽擿音滴組紃長在佳人手禮記内則織紝組紃刀尺空搖寒女心文選鄭泰機詩寒女雖巧妙不得秉杼機衣工秉刀尺棄我忽若遺欲學齊謳逐雲管漢書禮樂志曰齊謳員六人○說文謳齊歌還思楚練

拂霜砧楚練楚國之練也杜詩越羅與楚練照耀與臺軀李白詩組練照楚國　東家少女

當機織應念無衣雪滿林詩豳風七月無衣無褐何以卒歲

唐詩鼓吹卷三

唐詩鼓吹卷四

元　郝天挺　註

曹唐

字堯賓桂州人為道士太和中舉進士中第累為諸府從事因暴病卒於家有集二卷無傳

暮春戲贈吳端公

年少英雄好丈夫漢書或說陳平於漢王曰平雖貧美丈夫如冠玉耳大家望拜

從一本作執金吾閑眠曉日聽鶗鴂揚雄傳注鶗鴂一名買鶙一名杜鵑一名子規○服虔異物志注鶗鴂一名鶗伯勞笑倚春風仗轆轤古詩腰中轆轤劍可直千萬餘○宋

武帝孝建二年削弱王侯劍不得為轆轤形深院吹笙聞漢婢靜街調馬任奚奴唐書奚東胡種漢曹操斬其帥冒頓即其祖也元魏號庫真奚與突厥同族逐水草畜牧其馬善登故奚人能馭故也牡丹花下簾鉤外獨憑紅肌捋虎鬚吳錄朱桓奉觴於孫權曰願一捋陛下鬚王推几而前桓進捋鬚曰今日真可謂捋虎鬚也吳王大笑

和周侍御買劍

將軍溢價買吳鉤吳越春秋闔閭命國中作金鉤令曰能為善鉤者賞百金有人貪王賞殺二子以血釁金遂成二鉤獻於吳王吳鉤始此要與中原靜寇讎試掛牕前驚電轉畧抛牀下怕泉流言劍之光瑩如水也青天露拔雲霓泣黑

地潛擊鬼魅愁唐李賀春坊正字劒歌云提出西方白帝驚嗷嗷鬼母秋郊哭見說夜深星斗畔晉張華傳斗牛之間常有紫氣問雷煥曰此寶劒之祥也等閑期尅月支頭後漢永元二年月支遣其副王謝將兵七萬攻班超超伏兵擊其將盡殺之持其首示謝謝大驚請罷月支由是大震

長安春舍敘部陵舊宴懷永門蕭使君二首

木魚金鑰鎖重城風俗通曰鑰施懸魚翳伏淵源欲令鎖閉如此也夜上紅樓縱酒情英華作任酒情竹箭水繁更漏促漢魏故事箭漏箭也桐花風軟管絃清晉安海物異名記刺桐花丹其枝榦有刺花附榦而生其葉如桐其花側敷如掌形似金鳳

百分散打銀船溢百分散打謂打羯鼓也○古詩頭如青山峯杖似白雨點蓋此意也銀船酒盃也十指寬催玉筋輕英華作寬巡也言嘗筴也星斗漸稀賓客散

碧雲猶戀艷歌聲列子薛譚學謳於秦青未窮青技而辭歸青餞於郊乃持節悲歌聲振林木響遏行雲譚謝求返不敢言歸也○樂府有艷歌行

又

三年身逐楚諸侯前漢賈誼過秦論項羽拔起隴畝之中三年遂將五諸侯兵滅秦分裂天下而威行海內賓榻容居最上頭賓榻見徐穉註飽聽笙歌陪夜飲熟尋雲水縱閒游杜詩雲水氣參錯朱門鎖閉烟霞暮鈴閣清泠

水木秋鈴閣見前注月滿山前圓不動更邀詩客上高樓

病馬呈鄭校書三首

騄駬何年别渥洼莊子騄駬騏驥纖離騄駬古之良馬也○漢武帝元鼎四年馬生渥洼水中病來顏色半泥沙四蹄不鑿金砧裂杜詩肮促蹄高如踣鐵又驄馬新鑿蹄○漢天馬曲足銀砧兮破層冰雙眼慵開玉筯斜玉筯淚也墮月兎毫乾一本作輕觳觫孟子曰吾不忍其觳觫失雲龍骨瘦查牙平原好放無人放嘶向秋風首蓿花前漢西域傳大宛人嗜蒲萄酒馬嗜苜蓿後漢使取其種於離宫别館○鮑防詩天馬長銜苜蓿花胡人歲獻蒲萄酒○杜詩漢馬驍肥秋苜蓿

二

壠上沙葱葉未齊沙葱草名馬宜之騰黃猶自跼羸蹄周書王會騰黃神馬也一名乘黃一名飛黃似狐有五肉角一日千里○漢書何乃局促如轅下駒尾蟠夜雨紅

絲脆頭掉秋風白練低顏子望吳閶遠橫白練孔子曰非也乃白馬之光力憊

未思金絡腦傅玄良馬賦曰金羈在首發以鳴珂鏤鞍米鞯纖防含華○鳴一本作明影寒

空望錦障泥障平聲○晉書王武子有馬癖且知其性嘗乘一馬著連乾障泥前有水不肯渡王云此必是惜障泥使人解去便徑渡水堦前莫怪雙垂淚不遇孫陽不敢

嘶孫陽即樂也

三

不剪焦毛鬛半翻何人别是古龍孫別入聲○龍孫馬名青海之傍馬多龍種

風吹病骨無驕氣土蝕蔥花見臥痕蔥花青白色也

未噴斷雲歸漢苑前漢武帝天馬歌曰籋浮雲兮晻上馳

曾追輕練過吳門家語顔回望吳門馬見一疋練孔子曰馬也然則馬之光景一疋長耳故號馬為疋

一朝千里心猶在古樂府老驥伏櫪志在千里烈士暮年壯心不已

爭肯潛忘秣飼恩

奉送嚴大夫再領容府二首

海風卷樹凍嵐消憂國寧辭嶺外遙自顧勤勞甘百戰

不將功業負三朝（三朝謂憲宗穆宗敬宗也）劒澄黑水曾芟虎（芟所銜切謂殺虎也）箭劈黃雲慣射鵰（後魏秦王幹善弓馬嘗從太宗出白登有雙鵰幹以二箭俱下之軍中號為射鵰都尉）代北天南盡成事肯將心許霍嫖姚（前漢霍去病為嫖姚校尉註嫖姚勁疾皃也）

又

日照雙旌射火山（嶺表録梧州西有火山下有澄潭無底山頂夜見火三尺如野燒之甚者廣十餘丈或言水中有寶珠也燄如火山上産荔枝四月子丹以其地熱故曰火山）笑迎賓從却南還風雲暗發談諧外感會潛生氣槩間（范史二十八將論曰感能

感會風雲奮其智勇稱為佐命志能之士也 斬竹水翻臺榭濕刺桐花落管絃閒刺桐見前 無因得皷真珠履親從新侯定八蠻皷音堀○史記春申君客三千人其上客皷珠履○書旅獒遂通道於九夷八蠻

贈南嶽馮處士二首

白石溪邊自結廬陶潛詩云結廬在人境而無車馬喧 風泉滿院稱幽居文選王簡棲頭陀寺碑云崖谷共清風泉相渙○禮記曰儒有幽居而不淫 鳥啼深樹斸靈藥花落閒牕看道書烟嵐晚過鹿裘濕晉郭文字文舉恒著鹿皮裘葛巾不飲酒食肉 水月夜明山舍虚支頤冷笑緣名出終日王門

强曳裾曳裾見前註

又

寂寥深木閉烟霞洞裏相知有幾家笑看潭魚吹水沫醉嗔溪鹿喫蕉花穿廚歷歷泉聲細繞屋悠悠樹影斜陶詩繞屋樹扶疎夜静著灰封釜竈自添文武養丹砂文武修煉之火候也

鼂劒

古物神光雪見羞未能擎出恐泉流越絶書曰王取純鈞薛燭觀其光如

水之溢於塘觀其文煥如冰之將釋暗臨黑水蛟螭泣漢王褒頌曰清水淬其鋒越砥斂其
鍔水斷蛟龍陸剸犀象潛倚空山鬼魅愁生怕雷霆號澗底長閑
風雨在牀頭垂情不用將糜氣糜字疑誤別本作鬧惱亂司空犯
斗牛晉張華為司空見斗牛之間常有紫氣與雷煥觀之曰此寶劍之祥也問煥曰在何郡煥曰在鄷城
即補煥為鄷城令到縣掘獄基得二劍雄曰龍泉雌曰太阿

題子姪書院雙松

自種雙松費幾錢頓令院落似秋天能藏此地新晴雨
却惹空山舊晚烟枝壓細風過枕上影籠殘月到牕前

莫教取次成閑夢使汝悠悠十八年三國志吳丁固為尚書夢松生其腹上謂人曰松字乃十八公也後十八年吾其為公乎卒如夢焉

羽林賈中丞

四十年前百戰身前漢李廣結髮與匈奴大小七十餘戰曾驅虎隊掃邊塵風悲鼓角榆關暮勝州東有隋林宮及榆林關秦蒙恬破胡闢地千里壘石為城植榆為塞日暖旌旗隴草春鐵馬慣牽邀上客鐵馬介馬也金魚多解乞佳人乞去聲○杜詩銀甲彈箏用金魚換酒來胸中別有安邊計誰采髭鬢白似銀

送康祭酒赴輪臺

灞水橋邊酒一杯送君千里赴輪臺輪臺西域地名○前漢西域傳曰輪臺渠犂皆有田卒數百人霜黏海眼旗聲凍風射犀文甲縫開犀革所以為甲也左傳曰犀兕尚多丹漆若何棄甲則那斷磧簇烟山似米後漢馬援說光武破隗囂之狀聚米為山谷指畫形勢道徑往來昭然可曉帝曰虜在吾目中矣野營軒地鼓如雷三國志周瑜敗曹公於赤壁雷鼓而進北軍大壞○李太白詩雷鼓嘈嘈喧武昌雲旗獵獵過潯陽分明會得將軍意不斷樓蘭不擬迴前漢傳介子北地人時龜茲樓蘭皆嘗殺漢使者介子謂霍光曰龜茲樓蘭數反覆而不誅無所懲艾於是白遣介子賫金幣至樓蘭其王貪漢物來見使者

壯士二人從後刺之斬首詣闕封為義陽侯

南遊

盡興南遊卒未迴水工舟子不須催 詩䟽有若葉招招舟子人涉卬否

政思碧樹關心句 文選江淹詩碧樹先秋落 難放紅螺蘸甲杯 嶺表異録云紅螺類鸚鵡殼薄而紅堪為酒杯白樂天詩一榼扶頭酒泓澄瀉玉壺十分蘸甲酌瀲灩滿銀盂

漲海潮生陰火滅 王子年拾遺記曰西海之西有浮玉山下有穴穴中有水其色如火波濤灌蕩火不滅名陰火○木玄虛海賦陽水不治陰火潛然 蒼梧風暖瘴雲開 蒼梧秦時屬桂林郡舜帝南遊沒於此野

蘆花寂寂月如練何處笛聲江上來

哭陷邊許兵馬使

北風裂地黯邊霜戰敗桑乾日色黃 桑乾水名屬雲中郡 故國暗迴殘士卒新墳空葬舊衣裳 禮有招魂葬 散牽細馬嘶青草 散上聲○太白詩二八佳人細馬馱 任去佳人弔白楊 古詩白楊何蕭蕭風吹愁殺人 除卻陰符與兵法 黃帝有陰符經 更無一物在儀牀 儀牀供靈之几筵也

長安客舍懷蕭使君邵陵舊宴

粉雉丹軒畫障西 杜詩雉堞粉如雲 水雲紅樹窣璇題 揚雄甘泉賦蓋天子穆然珍臺閑館璇題玉英鮑明遠詩綉甍結飛霞璇題納行月 鷓鴣欲絕歌聲定鴝

鵒初驚舞袖齊晉書王導補謝尚爲掾有勝會謂尚曰聞君能作鴝鵒舞一座傾想尚便著衣幘俯仰而舞令坐客擊節旁若無人坐對玉山難甸綫晉嵇康醉倒如玉山之將頹細聽金石怕低迷樂書有八音金石絲竹匏土革木此指樂聲也○嵇康養生論曰夜分而坐則低迷思寢東風夜月三年飲不省歸時不似泥李白襄陽歌傍人借問笑何事笑殺山翁醉似泥○稗官蟲說云南海有蟲無骨名曰泥水中則活失水則醉如一塊泥然

宋邕謹按以下遊仙詩一十一首出曹唐集中他集亦然今先生題作宋邕必有據矣

劉晨阮肇遊天台天台山名在台州真誥曰台州山上應台星故曰天台

樹入天台石路新雲和草靜迥無塵烟霞不省生前事

水木空疑夢後身往往雞鳴巖下月時時犬吠洞中春淮南王安臨仙去餘藥在鼎中雞犬舐之皆得飛升故雞鳴雲中犬吠天上不知此地歸何處須就桃源問主人桃源見前注

劉阮洞中遇仙人

天和樹色靄蒼蒼霞重嵐深路渺茫雲竇滿山無鳥雀水聲沿澗有笙簧碧沙洞裏乾坤別紅樹枝邊日月長願得花間有人出免令仙犬吠劉郎漢永平間有劉晨阮肇入台州天台縣西北二十里山中採藥失道食盡見桃實食之覺身輕行數里至岸滸有二女笑迎作食胡麻飯山羊脯甚

美後欲求去會集衆樂共送劉阮指示原路既出無復相識至家子孫七世矣

仙子送劉阮出洞

殷勤相送出天台仙境那能却再來雲液既歸須強飲雲液酒名玉書無事莫頻開花當洞口應長在水到人間定不迴惆悵溪頭從此別碧山明月照蒼苔淮南子曰窮谷之汚生以蒼苔

仙子洞中有懷劉阮

不將清瑟理霓裳霓裳曲名唐葉法善引明皇入月宫聞樂聲歸但記其半會西凉府楊敬

達進婆羅門曲聲調脗合乃合二者製霓裳羽衣曲塵夢那知鶴夢長洞裏有天春寂寂人間無路月茫茫左傳虞人箴曰茫茫禹跡畫為九州玉沙瑤草連溪碧流水桃花滿澗香曉露風燈易零落此生無處問劉郎問一作訪

劉阮再到天台不復見諸仙子

再到天台訪玉真青苔白石已成塵笙歌寂寞閒深洞雲鶴蕭條絶舊鄰草樹總非前度色烟霞不似往年春桃花流水依然在不見當時勸酒人

玉女杜蘭香下嫁於張碩

天上人間兩渺茫不知誰識杜蘭香墉城仙録有漁父於湘江洞庭之岸聞兒啼聲視之三歲女子漁父舉之十餘歲天姿奇偉真天人也忽有青童自空而來攜女而去臨升謂其父曰我仙女杜蘭香也有過謫於人間其後洞庭包山降張碩家蓋碩修道者也授之以舉形飛化之道久之碩仙去漁父以學道不食後不知所之來經玉樹三山遠三山見前注去隔銀河一水長銀河即天河也怨入清塵愁錦瑟錦瑟謂木紋似錦也酒傾玄露醉瑤觴遺情更説何珍重遺一作多擘破雲鬟金鳳凰白樂天長恨歌釵留一股合一扇釵擘黃金合分鈿

張碩重寄杜蘭香

碧落香銷蘭露秋星河無夢夜悠悠靈妃不降三清駕太真科曰三清之間各有正位聖登玉清真登上清仙登太清仙鶴空成萬古愁皓月隔花追歎別飛烟籠樹省淹留人間何事堪惆悵海色西風十二樓漢書公孫卿言黄帝時為十二樓以候神人又崑崙山有五城十二樓皆仙人居之

織女懷牽牛續齊諧記曰桂楊成武丁有仙道謂其弟曰七月七日織女當渡河諸仙悉還宮弟問曰織女何事渡河荅曰織女暫詣牽牛世人至今云織女嫁牽牛也

北斗佳人雙淚流李元獨異志云秦并六國後太白星竊織女侍兒梁玉清衛承莊逃入衛

城小仙洞四十六日不出天帝怒命五岳搜捕太白歸位承莊逃焉王清有子名子休王清謫於北斗下當春其子休配與河伯行雨每至小仙洞恥其母淫奔之所輒回故此地常少雨眼穿腸斷為牽牛封題錦字凝新思晉竇滔妻織錦字作回文寄滔故曰錦字拋擲金梭織舊愁桂樹三天烟漠漠真人傳太真我所服太和自然龍胎之體適所授三天真人不可以教始學者銀河一帶水悠悠欲將心向仙郎說借問榆花早晚秋古樂府詩曰天上何所有歷歷種白榆謂星也

簫史攜弄玉上昇

豈是丹臺歸路遙南真傳曰九宮真人出入皆從黃闕丹臺中間為道紫鸞烟駕

不同飄玉清隱書上真則飛龍翼轅中真則紫鳳持節下真則太極驂轅一聲洛水傳幽咽萬片宮花共寂寥紅粉美人愁未散清華公子笑相邀大有經曰玉華清宮有寳經應為真人者授之緱山碧樹青樓月李白詩云瑤臺有黃鶴為報青樓人腸斷春風為玉簫

黃初平將入金華山神仙傳黃初平年十五家使牧羊有道士見其良謹將至金華石室中四十餘年不復念家其兄初起行索之歷年不得後見市中有道士問之道士曰金華山中有牧羊兒初平兄乃隨道士得與相見因問羊今何在曰在山東兄往視之但見白石滿地初平曰羊在此兄覓不見乃叱白石皆起成羊數萬頭〇金華在婺州山有金華

洞第三十六金華洞元之天

莫道真遊烟景賒瀟湘有路入金華溪頭鶴樹春常在洞口人間日易斜一水暗迴閒繞澗五雲長往不還家白羊成隊難收拾喫盡溪邊巨勝花廣雅云巨勝一名胡麻○陶隱居云莖方者巨勝圓者胡麻可作蔬道人多食之形類麻故名胡麻○參同契云巨勝可延年還丹入口

漢武帝思李夫人

惆悵朱顏不復歸晚秋黃葉滿天飛迎風細荇傳香粉隔水殘霞見畫衣白玉帳寒鴛夢絕漢武故事曰帝起玉堂基堦畫用白

玉紫陽宫遠雁書稀靈書經曰紫微上宫有紫陽之觀夜深池上蘭橈歇楚辭蓀橈兮蘭旌注橈小楫也斷續歌聲接太微太微星名

李益字君虞隴西人大歷中進士及第憲宗聞其才名名為秘書少監遷禮部尚書致仕有集傳於世

胡兒飲馬泉酈善長水經曰余至長城下往往有泉窟可飲馬問之皆秦築城卒取水處也

緑楊如水草如烟如水一作着水舊是胡兒飲馬泉幾處吹笳明月夜何時倚劒白雲天宋玉賦長劒倚天外從來凍合關山路

今日分流漢使前莫遣行人照容鬓恐驚憔悴入新年

鸛雀樓

鸛雀樓西百尺檣鸛雀樓在今河中府汀洲雲樹共茫茫漢家簫鼓空流水漢武帝秋風辭上幸河東而作辭曰横中流兮揚素波簫鼓鳴兮發棹歌魏國山河半夕陽史記吳起傳魏武侯曰美哉山河之固此魏國之寶也吳起曰在德不在險今河中府即古魏地事去千年猶恨促愁來一日即為長風烟併起思鄉望遠目非春亦自傷宋玉招魂曰目極千里兮傷春心魂兮歸來哀江南

賈島字閬仙范陽人連敗文場遂為浮屠後舉進士及第有文集并詩格一卷傳於世○閬仙學浮

屠來東都時洛陽禁僧徒不得出島為詩韓愈憐之因教去浮屠舉進士當其苦吟雖值公卿貴人皆不之覺劉公佳話云島初赴舉京師一日於驢上得句云鳥宿池邊樹僧敲月下門因欲著推字遂於驢上吟哦引手作推敲勢時韓愈吏部權京兆島不覺沖至第三節左右擁至尹前具對韓立馬良久曰作敲字佳遂並轡而歸自此名著又按類編故事島一日在法乾寺與僧談詩其卷在案上宣宗帝微行至寺見島卷取而覽之島不識帝怒目視之曰郎君何會此耶奪卷回明日島纔知入謝除長江司

酬張籍王建

疎林荒宅古坡前久住還應太守憐漸老更思深處隱多閒數得上方眠杜詩上方重閣晚上方僧寺最深處鼠拋貧屋收田日

雁度寒江擬雪天身事龍鍾應是分唐裴度傳見我龍鍾故相戲耳水曹芸閣往來篇張籍字文昌為水曹員外郎時同在長安與島為詩友芸閣指王建魚豢典畧曰芸閣辟紙蠹故藏書閣曰芸閣章碣碣錢塘人孝標之子也進士不第竟流落不知所終有詩集行於世

春別

擲下離觴指亂山趨程不待鳳箋殘花邊馬嚼金銜去樓上人垂玉筯看魏文帝甄后面白淚雙垂如玉筯柳陌雖然風裊裊葱河猶自雪漫漫葱河謂葱嶺之河也戰國策蘇秦說慇懃莫厭貂裘重

李兊兊送秦以黑貂裘黃金百鎰恐犯三邊五月寒三邊西方北方西北方此三處皆固陰冱寒也

送謝進士歸閩

百越風烟接巨鼇呂氏春秋時君覽篇揚漢之南百越之際高誘注曰越有百種○列子渤海之東有五山岱輿員嶠方壺瀛州蓬萊皆仙人所居五山之根無連著隨潮上下帝恐流於西極命禺彊使巨鼇十五舉首戴之始不動還鄉心壯不知勞雷霆入地建溪險建溪屬建寧府源出武夷至城外今東溪是也星斗逼人棃嶺高泉山記曰棃嶺在泉山郡東十五里因棃以得名却擁木綿吟麗句閩嶺志南方多木綿土人競植之采其花為布便

攀龍眼醉香醪龍眼如荔枝樹但枝葉稍小殼青黄色形如彈丸核如木梡子不堅肉白而帶漿甘似蜜作穗如蒲萄然荔枝熟後方出故名荔枝奴名場聲利喧喧在莫向林泉改鬢毛

李頻字德新睦州人大中八年進士調秘書郎擢都官員外郎除建州刺史卒於官有集一卷行於世

湖口送友人

中流欲暮見湘烟葦岸無窮接楚天去雁遠衝雲夢雪離人獨上洞庭船洞庭見前注風波盡日依山轉星漢通宵

向水連零落梅花過殘臘故園歸去及新年

杜荀鶴字彥之早有詩名累舉不第大中中登科後遷主客員外郎天祐初卒自號九華山人有詩集行於世

雪

風攪長空寒骨生先于曉色報牕明江湖不見飛禽影巖谷惟聞折竹聲巢穴幾多相似處英華作溝壑本深無復滿路岐兼得一般平擁袍公子莫言冷中有樵夫跣足行百斛明珠曰貴公子被貂裘雪中飲醉臨檻向風曰爽哉此風左右皆泣下公子驚問曰吾父昔日以爽亡楚襄王登臺

有風颯然至王曰快哉此風寡人與衆共耶宋玉曰此獨大王之風庶人安得而共之惜乎今宋玉不在傍也

崔顥 汴州人開元十一年登進士第累至尚書司勳員外郎有詩一卷傳於世

黃鶴樓

昔人已乘白雲去此地空餘黃鶴樓唐圖經費文褘登仙駕黃鶴返憩於此黃鶴一去不復返漢蘇子卿詩黃鶴今遠別千里顧徘徊白雲千載空悠悠晴川歷歷漢陽樹漢陽在大江北與武昌相對芳草萋萋鸚鵡洲在江中魏禰衡為黃祖客大宴賓客有獻鸚鵡者今衡賦之後殺衡於其上名焉日暮鄉關何處是烟波江上使人愁

李頎東川人開元中貫李鄴榜進士調新鄉縣尉有集今傳於世

題濬公山池

遠公遁跡廬山岑南史周續之入廬山事釋惠遠彭城劉遺民遁跡廬山陶淵明不應徵命謂之潯陽三隱開山幽居祇樹林開山疑作開士○祇洹林樹名梵云祇陀洹此戰勝即太子名須達長者施園祇陀太子施樹為佛說法處故後人曰祇園見金剛經注片石孤峯窺色相菩薩本經佛者有大神力身紫金色三十二相前智無窮却觀無極清池白月點禪心清池明月以喻禪心指揮如意天花落晉王敦嘗歌以鐵如意擊玉唾壺盡缺又高僧手嘗持如意麈尾以資談興○維摩經時維摩詰室有一天女見諸天人所說去便見其身即以天花散諸菩薩大

弟子上花至諸菩薩皆落至弟子便著不墮坐臥閒房春草深此外俗塵俱不染唯餘玄度得相尋高陽許詢字玄度居會稽與高僧支遁從遊談老莊

題盧公舊居

物在人亡無見期劉向新序曰哀公問於孔子曰寡人生於深宮未嘗知哀孔子曰然人君入廟門仰見榱棟俯見几筵其器在其人亡君以此思哀將安不在矣閒庭繫馬不勝悲牕前綠竹生閒地門外青山似舊時悵望秋天鳴墜葉巑岏枯柳宿寒鴟憶君淚落東流水歲歲開花知為誰

趙嘏字承祐山陽人會昌二年進士第仕為渭南尉有渭南集行於世

長安月夜與友人話故山

宅邊秋水浸苔磯日日持竿去不歸楊柳風多潮未落蒹葭霜在鴈初飛重嘶匹馬吟紅葉却聽疎鐘憶翠微今夜秦城滿樓月秦都長安故曰秦城故人相見一霑衣

曲江春望懷江南故人

杜若洲邊人未歸杜若香草名文選汀洲生杜若水寒烟暖想柴扉杜詩老恐失柴扉故園何處風吹柳新鴈南來雪滿衣目極思隨原草遍宋玉招䰟目極千里兮傷春心䰟兮歸來哀江南浪高書到海門稀此

時愁望情多少萬里春流遶釣磯

寄歸

三年踏盡化衣塵（陸士衡詩云京洛多風塵素衣化為緇）只見長安不見春馬過雪街天欲曉鄉迷雲樹淚空頻桃花塢接啼猿寺野竹亭通畫鷁津（方言云船首謂之閤亦謂之鷁首郭璞注江東貴人船前畫青雀是也○梁庾肩吾詩云入徑轉金輿開橋通畫鷁）早晚粗酬身事了水邊歸去一閒人

長安晚秋

雲物淒凉拂曙流漢家宫闕動髙秋殘星幾點鴈横塞長笛一聲人倚樓杜紫微覽此一聯賞詠不已因稱為趙倚樓紫艷半開籬菊静紅衣落盡渚蓮愁鱸魚正美不歸去鱸魚事見前注空戴南冠學楚囚左傳晉侯觀於軍府見鍾儀楚因而南冠者問其族曰伶人也與之琴操南音公曰君子也

憶山陽二首

家在枚臯舊宅邊前漢枚臯乘之子也淮陰人也舊宅在縣南二百步竹軒晴與楚坡連坡一作墻芰荷香遶垂鞭袖楊柳風横弄笛船城礙

十洲烟島路淮安志山陽城離海百餘里故云〇東方朔十洲記巨海之中有祖洲瀛洲玄洲炎洲長洲元洲流洲生洲鳳麟洲聚窟洲並是人跡稀絶之處寺臨千頃夕陽川可憐時節堪歸去花落猿啼又一年

又

折柳磯邊起暮愁可憐春色獨懷羞霑襟正歎人間事回首更慙江上鷗江鷗見前注鶗鴂聲中寒食酒楚辭恐鶗鴂之先鳴兮使夫百草為之不芳〇詳見前注芙蓉花外夕陽樓此聯思山陽春秋之景憑高滿眼送清渭涇渭二水在長安渭清涇濁故曰涇水一石其泥數斗去傍故山山

下流

東望

楚江横在草堂前楊柳洲邊載酒船兩見梅花歸不得每逢寒食一潸然斜陽映閣山當寺微緑含風樹滿川同郡故人攀桂盡把詩吟向泬寥天泬音血○楚辭泬寥兮天高而氣清寂寥兮收潦而水清注蕭條無雲貌

寒食新豐别故人

一百五日家未歸新豐雞犬獨依依漢書地里志太上皇思東歸豐沛高

祖乃令巧匠於長安改築城寺街里以象豐盡徙豐中人實之雞犬識其家故曰新豐滿樓春色傍人醉傍去聲半夜雨聲前計非繚繞溝塍含景晚塍音繩荒涼樹石向川微東風吹淚對花落顦悴故交相見稀

崔塗字禮山光啓中鄭貽矩榜中進士及第有集今傳

鸚鵡洲春眺

悵望春襟鬱未開重臨鸚鵡益堪哀曹瞞尚不能容物黄祖何因解愛才後漢禰衡字正平平原人也少有才辯而尚氣剛傲慢物曹操欲見之不肯往後孔融言於曹使衡自謝衡乃手持三尺梲杖棰地大罵吏白操操怒謂融曰禰衡豎子孤殺之猶鳥雀

耳顧此人素有虛名遠近將謂孤不能容今送與劉表視當如何於是遣人騎送之後以侮慢表不能忍以江夏太守黃祖性急故送與之有獻鸚鵡於祖子射者時會賓客於洲上令衡為賦攬筆而就後在祖會上言不遜祖欲箠之衡方大罵祖恚遂令殺之○曹瞞操之小字也

幽島暖聞燕雁去曉江晴覺蜀波來誰人正得風濤便一點輕帆萬里迴

過繡嶺宮 在驪山

古殿春殘綠野陰上皇曾此駐泥金 五經通義曰易姓而王太平必封泰山禪梁父以黃金為泥以銀為繩經無明文以義說之封禪儀注曰持禮三十人上發壇上十石䃭尚書令北向跪藏玉牒畢持禮覆石䃭尚書令封上十石檢亦纏以銀繩泥以金泥四方各依其色○唐明皇開元十三

年十月東封太山禮官學士賀知章為玉牒文三城帳屬升平夢唐開元二十一年春吐蕃金城公主請內屬立碑於赤嶺以分唐境帝許之天寶元年突厥公主率其餘帳來降四載回紇可汗擊突厥白眉可汗殺之於是北邊晏然十二載安祿山擊奚突丹破之虜其王今詩意謂吐蕃突厥契丹三帳也時三城內屬天下無事安史之亂實兆於此○韓國公張仁愿於河北築三受降城距各四百里置烽火一千八百所突厥不敢南向一曲鈴關帳望心玄宗幸蜀雨中聞鈴聲遂令梨園製雨淋鈴曲苑路暗迷香輦絕繚垣秋斷草烟深張平子西京賦云繚垣綿聯四百餘里值物斯生動物斯止前朝舊物東流在猶為年年下翠岑

春夕旅次

水流花謝兩無情送盡春風過楚城蝴蝶夢中家萬里

莊子莊周夢為蝴蝶栩栩然蝴蝶不知周也俄而覺則蘧蘧然周也不知周之夢為蝴蝶與蝴蝶之夢為周與

子規枝上月三更

寰宇記蜀帝名杜宇後亡去化為子規故蜀人聞子規鳴曰是我望帝也

故園書動經年絕華髮春惟滿鏡生自是不歸歸便得五湖烟景有誰爭

五湖見前注

李郢

字楚望大中十年進士歷藩鎮從事拜侍御史有集一卷傳世

送人之嶺南

關山迢遞古交州

交州楚之交地武帝既定百越以廣州為南海郡唐廣州領嶺南五府事

歲晏憐君走馬遊謝氏海邊逢素女 謝端福州侯官人少喪父母鄰人養之恭謹自守端於海邊得一螺如三升壺貯甕中端每耕作還飯飲湯火如有人所為端疑之早出從籬外窺之見一少女從甕中出端入問之女倉卒欲入甕不得荅曰我天漢中白水素女也天帝哀卿孤慎使我炊烹君得婦我自當去端娶後天忽風雨翕然而去

越王潭上見青牛 南越志綏安縣北連山昔越王建德伐木為船其大千石以童男女三千人牽之既而俱墜於潭時時聞附船有唱督之聲更有青牛與船俱見神靈之至

嵩臺月照啼猿曙 嵩當作嵩○南越志嵩要有竦石廣六十丈高三百仞土人謂之嵩臺

石室烟含古桂秋 嶺南多生桂樹故云

迴望長安五千里剌桐花下莫淹留 剌桐見前注○離騷經時繽紛其變易兮又何可以淹留

江亭春霽

江蘺漠漠荇田田楚辭扈江蘺與辟芷兮蘺草生江中曰江蘺蘼蕪也江上雲亭霽景鮮蜀客帆檣背歸燕楚山花木怨啼鵑春風掩映千門柳曉色凄涼萬井烟金磬泠泠水南寺文選陸士衡詩山溜何泠泠飛泉漱鳴玉上方僧室翠微連上方翠微已見前注

友人適越路過桐廬寄題江驛

桐廬縣前洲渚平桐廬今建德府桐廬江上晚潮生莫言獨有山川秀過日仍聞官長清夌䃙虛涼當水店鱸魚鮮美

稱尊羹見前注王孫客棹殘春去楚辭云王孫遊兮不歸春草生兮萋萋相送河橋羨此行李陵詩云攜手上河梁遊子暮何之

秦處士移家富春發樟亭懷寄

潮落空江洲渚生知君已上富春亭建德府嚴陵山有富春亭嘗聞郭邑山多秀更説官僚眼盡青晉阮籍能為青白眼見俗士以白眼對之見嵇康乃作青眼離別幾宵魂耿耿毛詩耿耿不寐如有隱憂相思一座髮星星星星髮半白也仙翁白石高歌調神仙傳曰白石生者嘗煮白石為粮就白石山居故時人號曰白石先生無復松齋半夜聽

暮春山行田家歇馬

雨濕菰蒲斜日明茅厨煮繭掉車聲青蛇上竹一種色沙門贊寧筍譜曰赤玉脂桃竹也青蛇枝苦竹也黄蝶隔溪無限情何處漁樵將遠餉故園田土憶春耕千峯靄靄水潏潏潏音決離騷九章云汜潏潏其前後兮伴張弛之信期嬴馬此中愁獨行

江亭晚秋

碧天凉冷雁來踈閒看江亭思有餘秋館池亭荷葉歇野人籬落豆花初無愁自得仙翁術多病能忘太史書

謂司馬太史公閒說故園香稻熟片帆歸去就鱸魚

送劉谷

村橋西路雪初晴雲暖沙乾馬足輕寒澗渡頭芳草色新梅嶺上鷓鴣聲郵亭已送征車發山館誰將候火迎落日千峯轉迢遞轉上聲知君回首望高城

贈羽林將軍百家詩作江上逢王將軍

虬鬚憔悴羽林郎應劭漢官儀曰羽林言其為國羽翼如林之盛也曾入甘泉侍武皇漢武起甘泉宫故曰甘泉侍武皇鵰沒夜雲知御苑馬隨仙仗

識天香仙一作春仗謂儀鑾也○五湖歸去孤舟月六國平來兩鬢霜上比范蠡下比王翦俱見前註惟有桓伊江上笛臥吹三美送殘陽晉桓伊善音樂畜一蔡邕柯亭笛嘗自吹之王徽之泊舟清溪側素不相識徽之便令人謂曰試為我奏伊時貴顯素聞徽之名便下車踞胡床而作三美畢便去客主不交一言○笛譜有梅花三美

上裴晉國

四朝憂國鬢成絲四朝謂憲穆敬文也○本傳云度嘗為天下輕重四朝以全德始終及歿天下莫不思其風烈龍馬精神海鶴姿天上玉書傳詔夜陣前金甲受降時唐憲宗以密旨付晉公討淮西晉公命李愬雪夜入蔡擒吳元濟降其衆曾經庚

亮三秋月晉庾亮鎮武昌諸佐吏乘月登南樓俄而亮至將起避之亮曰諸君且坐老子興復不淺遂據胡床與佐吏談咏下盡羊曇一局棋晉書苻堅率衆百萬次淝水京師震恐加謝安征討大都督兄子玄問計安曰已別有旨又令張玄重請安命駕出墅親朋畢集而安方與玄圍棋賭別墅安常劣於玄是日玄懼便為敵手而不勝安顧謂甥羊曇曰以別墅乞汝惆悵舊堂扃綠野晉公於洛陽午橋南起綠野堂夕陽無限鳥飛遲

故洛陽城

胡兵一動朔方塵胡兵謂安史之亂也不使鑾輿此重巡鑾輿帝乘也清洛但流嗚咽水上陽深鎖寂寥春深一作閒上陽宮名雲收少

室初晴雨（嵩山有少室太室二峯）柳拂中橋晚渡津（中橋宮中橋也）欲問升平無故老鳳樓回首落花頻

韋蟾

送盧藩尚書之靈武

賀蘭山下果園成（涇陽圖經曰賀蘭山在縣西九十三里山上多有白草遥望青白如駮北人呼駮馬為賀蘭鮮卑日多因山谷為族氏）塞北江南舊有名水木萬家朱戶暗弓刀千騎鐵衣明（古樂府云朔氣傳金柝寒光照鐵衣）心源落落堪為將膽氣堂堂合用兵（詩曰擊鼓其鏜踴躍用兵）却使六蕃（一本作番）諸

弟子唐書六番謂明威昆池番禾武安麗水姑臧也皆置府以領之馬前不信是書生

薛能字太拙汾州人會昌中登第累至都官刑部員外郎為京兆尹從徐州節度使移鎮武昌為賊所殺有集十卷并繁城集一卷傳焉

秋夜旅舍寓懷

庭鎖荒蕪獨夜吟西風吹動故山心山一作園三秋木落半年客滿地月明何處砧漁唱亂沿汀鷺合雁聲寒咽隴雲深平生只有松堪對露浥霜欺不受侵

獻僕射相公

清如冰玉重如山百辟嚴趨禮絕攀言其尊重禮與百官絕席也強虜外聞應破膽平人長見盡開顏朝廷有道青春好門館無私白日閑致卻垂衣更何事書武成惇信明義崇德報功垂拱而天下治注垂衣拱手而天下自治矣○劉向新序云齊桓公日王者勞於求人逸於得賢舜舉衆賢在位垂衣裳恭己無為而天下治幾多詩句詠關關詩周南關關雎鳩在河之洲

漢南春望

獨尋春色上高臺三月皇州駕未迴唐僖宗廣明元年十二月黃巢陷長安僖宗幸蜀時能為京兆尹幾處松筠燒後死誰家桃李亂中開晉書

史臣曰衛瓘撫武帝之牀張華距趙倫之命進諫則伯玉居多臨危則茂先為美松筠無改則死勝於生也○蓋桃李止一時之榮松筠有後凋之節故以松筠比忠烈桃李喻小人時中原擾攘天子蒙塵斯誠版蕩識忠臣故忠烈之士見危授命小人則貪生苟活與時浮沈者多矣此具微意也歟

姦邪用法元非法唱和求才不是才詩鄭國風蘀兮刺忽也君弱臣强不唱而和也天子之職求賢而已用非其才法必大壞既姦邪用法則所求和者非其才也自古浮雲蔽白日洗天風雨幾時來漢陸賈新語曰邪臣之蔽賢猶浮雲之蔽白日也○李白詩云自古浮雲能蔽日長安不見使人愁

清夜泛舟

都人層立似山邱坐嘯將軍擁棹遊 後漢成瑨為南陽太守委功曹岑晊郡中謡曰南陽太守岑公孝弘農成瑨但坐嘯

遠郭烟波浮泗水 山海經曰泗水出魯東北○說文曰泗受洛東入於淮

一船絲竹載涼州 魏文帝與吳質書云每至觴酌流行絲竹並奏○西域記曰龜茲國王與其臣庶知樂者於大山間聽水聽風之聲均節成音後翻入中國如伊州涼州甘州皆龜茲境也○明皇雜録帝自蜀回夜登勤政樓倚闌南望烟月滿目因歌庭前琪樹已堪攀塞北征人尚未還聞里中亦有歌此者謂力士曰得非梨園舊人乎遲明訪之果然其夜復乘月登樓惟力士及貴妃侍者紅梅在傍命歌涼州涼州則貴妃所製帝親御玉笛曲罷無不掩泣因廣其曲傳之人間也

城中覩望皆丹雘 書曰惟其塗丹雘○郭璞山海經云丹熏之山多丹雘說文云善丹也

旗裹驚

飛盡白鷗儒將不須誇郤縠左傳晉文公謀元帥趙衰曰郤縠可臣亟聞其言矣說禮樂而敦詩書詩書義之府也禮樂德之則也德義利之本也君其試之乃使郤縠將中軍未聞詩句解風流

秦韜玉字中明京兆人少有詞藻韜事大閹田令孜未明年官至鹽鐵保大軍節度判官中和間放榜賜進士第令孜引擢工部侍郎有投知録傳於世

對花

長與韶光暗有期春色為韶光取和暢之義可憐蜂蝶却先知誰家促席臨低樹陶淵明停雲詩云安得促席說彼平生何處横釵帶小枝麗

日多情疑曲照易離卦云日月麗乎天和風得路合偏吹爾雅春晴日出而風曰光風亦曰和風向人雖道渾無語幾勸王孫到醉時王孫見前注

貧女

蓬門未識綺羅香擬托良媒亦自傷誰愛風流高格調共憐時世儉梳粧唐文宗下詔禁高髻儉粧去眉開額敢將十指誇纎巧不把雙眉鬭畫長魏宮人好畫長眉令人效作蛾眉最恨年年壓金線為他人作嫁衣裳此翰王傷不遇自况之意也

長安書懷

西風吹雨滴寒更鄉思撩人撥不平長有歸心懸馬首左傳惟予馬首是瞻可堪無寐枕蛩聲嵐收楚岫和空碧秋染湘江到底清早晚身閑著簑去橘香深處釣舟橫

鸚鵡

每聞別雁竟悲鳴却羨金籠寄此生早是翠衿爭愛惜可堪紅觜强分明禰衡鸚鵡賦云紺趾丹觜綠衣翠衿杜詩翠衿渾短盡紅觜强多知雲漫隴樹魂應斷歌按秦樓夢不成唐李太白作樂府有秦樓月幸自

正平人不識賺他為賦被時輕後漢禰衡字正平有鸚鵡賦云顧六翮之殘毀雖奮迅其焉如云云

唐詩鼓吹卷四

唐詩鼓吹卷五

元　郝天挺　註

劉滄字緼靈魯國人大中八年進士調華原尉有詩一卷傳於世

長洲懷古

李白為宋中丞請都金陵表云西以峨嵋為壁壘東以滄海為溝池守海陵之倉廪長洲之苑

野燒空原盡荻灰燒去聲○燎原之火曰燒吳王此地有樓臺平江府漢地里志吳地漢高祖封荆王賈吳王濞於此千年事往人何在半夜月明潮

自来白鳥影從江樹沒清猨聲入楚雲哀停車日晚薦蘋藻左傳澗溪沼沚之毛蘋蘩藴藻之菜可薦於鬼神可羞於王公風静寒塘花正開

經煬帝行宫今揚州淮安故基猶存

此地曾經翠輦過浮雲流水竟如何杜詩流水生涯盡浮雲世事空香消南國美人盡怨入東風芳草多殘柳宫前空露葉夕陽江上浩烟波行人遥起廣陵思廣陵即江陵也古渡月明聞棹歌

與僧話舊

巾爲同時下翠微（爲崔豹古今注曰以木置履下乾腊不畏泥也）舊遊因話事多違南朝古寺幾僧在（南朝已見前注）西嶺空林唯鳥歸莎逕晚烟凝竹塢石池春色染苔衣比來相見又相別即是關河朔雁飛

咸陽懷古

經過此地無窮事一望凄然感廢興渭水故都秦二世（秦二世而亡）咸原秋草漢諸陵（咸陽原漢長陵平陵在焉）天空絶塞聞邊雁葉盡孤村見夜燈風景蒼蒼多少恨寒山半出白雲

層

劉威

遊東湖黃處士園林

偶向東湖更向東數聲雞犬翠微中長沙郡有東湖戴叔倫亦有詩云偶向東湖東復東數聲雞唱翠微中未知孰是遥知楊柳是門處似隔芙蓉無路通樵客出來山帶雨漁舟過去水生風物情多與閒相稱所恨求安計不同出處不同安於自適

曹松字夢徵舒州人也光化四年登第時七十餘矣授校書郎而卒有集三卷傳於世

南海旅次

憶歸休上越王臺臺在廣州北悟性寺越王事見前注歸思臨高不易裁為客正當無雁處當一作逢○衡州有回雁峯在衡陽之南至其處不過故園誰道有書來以無雁故無書城頭早角吹霜盡郭裏殘潮蕩月迴蕩一作帶一心似百花開未得年年爭向被春催

陪湖南李中丞瑋宴隱溪

竹林啼鳥不知休羅列飛橋水亂流觸散柳絲迴玉勒約開蓮葉上蘭舟酒邊舊侶真何遜宋何遜字仲言八歲能賦詩沈約嘗

謂遜曰吾每讀御詩一日三復猶不能已其為名流所稱如此雲裏新聲是莫愁石城有女子名莫愁善歌謡故樂府有莫愁曲若值主人嫌晝短應陪秉燭夜深遊古詩晝短苦夜長何不秉燭遊

崔魯廣明間舉進士有無機集傳於世

春日長安即事

一百五日又欲來梨花梅花參差開行人自笑不歸去瘦馬獨吟真可哀杏酪漸香鄰舍粥鄴中記寒食三日為醴酪又煑粳米及麥為酪搗杏仁煑作粥榆烟將變舊爐灰譙周古史考燧人氏鑽木取火春取榆柳夏取

杏棗李夏取桑柘秋取柞楢冬取槐檀　畫樓春暖清歌夜肯信愁腸日九迴九迴腸見前注

過蠻溪渡

綠楊如髮雨如烟立馬危橋獨喚船山口斷雲迷舊路渡頭芳草憶前年身隨遠道徒悲梗戰國策蘇代謂孟嘗君曰有土偶人與桃梗相與語土偶人曰今子東國之桃梗也刻削子以為人降水下流子而去則子漂漂者將何如耳世謂羈旅為泛梗飄蓬者始此　詩賣明時不直錢前漢灌夫於武安侯田蚡席行酒至蚡蚡不肯飲夫怒嘻笑曰將軍貴人次至臨汝侯灌賢賢方與程不識耳語又不避席夫無所發怒乃罵賢曰平生毀程

不識不直一錢今日長者為壽乃效兒女曹呫囁耳語耶歸去楚臺還有計釣船春

雨日高眠

春晚岳陽城言懷 二首

烟花零落過清明異國光陰老客情雲夢夕陽愁裏色

書禹貢雲土夢作乂○杜預左傳注雲夢跨江之南北洞庭春浪坐來聲郡國志云岳州

左洞庭右彭蠡洞庭在巴陵縣西橫亘七八百里天邊一與舊山別江上幾看

芳草生獨凭闌干意難寫凭一作倚暮笳嗚咽調孤城詩意謂久

客巴陵思鄉之意發於悲笳

又

翠烟如鈿柳如環晴倚南樓獨看山江國草花三月暮帝城塵夢一年閒虛舟尚歎縈難解莊子方舟而濟河有虛舟來觸舟雖有褊心之人終不怒也忽有一人在其上則惡聲隨之向不怒而今也怒向也虛而今也實飛鳥空慚倦未還晉陶淵明歸去來辭曰雲無心以出岫鳥倦飛而知還何似不羈詹父伴睡烟歌月老潺潺列子詹何楚人也以獨繭絲為綸芒針為鉤剖粒為餌百仞之泉引盈車之魚云○左太冲吳都賦鉤餌縱橫網罟接緒術兼詹公巧傾任父

張祜字承吉南陽人太和時卒於丹陽今有詩集一卷傳於世

洛陽感遇

擾擾都城曉四開不關名利也城埃千門甲第身遙入王公宅第以甲乙次第之故云甲第萬里銘旌死後來銘旌送葬者書生前爵位名號也洛水暮烟横莽蒼烟一作天蒼上聲○莊子適莽蒼者三飡而反腹猶果然謂一望之地也邙山秋日露崔嵬北邙山在洛陽須知此事堪為鏡書曰人無於水鑑當於民鑑莫遣黄金謾作堆後漢董卓郿塢有金數十萬

顔萱

過張祐處士丹陽故居并引

萱與故張處士祐世家通舊尚憶孤稚之歲

與伯氏常承處士撫抱之仁目管輅為神童

期孔融於偉器光陰徂謝二紀於兹適經其

故居已易他主訪遺孤之所止則距故居之

右二十餘步荆棘之下蓽門啟焉處士有四

男一女男曰椿兒桂兒椅兒杞兒問之三已

物故惟杞為遺孕與其女尚存欲揖杞與言

則又求食女墳矣蘇州吳縣女墳即吳王女

之塚也但有霜鬢而黄冠者杖屨迎門乃昔時愛姬崔氏與之語舊歷然可聽嗟乎蔦帔練裙無非所有琴書圖籍盡屬他人又云横塘之西有故田數百畝力既貧窶十年不耕惟歲賦萬錢求免無所嗚呼昔為穆生置醴鄭公立鄉者復何人哉因吟五十六字以聞好事者

憶昔為兒逐我兄曾抛竹馬拜先生竹馬小兒騎以嬉戲者書齋

已換當時主詩壁空題故友名梁任昉四子東里西華南容北叟俱不學墜其家聲流離不自振西華冬月著葛帔練裙道逢劉孝標泫然矜之曰我為卿作論乃著廣絶交論譏其舊友前序所引葛帔練裙此也豈是爭權留怨敵可憐當路盡公卿柴扉草屋無人問猶向荒田責地征

皮日休字襲美一字逸少襄陽人也咸通中及第為著作郎乾符亂出關為賊巢所殺有文數十卷詩集一卷滑臺集十卷並傳

過雲居寺玄福上人舊居

重到雲居獨悄然隔窻窺影尚疑禪不逢野老來聽法

猶見鄰僧為引泉龕上已生新石耳壁間空（一本作猶）帶舊茶烟（石上千年苔如耳鱗文石上如木耳茶烟煑茶烟也）南宗弟子時時到（南宗曹溪禪也）泣把山花奠几筵（文選任彥昇上蕭太傅啟云几筵之慕幾何可憑）

西塞山泊漁家

白綸巾下髮如絲（綸音關）靜倚楓根坐釣磯中婦桑村挑葉去小兒沙市買蓑歸雨來蓴菜流船滑春後鱸魚墜釣肥（蓴鱸事見前注）西塞山前終日客（金陵西有西塞山近石頭戍）隔波相羡盡依依（漢李陵答蘇武書云臨風懷想能不依依）

襄州春遊

信馬騰騰觸處行春風相引與詩情等閒遇事成歌詠取次銜㠭隱姓名映竹認人多錯誤透花窺鳥最分明岑牟單絞何曽着莫道猖狂似禰衡魏太祖欲辱禰衡名為鼓吏因大會賓客閱試音節皆令脫去故衣着岑牟單絞之服注曰以絹帛為之岑牟鼓角士之冑也○鄭玄禮記注曰絞蒼黄之色

送從弟歸復州

羡爾優游正少年竟陵烟月似吴天孫宗鑑東皐雜録曰丙驛至復州皆

平地南至大江並無丘陵之險渡江至石首始有淺山謂之竟陵者陵至此而竟謂之石首者石自此而首也

竟陵即復州縣名

車螯近岸無妨取本草車螯蛤屬也○南史宋廬陵王義真居武帝憂

會長史劉湛入因𦞦酒炙車螯而坐○𦞦一本作煖

舴艋隨風不費牽廣雅曰舴艋小舟也

○元嘉有司奏曰揚州刺史王弘上會稽從事韋諸解列先風聞餘姚令何玢之造平牀一乘舴艋一艘精麗

過常用功兼倍

請免官奏可

處處路傍千頃稻家家門外一渠蓮

勸莫笑襄陽住為愛南塘縮項鯿齊張敬兒為刺史作六櫓船置獻齊高帝

曰奉槎頭縮項鯿一千八百頭○孟浩然襄陽詩云試垂竹竿釣果得槎頭鯿○又漢水鯿魚極美襄人以槎

斷水因名

為槎頭鯿

寄題羅浮軒轅先生所居

亂峯四百三十二元和志羅浮山之峯四百三十二欲問徵君何處尋天子徵名者曰徵君紅翠數聲瑤室響紅翠山鳥名也○文選注羅浮山有璇房瑤室七十二所真檀一炷石樓深真檀香名也山都遺負沽來酒述異記廬陵大山之間有山都似人裸身見人便走自有男女可長四五尺常在幽昧之中似魍魎鬼物樵客容看化後金洛中紀異唐初進士麗式薛玉俱課業嵩山玉採樵見一山椒有道士曳輕羅帔守一爐玉拜之道士曰汝肯隨我去乎玉辭之見爐中黃金爛然須臾乘虛而去玉歸話其事從此謁師知不遠求官先有葛洪心晉葛洪爲散騎常侍辭不受聞交趾出丹砂求爲勾漏令帝以

洪資高不許洪曰非欲為榮以有丹耳帝從之

送圓載上人歸日本國

講殿談餘着賜衣柳帆却返舊禪扉柳帆以柳木為帆檣貝多紙上輕文動貝多出摩伽陁國長六七尺冬不凋梵語貝多波力义漢言樹葉西域寫經用此出酉陽雜俎如意瓶中佛爪飛圓覺經云譬清淨摩尼珠映於五色注梵言摩尼漢言如意也○宋史西河離石人劉薩訶於丹陽城禮阿育王塔見放光明集衆掘得鐵函函中又有銀函函盛舍利及佛爪髮詔遣沙門釋雲迎之颶母影邊持戒宿波神宮裏受齋歸嶺表志中秋夏間有暈如虹謂之颶母影必有颶風能覆舟人泛海者深以為懼也詩言圓載上人修持戒律精嚴能使龍宮

命食雖遇颶風亦無傷也波神宮謂龍宮也家山到日將何日白象新秋十二圍酉陽雜俎乾陁國頭河岸有繫白象樹花葉似棗季冬方熟相傳此樹滅佛法亦滅

屐步訪魯望不遇

雪晴墟里竹欹斜蠟屐徐吟到陸家晉阮孚性好屐或有詣阮正自蠟屐因歎曰未知一生能着幾緉屐一荒徑掃稀堆柘子破扉開澀染苔花壁閒定欲圖雙檜厨静空如飯一麻瑞應經曰釋迦佛生迦維羅衛國為太子後出家既歷深山到幽僻處菩薩拾藁布地正其坐月食一麻二麥端坐六年擬受太玄今不遇可憐遺恨似侯芭揚雄傳侯芭鉅鹿人常從雄居受其太玄法言

開元寺早景即事

客省蕭條柿葉紅樓臺如畫倚霜空銅池數滴桂上雨漢宣帝紀金芝産於函德殿銅池中顔師古注云銅池承霤以銅為之金鐸一聲松杪風鶴静時来珠像側浮圖上珠曰珠像鴿馴多在寶幡中如今塵外虛為契令一作何不得支公此會同支公為支道也

病孔雀

烟花雖媚思沈冥猶自擡頭護翠翎強聽紫簫如欲舞困眠紅樹似依屏因思桂蠹傷肌骨漢南粤傳桂蠹一器應劭注桂樹中

蠹蟲也蘇林曰漢書常以獻陵廟載以赤轂小車師爲古注云此蟲食桂故味辛而漬之以蜜食之甚甘美

憶松鶱換性靈換一作損盡日春風吹不起鈿毫金縷一星星

閒魯望遊顔家園林病中有寄

一夜韶姿着水光謝家春草滿池塘晉謝靈運詩園柳變鳴禽池塘生春草細桃泉眼尋新脉輕把花枝換宿香換一作嗅蝶欲試飛猶護粉鶯初學囀尚羞簧分明不得同君賞盡日傾心美索郎酈道元水經桑落河出美酒世人俗訛為索郎故有索郎杯

病後春思

連錢錦暗麝氛氲荆思才多詠鄂君（見鄂君船注）孔雀鈿開窺洺見石榴紅重墮階聞宰愁有度應如月（楊子雲常怪屈原文過相如至不容作離騷自投江而死悲其文讀之未嘗不流涕也以為君子不得時則龍蛇遇不遇命也何必沈身哉乃作書往往摭離騷文而反之自嶓山投諸江中以弔之名曰反離騷又旁離騷作重一篇名曰廣騷又旁惜誦以下至懷沙一卷名曰畔牢愁注畔離也牢聊也與君相離愁而無聊也○樂府明明如月何時可掇）春夢無心秪似雲（歸去來辭雲無心而出岫）應笑病來慙滿願花牋好作斷腸文（作或作箇）

館娃宫在硯石山蓋以西施得名

艷骨已成蘭麝土宫牆依舊壓層崖弩臺雨壞逢金鏃吴越春秋吴越王以三千强弩射潮頭與海神戰自是水不近城弩臺臨高射弩之處也香逕泥消露玉釵館娃宫傍有採香逕步屧廊今靈巖寺是也玉釵見前注硯沼只留溪鳥浴硯沼謂硯山之水也屧廊空信野花埋響廊下空使西子步屧其上也姑蘇麋鹿真閒事史記吴破越越進西施請退軍王許之王得西施荒淫無度日遊姑蘇子胥諫曰臣恐姑蘇不久為麋鹿之遊王不聽須為當時一愴懷陸龜蒙有次韻

以紫石硯寄魯望兼酬見贈

樣如金蹙小能輕微潤將融紫玉英石墨一研為鳳尾顧微廣州記曰懷化縣掘塹得石墨甚多精好可寫書○陸雲與兄機書曰一日上三臺得曹公藏石墨數十萬斤云燒此消復可用不知兄顧見之否今得二螺○齊蕭鋒五歲高帝使學鳳尾諾一學即工帝大悅以玉麒麟賜之曰玉麒麟賞鳳尾諾矣寒泉半勺是龍睛龍睛硯沼也騷人白芷傷心暗楚辭綠蘋齊葉兮白芷生湛湛江水兮上有楓目極千里兮傷春心狎客紅蓮奪眼明陳江總後主之狎客也兩地有期皆好用兩地指騷人狎客也不須空把洗溪聲

聞開元寺開筍園寄莫上人

園鎖閒聲駭鹿羣滿林鮮籜水犀文森森竟泣林梢雨攫攫爭穿石上雲（攫音竦）並出亦如鸞管合（鸞管謂鸞之翎筒也）各生還似犬牙分（漢書犬牙相制）折烟束露如相遺何胤明朝不茹葷（宋何胤字子季嘗入鍾山定林寺聽內典後汝南周顒與胤書令食菜故胤末年遂絕血味○莊子人間世篇回之家貧不飲酒不茹葷）

奉和魯望新夏東郊閒泛有懷

水物輕明澹似秋多情才子倚蘭舟（蘭舟見前注）碧簑裳下攜詩草黃蔑樓中掛酒篘（隋煬帝幸江都五品以上給樓船九品以上給黃蔑船上）

編竹如簟以護風雨蓮葉蘸波初轉棹魚兒簇餌未諳鉤共君莫問當年事一點沙鷗勝五侯漢婁護字君卿遊五侯之門每旦五侯饋餉之君卿乃合五侯所餉為鯖與脏同音征蓋煎和之名故云五侯鯖

奉和龜蒙四月十五日道室書事

望朝齋戒是尋常朝即朔也盡啟金根第幾章金根經名也竹葉飲為甘露色宣城九醞名竹葉酒○述異記庾亮迎吳猛登廬山過石梁見一翁坐桂樹下以玉杯承玉膏甘露與猛蓮花鮓作肉芝香仙傳拾遺云進士蕭靜之掘地得物類人手肥嫩色微紅烹食之後遇異人曰爾嘗食仙藥因告之曰此肉芝食之者壽松膏背雨凝雲磴一雨

（作日）丹粉經年染石牀剩欲與君終此志頑仙惟恐鬢成霜

次韻看壓新醅

一簀松花細有聲（仙家以五粒松花釀酒服之香美延年○簀酒篘也）旋將璅（一本作渠）椀撇寒清（昭明太子將進酒云洛陽輕薄子長安遊俠兒宜城溢渠椀中山浮玉巵）秦吳只恐篘來近（江文通別賦況秦吳兮絕國）劉項真應釀得平（詩言高祖與項羽爭天下因此醞釀亦可得和平也）酒德有神多客頌（晉劉伶作酒德頌）醉鄉無貨沒人爭（王績字無功作醉鄉記）五湖烟水郎山月合向樽前問

姓名（五湖在大江之南郎山居太山之北如風馬牛不相及惟醉鄉中可合而為一也）

次韻魯望以竹夾膝見寄

圓於玉筯滑於龍来自衡陽彩翠中拂潤恐飛清夏雨叩虛疑貯碧湘風大勝書客裁成簡頗賽溪翁截作筒從此角巾因爾戴（晉羊祜與弟琇書曰既定邊事當角巾東路歸故里為容棺之墟）俗人相訪若為通

夏景無事因懷章来二上人

澹景微陰正送梅（風土記江南三月雨謂迎梅五月雨謂送梅）幽人逃暑癭

南杯（謂以木癭為酒杯也）水花移得和魚子（水花蓮也）山蕨收時帶竹胎（時一作來）嘯館大都偏得月醉鄉終竟不聞雷（劉伶酒德頌靜聽不聞雷霆之聲）更無一事惟留客卻被高僧怕不來（用遠法師蓮社招淵明事）

寄瓊州楊舍人

德星文彩瘴天涯（後漢陳仲弓從諸子姪造荀季和父子於時德星聚太史奏五百里內有賢人聚楊舍人在瓊州故云）酒樹堪消謫宦嗟（南史曰南海有頓遜國在海崎上有酒樹似安石榴取其花汁停甕中數日而成酒）行遇竹王因設奠（後漢夜郎者初有女子浣

於遯水有三節大竹流入足間聞其中有聲剖竹視之得一男歸養之及長有才武自立為夜郎侯以竹為姓武帝賜以王印綬後遂殺之封其三子為侯死配食其父今夜郎有竹王三郎神是也○華陽國志云竹王祠今在施州歌羅寨西北五十里東山上土人亦名夜郎侯祠也

居逢木客又遷家木客即山魈也有詩云酒盡君莫沽壺傾我當發城市多囂塵還山弄明月

清齋靜溲桄榔麵後漢夜郎句町縣有桄榔木可以為麵百姓資之注云桄榔木外皮有毛似棕櫚而散生其木剛利木中有屑如麵可食○左太沖蜀都賦布有橦花麵有桄榔

遠信聞封荳蔻花清切會須歸有日文選劉公幹贈徐幹詩曰誰謂相去遠隔此西掖垣拘限清切禁中情無由宣

莫貪勾漏足丹砂勾漏山在容州普寧縣巖穴多勾曲穿漏故名○丹砂見前注

夏景沖澹偶然作

一室無喧事事幽還知貞白在高樓齊陶弘景字通明丹陽秣陵人嘗起三層樓弘景處其上弟子居其中賓客至其下惟一家僮至其所梁大同二年卒詔贈大中大夫謚曰貞白先生詩指此天台畫得千迴看湖月芳來百度遊無限世機吟處息幾多身計釣前休他年謁帝言何事曹子建詩云謁帝承明廬逝將歸請贈劉伶作醉侯以劉伯倫好飲舊纏故請封為醉侯

魯望憫承吉之孤為詩引邀余屬和欲用余道振其孤而和之噫承吉之困身後乎魯望視余

困與承吉身前孰苦哉未有己困而能振人者

抑為辭用塞良友

先生清骨葬烟霞業破孤存誰為嗟幾篋詩書分貴位一林石笥散豪家張處士愛石嶺南載羅兜過舊宅啼浮石置於曲𡵉之宅楓影姬遶荒田泣稗花孟子五榖者種之美者也苟為不熟不如荑稗惟我與君堪便戒莫將文譽作生涯莊子養生篇吾生也有涯

庚寅歲新羅弘惠上人與本國同書請日休為

靈鷲山周禪師碑將還以詩送之

三十麻衣弄渚禽列子海上之人有好鷗鳥者每旦從鷗遊至者百數即弄渚禽之意豈知名字徹雞林雞林新羅地名勒銘雖即多遺草漢班固爲竇憲勒銘燕山越海還能抵萬金鯨鬣曉掀峰正燒鼇睛夜沒島還深二千餘字終天別東望辰韓淚灑襟後漢東夷傳韓有三種一曰馬韓二曰辰韓三曰弁韓

張賁

奉和魯望白菊

雪彩氷姿號女華唐本草菊花一名女節一名女華寄身多是地仙家

王子喬玉函方云菊十二月上寅日採名曰長生長生者根莖是也服年八十歲老人可變為童兒即地仙矣

有時南國和霜立幾處東籬伴月斜謝客瓊枝空貯恨晉謝惠連雪賦云庭列瑤階林挺瓊樹袁郎金鈿不成誇自知終古清香在更出梅妝弄晚霞梅妝見前注

羅鄴餘杭人與宗人隱虬齊名故號三羅咸通中舉進士不第有詩集行於世

洛水

一道潺湲濺暖莎年年惆悵是春過莫言行路聽如此路一作客流入深宮恨更多橋畔月来清見底柳邊風去綠

生波縱然滿眼添歸思未把漁竿柰爾何

下第書呈友人

清世誰能便陸沈莊子則陽篇孔子之楚舍於蟻丘之漿其鄰有夫妻臣妾登極者仲尼曰是陸沈者也注陸沈隱者沈不在水而在陸極屋極也相逢休作憶山吟唐靈徹詩云相逢盡道休官去林下何曾見一人若交仙桂在平地更有何人肯苦心

去國漢妃還似玉漢王嬙字昭君在元帝宮中宮人多不得常見乃使畫工圖其形宮人多賂畫工昭君自恃其貌不與及匈奴入朝選宮人配之昭君以圖當行入辭光彩射人竦動左右亡家石氏豈無金石崇之富不背為趙王倫所誅王嬙之貌季倫之富可以保其寵享其安然竟不免

去國亡家者何也時有命也詩意喻才雖高而下第者亦有分也且安懷抱莫惆悵瑤瑟調高樽酒深樽一作深○當以遠大自期

東歸

日日惟憂行役遲東歸可是有家歸却緣桂玉無門住桂玉見前注不筭山川去路非秦樹夢愁春鳥弄吳江釣憶錦鱗肥見前張翰注桃夭杏艷清明近惆悵當年意盡違

僕射陂晚望

僕射陂在鄭州東三里後魏孝文帝賜僕射李沖後世因呼為僕射陂

離人到此倍堪傷陂水蘆花似故鄉身事未知何日了馬蹄惟覺到秋忙春中歲時記進士下第常年七月後復獻新文求拔解語曰槐花黄舉子忙田園牢落東歸晚道路辛勤北去長却羨無愁是沙鳥雙雙相趂下殘陽

贈閤下閻舍人

二月黄鶯飛上林春城紫禁晚陰陰文選謝希逸宣貴妃誄曰收華紫禁李善注宮象紫微故名紫禁長樂鐘聲花外盡李白詩云聽鐘出長樂傳鼓到新昌龍池柳色雨中深陽和不散窮途恨窮途見阮籍注霄漢常懸捧

日心獻賦十年猶未遇前漢司馬相如獻上林子虛等賦羞將白髮對華簪陶淵明詩此事真須樂聊用忘華簪

盧綸字允言河中人舉進士不第大歷初元載薦之累遷檢校戸部郎中監察御史稱疾去卒有集傳於世

長安春望

東風吹雨過青山却望千門草色閒家在夢中何日到春来江上幾人還川原繚繞浮雲外宫闕參差落照間誰念為儒逢世難獨將衰鬢客秦關

夜投豐德寺謁液上人

半夜風中有磬聲偶逢樵者問山名上方月曉聞僧語

下路林疎見客行野鶴巢邊松最老毒龍潛處水偏清

願得遠公知姓字焚香洗鉢過浮生

送崔琦赴宣州幕

五馬臨流待幕賓二十石有五馬車杜詩人生五馬貴莫受二毛侵○謝安王坦之嘗請桓温論事温令郗超帳中卧聽之風動帳開安笑曰郗生可謂入幕之賓矣羨君談笑出風塵

身閒就養能辭遠養去聲○能一作寧世難移家莫厭貧天際曉

山三峽路巫山有上中下三峽津頭臘市九江人九江見前注何處遥知最惆悵滿湖青草雁聲春有青草湖

至德中途中書事却寄李㵎

亂離無處不傷情況復看碑對古城路繞寒山人獨去月臨秋水雁空驚顏衰重喜歸鄉國身賤多慚問姓名今日主人還共醉應憐世故一儒生

晚次鄂州

雲間遠見漢陽城間一作開猶是孤帆一日程一作半估客晝

眠知浪靜舟人夜語覺潮生潮江漲也舟人夜覺潮生則緩其纜索三湘愁鬢逢秋色郭璞山海經洞庭陂江湘水沅水皆會巴陵故號曰三湘萬里歸心對月明舊業已隨征戰盡更堪江上鼓鼙聲

司空曙字文明廣平人韋臯招致幕府授洛陽主簿終水部郎中有集傳於世

題靈雲寺或作凌雲

春山古寺遶烟波石磴盤空鳥道過鳥道見前注百丈金身開翠壁後漢明帝永平二年夢金人巍巍丈六飛至殿前帝問羣臣通事舍人傅毅對曰臣聞西域有得道者得無是乎帝遣王遵等往西域求佛法以白馬馱經入洛陽此中土有三寶之始也出大藏一覽萬

龕燈焰隔烟蘿雲生客到侵衣濕花落僧禪覆地多不與方袍同結足僧袈裟以方帛為之故曰方袍○洛陽伽藍記曰僧肇法師製四論合為一卷曾示廬山遠大師大師歎仰不已又呈劉遺民下歸塵歎曰不意方袍復為平叔方袍之語出遺民也世竟如何

送曲山人歸衡州

白石先生看髮光劉向列仙傳白石先生者中黄道人弟子嘗烹白石為粮因白石山居亦食脯飲酒日行三四百里彭祖問白石先生曰何不服藥仙去先生曰天上至尊相奉至難更苦人間耳已分甜雪飲紅漿甜雪英華作紺雪○武帝外傳七月七日西王母降教武帝曰欲長生者先取

諸身堅守二十泥丸三宮備衛在絳宮黃庭天真之所服非下仙可服其次有九丹金液紫虹華英太清紅雲之漿絳雪三黃及靈飛之符凡十二事以授帝衣巾半染烟霞氣語笑兼和藥草香茅洞玉聲流暗水茅洞茅山之洞見前注衡山碧色映朝陽衡山南岳也千年城郭如相問華表巍巍有夜霜見丁令威注

寄胡居士

日暖風微南陌頭青田紅樹起春愁伯勞相逐行人別岐路空歸野水流偏憶尋僧同看雪誰期載酒共登樓為言惆悵嵩陽寺明月高松應獨遊

陳羽 江東人貞元八年陸贄下第二人登科歷東宮尉佐有詩集傳於世

送友人及第東歸

五陵春色泛花枝 張平子西京賦曰南望杜陵北眺五陵 心解花前遠別離 解一作醉 落第恥為關右客成名空羨里中兒 漢書沛公畧地陳留沛公之麾下騎士適酈食其里中子沛公時時問邑中賢豪騎士語食其食其曰吾聞沛公嫚罵人有大畧真吾所願從若見幸言臣里中有酈生年六十餘高帝見之因使說齊 都門雨歇愁分處山店燈殘夢到時家住洞庭多釣伴因来相賀語相思 漢蘇武詩生當復来歸死當長相思

長安臥病秋夜言懷

九重門鎖禁城秋月過南宮漸映樓紫陌夜深槐露滴天有紫微垣人主之宮象之宮曰紫宮又曰紫禁殿曰紫宸京都之衢曰紫陌碧空雲盡火星流詩七月流火左傳火猶西流風清刻漏傳三殿唐書將軍李守忠奏三殿上所置渾天儀銅渾上津流出謂麟德殿及東西廂也翰苑在其後○翰苑一本作翰林○杜詩云詔從三殿出甲第歌鐘樂五侯文選陸機詩云甲第椒與蘭又云甲第崇高闥注第一宅也前漢王氏五侯同日而封楚客病来鄉思苦寂寥燈下不勝愁

戴叔倫字幼公潤州人貞元中進士後官撫州刺史遷容管經畧使卒有遺藁傳於世

酬耿少府見寄耿湋也

方丈蕭蕭落葉中高僧傳舍利國有維摩舊宅唐顯慶中王玄策因向印度過淨明宅以笏量基止有十笏故號為方丈云暮天深巷起悲風流年不盡人自老外事無端心已空家近小山當海畔淮南三小山等作招隱士一篇身留環衛隱牆東後漢北海王君公遭亂獨不去儈牛自隱時人為之語曰避世牆東王君公○為少府職近宮闈故云環衛唐書金吾衛亦云環衛遙聞相訪頻逢雪一醉寒宵誰與同

李嘉祐字從一趙州人天寶七年進士為秘書正字累官至台袁二州刺史有集今傳於世

送中舍遊江東

孤城郭外送王孫前漢韓信傳哀王孫而進食豈望報也越水吳洲共爾論野寺山邊斜有逕漁家竹裏半開門青楓獨映搖前浦杜詩云輟棹青楓浦白鷺閑飛過遠村若到西陵征戰處三國志吳陸抗上表曰西陵建平國之西門即夷陵也不看秋草自傷魂文選江文通別賦黯然銷魂者惟別而已矣

自蘇臺至望亭驛人家盡空春物增思悵然有作

南浦菰蔣覆白蘋東吳黎庶逐黄巾後漢末年黄巾賊起野棠自發空流水江燕初飛不見人宋文帝元嘉二十八年魏人破南兗徐豫青冀殺掠不可勝計丁壯即加斬截嬰兒貫於槊上盤舞以為戲所過郡縣赤地無餘春燕來歸巢於林木遠樹依依如送客平田渺渺獨傷神那堪回首長洲苑烽火年年報虜塵

題靈臺縣東山主人

處處征胡人漸稀山村寥落暮烟微門臨莽蒼經年閉莽蒼荒蕪色也身逐嫖姚幾日歸嫖姚將軍霍去病也詳見前注貧妻白髮輸

殘稅餘寇黄河未解圍天子如今能用武只應歲晚息兵機

早秋京口旅泊（京口南徐即潤州也）

移家避寇逐行舟厭見南徐江水流吴地征徭非舊日秣陵凋弊不宜秋（秣陵金陵也）千家閉户無砧杵七夕何人望斗牛（斗牛見前注）只有同時驄馬客（漢桓典為御史執法無所迴避嘗乘驄馬而出京師憚之語曰行行且止避驄馬御史）偏題尺牘問窮愁（尺牘以木為書書於其上○史記虞卿贊曰虞卿非窮愁亦不能著書）

贈別嚴士元（此詩又見劉長卿集）

春風倚棹闔閭城（魏王粲懷德詩倚棹泛涇渭日暮山河清○越絕書吳王闔閭築城周四十七里陸門八象八風水門八象八卦○吳都賦重城結隅通門二八在平江府）水國春寒陰復晴細雨濕衣看不見閒花落地聽無聲日斜江上孤帆影草綠湖南萬里情東道儻逢相識問（左傳燭之武曰若舍鄭以為東道主行李之往来供其之用）青袍今已誤儒生

姚鵠

訪遇真觀趙尊師不遇（遇真一作玉真）

羽客朝元晝掩扉林中一逕雪中微松陰繞院鶴相對

山色滿樓人未歸盡日獨思風馭返風馭見乘風列子注寥天幾

望野雲飛憑高目斷無消息自醉自吟愁落暉

唐詩鼓吹卷五

總校官進士臣程嘉謨
校對官編修臣徐立綱
謄録監生臣張琮

唐詩鼓吹

（二）

佚名 編

中國書店

詳校官助教臣常循

唐詩鼓吹卷六

元 郝天挺 註

杜牧

字牧之京兆人也太和二年進士舉賢良方正為江西團練府巡官累遷左補闕監察御史進中書舍人卒有樊川集行於世

李給事

即李中敏也

一章緘拜皁囊中漢文帝集上書皁囊為帷帳後漢靈帝以妖異數見特詔問蔡邕邕表以皁囊封上注凡章表言密事皆用皁囊

歷歷朝廷有古風元禮去歸緱氏

學後漢李膺字元禮潁川人性簡抗無所交接為司隷校尉及遭黨事下黄門北寺獄過赦膺乃退居綸氏縣教授生徒○李給事因論鄭注告满歸頼陽江充來見犬臺宮前漢江充字次倩趙國邯鄲人也見上於犬臺宮言趙國事遂廢趙太子後構巫蠱事竟敗戾太子死充亦被誅○鄭注嘗對帝於浴室之故及紛紜白晝驚千古鈇鑕朱殷幾一空鈇斧也鑕碪也刑人之具○揚雄解嘲云徽以糾墨製以鑕鈇左傳曰左輪朱殷杜牧本集注謂鄭注甘露之事也曲突徙薪人不會前漢霍光傳客有為主人者見其竈直突傍有積薪謂主人曰更為曲突遠徙其薪否者且有火患主人嘿然不應後家果失火海邊今作釣魚翁

道一大尹存之庭美二學士簡于聖明自致霄

漢牧支離窮悴竊於一麾書美歌詩兼自言志

星上三君子

九金神鼎重丘山前漢郊祀志武帝興神鼎一一者一統天地萬物所係象也黃帝作寶鼎三三者天地人禹收九牧之金鑄九鼎象九州

五玉諸侯雜佩環書舜典修五禮五玉注五等諸侯所執玉也疏公執桓圭侯執信圭伯執躬圭子執穀璧男執蒲璧

星座通霄狼鬣暗後漢郎官上應列宿星座通霄言君子在位得時行道也○六象列星圖曰天弧九星在狼星東南為天弓也主備盜賊常屬天向狼星魏明帝景初元年八月庚寅夜有大流星長數丈白色有芒鬣詩言狼鬣暗言小人不得肆也

戍樓吹角虎牙閒後漢來歙叱蓋延曰虎牙何敢然漢將軍之號也

斗閒

紫氣龍埋獄注見前天上洪爐帝鑄顔楊子或曰人可鑄與曰孔子鑄顔回矣注顔子不學亦常人耳遇孔子教之乃庶幾於道是學猶鑄也若念西河舊交友魚符應許出函關隋書高祖頒木魚符於總管刺史雌一雄一又木魚符頒於外官五品以上

故洛陽城有感

一片宮墻當道危行人為汝去遲遲孟子遲遲吾行也華圭苑裏秋風起後漢靈帝光和三年作華圭靈昆苑周一千五百步西苑周三千三百步皆華羅之注並在洛陽宣平門外平樂館前斜日時張衡東京賦曰其西則有平樂都城視遠之館黨錮豈能留漢鼎後漢張成弟子牢修上書誣告李膺等養太學游士交結諸郡生徒誹訕朝廷

疑亂風俗靈帝大怒乃逮捕黨人如竇武劉淑陳蕃荀昱杜密之徒皆在黨中其死徙者六七百人○汾陰得寶鼎武帝嘉之羣臣皆賀得周鼎吾丘壽王獨曰非周鼎上問之對曰臣聞周德上昭天下漏泉上天報應鼎為周出故曰周鼎今漢繼周昭德顯行天祚有德而寶鼎自出此天之所以與漢乃漢寶非周寶也上曰善

清談空解識胡兒晉書載記石勒販洛陽倚嘯上東門王衍見而異之曰向胡雛吾觀其聲恐為天下之患馳遣收之會勒已去王衍能清談

千燒萬戰坤靈死易曰坤地道也○揚雄司命箴曰普彼坤靈得天作制○文選靈光殿賦云據坤靈之寶勢

慘慘終年鳥雀悲

潤州即鎮江府也

向吳亭東千里秋向吳亭在潤州今為鎮江府在府治之西南

放歌曾作昔

年遊鮑明遠有放歌行青苔寺裏無鳥迹綠水橋邊多酒樓大抵南朝皆曠達晉南渡後胡毋輔之謝鯤畢卓羊曼桓彝輩閉室酣飲號為八達可憐東晉最風流晉五國雲擾元帝都建康故曰東晉風流指王謝也月明更想桓伊在桓伊笛見前注一笛聞吹出塞愁晉史劉疇曽避亂塢壁賈胡百數欲害之疇無懼色援笳而吹為出塞入塞之聲以動之羣賈皆垂泣而去○古樂府有出塞入塞曲

又

謝朓詩中佳麗地謝玄暉鼓吹曲江南佳麗地金陵帝王州逶迤帶綠水迢遞起朱樓夫差傳裏水犀軍國語曰吴敗越於會稽勾踐說國人曰寡人不量力與大國報仇寡人之罪也

親為夫差洗馬而歸乃致其衆而誓之曰寡人聞古之賢君不患其衆之不足也而患其志行之不少耻今夫差衣水犀之甲者三千人不患其志行之少耻而患其衆之不足也○南越志云平定縣巨海有水犀似牛其出入有光水為之開

城高鐵甕橫強弩唐乾符中周寶為潤帥築羅城二十餘里仍號鐵甕城又云吳孫權所築○吳越王嘗以弓弩射潮頭與海神戰自是水不近城

柳暗朱樓多夢雲畫角用陽臺雲雨事愛飄江北去釣歌長向月中聞揚州塵土試回首不惜千金借與君

題宣州開元寺水閣閣下苑溪夾居人

六朝文物草連空金陵六朝紀異謂吳東晉宋齊梁陳天澹雲閒今古同

鳥去鳥来山色裏人歌人哭水聲中深秋簾幙千家雨

落日樓臺一笛風惆悵無因見范蠡參差烟樹五湖東

范蠡五湖見前注

宣州送裴坦判官往舒州時牧欲歸京

日暖泥融雪半消杜詩云泥融飛燕子行人芳草馬聲嬌九華山

路雲遮寺九華山在池州清弋江村柳拂橋清弋江在宣州宣城縣西五十里

君意如鴻高的的我心懸旆正搖搖戰國策楚王曰寡人之心搖搖如懸

風中之旌○謝玄暉詩旅思倦搖搖同来不得同歸去故國逢春正寂寥

登池州九華峯寄張祜九華舊名九子山翰林李白以其峯如蓮華遂改作九華

有感中來不自由角聲孤起夕陽樓碧山終日思無盡芳草何年恨始休睫在眼前猶不見道非身外更何求孟子道在邇而求諸遠事在易而求諸難何人得似張公子指張祜處士千首詩輕萬户侯

九日齊山登高

江涵秋影雁初飛與客攜壺上翠微翠微見前注塵世難逢

開口笑莊子人生上壽百歲中壽八十下壽六十病瘐死喪憂患其中開口而笑者一月之中不過四五日而已菊花須插滿頭歸但將酩酊酬佳節不用登臨歎落暉古往今來只如此牛山何必淚沾衣列子齊景公遊於牛山北臨其國城而流涕曰美哉國乎鬱鬱芊芊若何滂滂去此國而死乎使古而無死者寡人將去斯而何之史孔梁丘據從之泣晏子獨笑於傍曰吾君方將被簑笠而立於畎畝之中惟事之恤何暇念死乎景公慙焉

齊安郡晚秋

柳岸風來柳漸疎使君家似野人居杜詩重來休沐地真作野人居雲容水態還堪賞嘯志歌懷亦自如雨暗殘燈棋散後酒

醒孤枕雁来初可憐赤壁争雄渡赤壁屬黄州三國志曹操與周瑜遇赤壁初戰操軍不利引次江北後有烏林之敗惟有蓑翁坐釣魚

得替後移居霅溪館在湖州牧常為刺史

萬家相慶喜秋成處處樓臺歌板聲千歲鶴歸猶有恨千歲鶴已見華表注一年人住豈無情夜涼溪館留僧語風定蘇潭看月生唐蘇瓌為烏程尉墮此潭聞有人語云扶出後果拜相故名蘇公潭有記存焉在州治之東景物登臨閒始見願為閒客此閒行

柳

日落水流西復東春光不盡柳何窮巫娥廟裏低含雨
宋玉門前斜帶風莫將榆莢共爭翠深感杏花相映紅
灞上漢南千萬樹幾人遊宦別離中杜詩漢南因老盡灞上遠愁人

送劉秀才歸江陵

綵服鮮華覲渚宮高士傳老萊子年七十衣斑斕之衣為嬰兒戲於親前○杜詩朝夕高堂念應宜綵服新○左傳楚子西沿漢泝江將入郢王在渚宮今之城楚船宮地也梁元帝名以渚宮鱸魚
新熟別江東劉郎浦夜侵船月郡國志劉備娶孫夫人婚於楚地因名○荊州記劉郎浦在荊州石首縣沙步之東也宋玉庭春弄袖風江陵有宋玉宅落落精

神終有立飄飄才思杳無窮司馬相如上大人賦武帝大悅曰飄飄然有凌雲之氣誰人世上為金口楊子曰如將復駕其說者則莫若諸儒而金口而木舌借取明時一薦雄○杜詩揚雄更有河東賦惟待吹噓送上天甘泉賦序孝成帝時客有薦雄文似相如者上方郊祀甘泉泰畤汾陰后土以求繼嗣名雄待詔承明之庭云云

題青雲館屬商於

虬蟠千仞劇羊腸文選魏文帝詩羊腸坂○曲車輪為之摧天府由來百二強史記蘇秦說秦惠王曰秦四塞之國被山帶渭東有關河西有漢中南有巴蜀北有代山此天府也○前漢高帝紀田肯賀上曰秦形勢之國也帶河阻山懸隔千里持戟百萬秦得百二焉蘇林曰秦地險固二萬人

足當諸侯百萬也四皓有芝輕漢祖四皓見前注張儀無地與懷王史記張儀說楚懷王使絕齊請獻商於之地六百里楚遂絕齊使將軍隨張儀受地至秦儀佯墮車不朝三月齊秦之交合儀乃出謂楚使者曰臣有奉邑六里願獻大王楚王大怒帳連雲影蘿陰合枕繞泉聲客夢涼深處會容高尚者易蠱卦上九曰不事王侯高尚其事水苗三頃百株桑水苗稻種也

殘春寄張祐

暖雲如粉草如茵獨步長隄不見人一嶺桃花紅錦黦半溪山水緑蘿新高枝百舌猶欺鳥百舌鳥名帶葉梨花獨

送春仲蔚欲知何處在苦吟林下拂詩塵晉皇甫士安高士傳曰張仲蔚平陵人與同郡魏景卿俱修道德隱身不仕明天文博物善詩賦所居蓬蒿沒人不治榮名時人莫識唯劉龔知之

寄浙西李判官

燕臺上客意何如燕昭王築黃金臺以禮郭隗四五年来漸漸疎直道莫抛君子業語直道而事人焉往而不三黜遭時還與故人書杜詩厚祿故人書斷絕恒飢稚子色凄涼青雲滿眼應驕我白髮渾頭少恨渠誰念賢哉崔大讓可憐無事不歌魚史記孟嘗君客有馮驩者彈長鋏歌曰長

鋏歸来乎食無魚食有魚矣又歌曰長鋏歸来乎出無車

訪張明府同趙二十二蝦聯句

陶潛官罷酒瓶空門掩黃花一逕風陶潛去官作歸去来辭云三逕就荒松菊猶存古調詩吟山色裏無絃琴在月明中趙○淵明常蓄無絃琴一張曰但識琴中趣何勞絃上聲遠簷高樹宜幽鳥出岫孤雲逐晚虹○杜歸去来辭云雲無心以出岫别後東籬數枝菊不知閒醉與誰同趙

洛陽

文征武戰就神功書云舞干羽於兩階七旬有苗格又云壹戎衣而天下大定時似

開元天寶中開元天寶玄宗時年號也已見玄戈收相土張平子西京賦建玄戈樹招搖注云玄戈北斗第六星為旄頭主胡兵○唐憲宗元和七年田承嗣納土○詩云相土烈烈海外有截注相土契之孫○詩言憲宗時諸侯納土也應回翠帽過離宮張衡西京賦云戴翠帽倚金較注翠帽車蓋黄金以飾較侯門草滿宜寒兔詩兔罝肅肅兔罝施于中逵洛浦沙深見塞鴻疑有女娥西望處上陽烟樹正秋風張衡西京賦女娥坐而長歌聲清暢而蜲蛇○魏武帝臨崩遺命吾婕妤妓人皆令着銅雀臺上月朝十五作技汝等時登臺望吾西陵墓田上陽宮名

寄唐州李尚書李愬憲宗朝為唐鄧節度使檢校尚書左僕射

累代功勳照世光奚胡聞道死心降奚胡為奚契丹攻書筆禿三千管晉王羲之退筆成丘號退筆塚領節門排十六雙晉謝安都督揚州等十五州諸軍事其本官悉如故○唐百官志節使辭日賜雙旌雙節行則建節立六纛入境州縣築節樓迎以鼓角

詩意以李尚書比謝安先揖耿弇聲籍籍前漢武說汲黯曰天子欲令羣臣下大將軍不可以不拜黯曰夫以大將軍有揖客反不重耶○後漢耿弇字伯昭扶風茂陵人也為光武大將軍封好時侯令看黃霸事摐摐前漢黃霸字次翁淮陽陽夏人為潁川太守政稱神明後拜丞相卒謚定侯時人欲識胸襟否彭蠡秋連萬頃江彭蠡湖在鄱陽匡廬山下

奉送中丞姊夫儔自大理卿出鎮江西

檣似鄧林江拍天山海經曰夸父逐日快飲河渴不足飲大澤未至道渴而死棄其杖化為鄧林越香巴錦萬千千閩越產香巴蜀出錦滕王閣上柘枝鼓滕王閣在隆興府郡城西唐高祖子滕王元嬰所建王勃作記○樂苑曰羽調有柘枝曲商調有掘柘枝此曲因舞得名用二女童鮮衣帽帽施金鈴抃轉有聲其來也於二蓮花中藏之花拆而後見舞中之雅妙者也詩云柘枝鼓者即舞此曲也○按此曲本出於拓拔氏後人誤傳因名柘枝徐孺亭前鐵軸船圖經隆興東湖南小洲上有漢高士徐孺子宅號孺子亭太守夏侯嵩立思賢亭魏時謂之聘君亭八郡元侯非不貴八郡即江西之八州洪江饒虔吉信撫袁也萬人師長豈無權書牧揩千夫長萬夫長要君嚴重疎歡樂猶有河湟可下鞭時河湟未下故用祖

逖着鞭事詳見前注

西江懷古

上呑巴蜀控瀟湘怒似連山靜鏡光連山謂波浪如山也魏帝縫囊真戲劇步騭表言北降人説北多作囊欲以威沙塞大江吳王曰此曹必不敢來若不如孤言當以牛千頭為君作主人後見呂岱説騭言北欲作囊以塞江輒失笑曰此江自開闢以來寧可塞乎苻堅投箠更荒唐晉載記苻堅欲伐晉左右率石越對曰國有長江之險朝無昏惑之釁未可伐也堅曰以吾之衆旅投鞭於江足斷其流千秋釣舸歌明月萬里沙鷗弄夕陽杜詩曰鷗波浩蕩萬里誰能馴范蠡清塵何寂寞范蠡事見前注好風唯屬往

来商

早雁

金河秋半虜弦開雲中郡有紫河鎮界内有金河其泥色似紫金在財山宮南漢盛樂縣唐振武節度使○虜弦謂虜之弓矢也雲際驚飛四散哀僊掌月明孤影過華山有仙人掌長門燈暗數聲来長門漢宮名須知胡騎紛紛在豈逐春風一一回莫厭瀟湘少人處水多菰米岸莓苔西京雜記太液池邊皆是雕菰綠節之類菰之有米者名雕菰有首者名綠節杜詩波漂菰米沈雲黑露冷蓮房墜粉紅

聞慶州趙縱使君與党項戰中箭身死

將軍獨乘鐵驄馬榆溪戰中金僕姑榆溪在慶陽府西北六百里○左傳宋公以金僕姑射南宮長萬死綏卻是古來有禮記武車綏旌注有虞氏之旌旗也司馬兵法曰將軍死綏○梁任昉彈曹景宗云將軍死綏寸步無卻驕將自驚今日無青史文章爭點筆梁江淹上建平王書俱啟丹冊並圖青史朱門歌舞笑捐軀誰知我亦輕生者不得君王丈二殳說文殳杖也音殊禮殳以積竹八觚長丈二尺建於兵車旅賁以先驅也詩曰伯也執殳為王前驅

街西隋三禮圖長安領街西五十四坊及西市多王公貴戚之第

碧池新漲浴嬌鴉杜牧阿房宮賦云渭流漲膩棄脂水也與此意同分鎖長安富貴家遊客偶同人鬬酒名園相倚杏交花銀鞍騕褭嘶宛馬文選徐敬業詩鮮車鶩華轂汗馬濯銀鞍○淮南子曰夫待騕褭飛兔而駕之則世莫乘車矣註騕褭飛兔日行千里龍馬也○宛馬漢貳師將軍取大宛之馬也繡鞍璁瓏走鈿車杜蘭香別傳蘭香數詣張碩婢通言阿母遣配君碩視之可十八九鈿車青牛飲食服玩皆備一曲將軍何處笛連雲芳樹日初斜

自宣城赴官上京

瀟灑江湖十過秋酒杯無日不淹留謝公城外溪驚夢

謝玄暉為宣城守蘇小門前柳拂頭蘇小錢塘樂妓女子也○古樂府有錢塘蘇小小歌云奴乘油壁車郎騎青驄馬何處結同心西陵松栢下千里雲山何處好幾人襟韻一生休塵冠却掛知閒事終擬蹉跎訪舊遊南史陶弘景與從兄書曰昔仕宦期四十左右作尚書郎投簪高邁今三十六方奉朝請頭顱可知遂掛冠神武門上表辭祿

寄題甘露寺北軒在潤州

曾上蓬萊宮裏行此軒欄檻最留情孤高堪弄桓伊笛縹緲疑聞子晉笙桓伊笛子晉笙並見前注天接海門秋水色烟籠隋苑暮鐘聲他年會着荷衣去楚詞製芰荷以為衣不向山僧說

姓名

冬至遇京使發寄舍弟

遠信初憑雙鯉去古詩飲馬長城窟行客從遠方来遺我雙鯉魚呼童烹鯉魚中有尺素書他鄉正遇一陽生易復卦冬至一陽生樽前豈解愁家國輦下惟能憶弟兄輦下謂帝輦之下也旅館夜憂姜被薄後漢姜宏兄弟四人居貧作一布被而共之兄弟皆以孝行著暮江寒覺晏裘輕晏子一狐裘三十年竹門風過還惆悵疑是松牕雪打聲

長安雜題

雨晴九陌鋪江練謝玄暉詩澄江淨如練此言九陌如平鋪江練也嵐嫩千峯

疊海濤南苑草芳眠錦雉夾城雲暖下霓旄杜詩花萼夾城通御氣夾城在長安修德坊與昇道坊相接〇張平子西京賦云弧旌枉矢虹旃霓旄少年羈絡青

文玉羈絡馬飾也遊女花簪紫蔕桃江碧柳深人盡醉一瓢

顏巷日空高論語在陋巷

二

洪河清渭天池濬班孟堅西京賦右界褒斜隴首之險帶以洪河清渭之川〇莊子曰南溟者天池也言河渭如海之深濬廣大太白終南地軸橫太白終南長安二山名春秋括地象

日地有三千六百軸互相牽制祥雲輝映漢宮紫前漢都長安春光繡畫秦川明長安秦地也草妬佳人鈿朶色風迴公子玉銜聲六飛南幸芙蓉苑漢書袁盎諫文帝曰今陛下騁六飛馳下峻山有如馬驚車敗陛下縱自輕奈高廟太后何○杜詩芙蓉小苑入邊愁芙蓉院在敦化坊與立政坊正相接十里飄香入夾城唐書地理志開元二十年築夾城入芙蓉苑

三

晴雲如絮惹低空紫陌微微弄袖風韓嫣金丸莎覆綠漢韓嫣好彈以金為丸一日所失十餘長安為之語曰苦飢寒逐金丸許公韉汗杏粘紅

北史宇文述諂事隋煬帝以其子士及尚南陽公主封許國公雲定興附會述為述製馬韉於後角上缺方三寸以露白色輕薄者爭效之以謂為許公缺勢

烟生窔窱深東第

文選張平子西京賦云望窔窱以徑庭眇不知其所返註窔窱徑庭言其中皆迷不識還道也○司馬長卿喻巴蜀檄云位為通侯處列東第○窔音叫窱音眺

輪撼流蘇下北宮

帶之下垂者名流蘇○漢書董偃常從武帝遊戲北宮師古曰在未央宮之北

自笑苦無婁護知

知去聲○後漢婁護字君卿遊於王氏五侯之門皆得其歡心焉

可憐鉛槧竟何功

王充論衡曰斷木為槧○揚雄采集異國殊語嘗把三寸弱翰齎素紬四尺以書其異語歸以鉛摘刻之於槧故云鉛槧西京雜記揚子雲好事常懷槧提鉛是也

閨情代作

梧桐葉落雁初歸淮南子梧桐一葉落而天下知秋迢遞無因寄遠衣月照石泉金點冷鳳酣簫管玉聲微空洞靈章曰真人吹九鳳之簫佳人力杵秋風外蕩子從征夢寐稀古樂府昔為娼家女今為蕩子婦蕩子行不歸空牀難獨守遥望戍樓天欲曉滿城鼙鼓白雲飛鼙鼓見前注

江樓晚望

湖山翠欲結蒙籠汗漫誰遊夕照中淮南子盧敖遊玄闕見一若士儼然笑曰吾與汗漫遊於九亥之上初語燕雛知社日燕以社日來社日而去習飛鷹

隼識秋風〔月令季夏鷹乃學習〕波搖珠樹千尋拔山鑿金陵萬仞空〔楚威王以金陵有王氣埋金以鎮之故曰金陵〕不欲登樓更懷古斜陽江上正飛鴻

高駢〔字千里幽州人崇文之孫初為府司馬遷侍御史西川節度使仕至平章事封渤海郡王時巢賊大亂駢擁重兵以誤任呂用之等誅詩一卷傳於世〕

寄鄠杜李遂良處士

小隱堪忘世上情〔晉王康琚反招隱云小隱隱林藪大隱隱朝市伯夷竄首陽老聃伏柱史〕可能休夢入重城池邊寫字師前輩〔後漢張芝臨池學書池水盡黑家中

衣絹先書而後練之座右題銘律後生後漢崔子玉座右銘無道人之短無說己之長施人慎勿念受施慎勿忘云云吟社客歸秦渡晚醉鄉漁去渼陂晴渼陂灃水也杜工部有渼陂行皆長安西南地名春來不得山中信盡日無人傍水行

和王昭符進士贈洞庭趙先生

為愛君山景最靈山在岳州洞庭湖中角冠秋禮一壇星道士夜禮星斗藥將雞犬雲間試後漢魏伯陽與弟子三人入山作神丹丹成遂與犬試之犬即死伯陽服丹即死弟子服之亦死餘二弟子遂不服出山伯陽即起將所服丹內弟子及犬口中皆仙去又見淮南子注

琴許魚龍月下聽（荀子伯牙鼓琴而游魚出聽瓠巴鼓瑟而六馬仰秣）自要乘風隨羽客（列子御風而行五日而後返）誰同種玉驗仙經（神仙傳羊雍伯有人與石子一斗使種之後種其石時有徐氏北平著姓有女人求不許雍伯試求之徐曰得白璧一雙當聽之為婚雍伯乃至種所得白璧五雙徐氏遂妻之）烟霞澹泊無人到除有漁翁過洞庭

依韻奉酬李迪

柳下官資顏子居（論語柳下惠為士師三黜○顏居見前注）閒情入骨若為除詩成斬將奇難敵（前漢叔孫通曰故先言斬將搴旗之士）酒熟封侯快

未如漢揚雄解嘲或立談而封侯只見絲綸終日降禮記王言如絲其出如綸王言如綸其出如綍不知功業是誰書而今共飲醇滋味前漢曹參為丞相客有欲言事者參輒飲以醇酒消得揶揄勢利疎後漢光武令王霸至薊市中募人將以擊王郎市人皆大笑舉手揶揄之霸慚而返○晉陽秋曰羅友在桓溫府溫不用時有得郡者溫送而友後至溫問之友曰出門於中路遇一鬼揶揄曰見汝送人作郡不見人送汝作郡溫大笑

留別彰德軍從事范校書

無金寄與白頭親韓詩外傳曰田子為相三年歸以金百鎰奉母母曰不義之物不入於館為人臣不忠為人子不孝田子慙自歸於王遂金就獄王赦田子以金賜母節槩猶誇似古

人未出塵埃真落魄（前漢酈食其家貧落魄無衣食業）不趨權勢正因循桂攀明月曾觀國（易觀國之光利用賓于王）逢轉西風却問津（論語使子路問津焉）匹馬東歸羨知己燕王臺上結交新（見郭隗注）

途次内黄馬病寄僧舍呈諸友人

官閒馬病客深秋肯學張衡咏四愁（張平子有四愁詩）紅葉寺多詩景致白衣人盡酒交游（陶潛九日無酒悵然久之見白衣人至乃江州刺史王弘送酒也即就菊而飲）依違諷刺因行得澹泊供需不在求好與高陽結吟社（山簡每至習家池未嘗不大醉人歌之曰山公何所詣往詣高陽池日暮倒載歸酩

所斷之無況無名跡達珠旒珠旒帝之冕旒也

遺興

浮世忙忙蟻子羣莫嗔頭上雪紛紛沈憂萬種與千種行樂十分無一分越外險巇防俗事就中拘檢信人文易觀乎人文以化成天下醉鄉日月終須覓醉鄉日月已見前注去作先生號白雲

王初

延平天慶觀

劍化江邊綠構新晉張華使雷煥為豐城令掘獄中得二劍一送華一自佩煥卒子華為州從事持劍行經延平津劍忽於腰間躍去墮水使人沒取不見但見兩龍各長數丈層臺不染玉梯塵千章隱篆標龍簡道士作醮拜章以朱書於簡飾以龍形故曰龍簡一曲空歌降鳳鈞史記趙簡子疾五日不知人及寤語大夫曰我夢之帝所游於鈞天廣樂而九奏萬舞其聲動人嵐氣濕衣雲葉晚天香飄戶月枝春盟金早晚閑仙語學道之盟心如金石之堅學種三芝伴羽人楚詞九歌河伯采三秀兮於山間注三秀芝草也○沈休文詩淹留訪五藥顧步佇三芝○王子年拾遺記周昭王假寐夢白雲中一人衣服皆羽毛王求上仙之術受絶慾之教因名羽人○楚辭曰仰羽人于丹丘兮留不死之舊鄉

送葉秀才

快騎璁瓏刻玉羈河梁返照上征衣前漢李陵送別蘇武詩攜手上河梁遊子暮何之層冰春近蟠龍起東方朔神異經北方有層冰萬里厚百丈月令二月震雷驚蟄以龍喻葉秀才也九澤雲間獨鶴飛九澤即九皋也行想北山清夢斷意與北山移文正同重遊西洛故人稀漢庭狗監深知己有日前驅負弩歸前漢司馬相如作子虛賦同郡楊得意為狗監侍上誦之上善之曰朕恨不與此人同時得意曰臣郡人司馬相如所作也名見為郎後以南夷為縣乃拜相如為中郎將建節往使至蜀太守以下郊迎縣令負弩使先驅蜀人以為寵

送王秀才謁池州吳都官

池陽去去躍雕鞍十里長亭百草乾衣袂鄣風金縷細細一作重○古詩勸君莫惜金縷衣劍光横雪玉龍寒晴郊别岸鄉魂斷曉樹啼烏客夢殘古樂府有烏夜啼曲南館星郎東道主見前注搖鞭休問路行難古樂府有行路難

青帝帝出乎震震東方其色青為春

青帝邀春隔歲還月娥孀獨夜漫漫羿妻偷羿不死之藥奔月獨居故云孀娥韓憑舞羽身猶在干寳搜神記曰宋大夫韓憑其妻美宋康王奪之憑怨王囚之憑遂

自殺妻乃陰腐其衣王與登臺自投臺下左右攬衣衣不勝手遺書於帶曰願以屍還韓氏而葬王怒令埋之二塚相對經宿忽有梓木生二塚之上根交枝連有鳥如鴛鴦雌雄各棲其樹朝暮悲鳴而舞其音感人哀切韓憑亦名朋

素女商絃調未殘王子年拾遺記黃帝使素女鼓庖犧氏之瑟滿座悲不能已後破為二十五絃○文選張平子思玄賦素女撫絃而餘音兮太容吟曰念哉注素女黃帝時方術之女也太容黃帝之樂師也

終古蘭巖棲偶鶴晉向秀思舊賦經終古而常然楚辭曰長無絕兮終古○王韶之神境記云滎陽郡南百餘里有蘭巖其路危阻遠絕人跡登其上有石路松林杳然是雲霞中館宇常有雙鶴素羽皦然多偶影翔集傳云昔有夫婦隱於此年數百歲化成此鶴

從來玉谷有離鸞春秋元命苞曰火離為鸞故曰離鸞○西京雜記張安世十五為侍中善鼓瑟為雙

鳳離鸞曲幾時幽恨飄然斷共待天池一水乾莊子曰南溟者天池也○神仙傳王遠字方平與麻姑相會於蔡經家麻姑自言接待以来見東海三為桑田向間蓬萊水乃淺於往者豈非將為陸陵乎方平笑曰聖人言海中行復揚塵也○東皙發蒙記海一名天池一名大壑詩意以為恨未能釋時不可待此篇述其怨曠辭也

銀河

閶闔踈雲漏絳津左傳八風踈立春條風春分明庶風立夏清明風夏至景風立秋涼風秋分閶闔風立冬不周風冬至廣莫風絳津即銀河也橋頭秋夜鵲飛頻淮南子云烏鵲填河以渡織女也猶殘仙媛湔裙水集林曰昔有一人尋河源見婦人浣紗因問之曰此天河

也乃與一石而還問嚴君平曰此織女支機石也幾見星妃度襪塵曹子建洛神賦淩波微步羅襪生塵歷歷素榆飄玉葉古詩天上何所有歷歷種白榆此言星散布如白榆也涓涓清月濕冰輪年來若有乘槎客見張騫注爲弔波靈是楚臣楚臣三閭大夫屈原也

書秋

千里南雲度塞鴻秋容無跡淡平空人間玉嶺清霄月天上銀河白晝風潘賦登山魂易斷晉潘安仁秋興賦憀慄兮若在遠行登山臨水送將歸楚歌遺珮怨何窮楚辭湘君捐余玦兮江中遺余珮兮澧浦往來

未若奇張翰欲鱠霜鯨碧海東事見前注

自和書秋

隴首斜飛避弋鴻班固西京賦曰右界褒斜隴首之險楊子曰鴻飛冥冥弋者何篡焉篡取也頹雲蕭索見層空漢宮夜結雙莖露漢武故事帝作銅承露盤上有仙人掌以承露也○西都賦抗仙掌以承露擢雙立之金莖閶闔涼生六幕風閶闔見前注三禮圖曰上下四方曰幄幄帷幙也湘女怨絃愁不禁湘妃堯之女故曰帝子傳言湘靈鼓瑟為怨曲也鄂君香被夢難窮鄂君見前注江邊兩槳連歌渡古樂府莫愁在何處莫愁石城西艇子打兩槳催送莫愁来驚散遊魚蓮葉東古樂府云

江南可採蓮蓮葉何田田魚戲葉蓮東魚戲葉蓮西

崔峒博陵人初辟路府功曹終於右補闕有詩集一卷傳於世

題同官李明府書舍

松臺寂寂對烟霞五柳門前聚晚鴉晉陶潛自況為五柳先生傳流水聲中視公事寒山影裏見人家觀風共美新為政古有采詩之官采邦國之詩以觀民風○論語為政以德計日還應更觸邪後漢胡廣傳御史冠獬豸獸名正直嘗觸不正可惜陶潛無限興不逢籬菊正開花

朱灣字巨川號滄洲子亦嘗為府從事有集行於世

宴楊駙馬山亭

垂楊拂岸草茸茸繡户牕前花影重牕英華作簾鱠下玉盤紅縷細李白酬雙魚見贈云雙腮呀呷鬐鬣張撥剌銀盤欲飛去呼兒拂机霜刃揮紅葩並落白雪飛酒開金甕綠醅濃中朝駙馬何平叔三國志魏何晏字平叔尚魏武帝公主南國詞人陸士龍吴陸雲字士龍美文藻嘗自稱雲間陸士龍落日泛舟同醉處回潭百丈映千峯

呂洞賓名巖京兆人咸通中及第兩調縣令值巢賊亂攜家歸終南學道莫測所往

贈人

羅浮道士誰同流（葛洪字稚川隱於羅浮山）草衣木食輕王侯世間甲子管不得壺裏乾坤只自由（壺公事見費長房注）數着殘棋江月曉一聲長嘯海山秋（晉孫登字公和隱蘇門山阮籍與商畧棲神導氣之術登皆不應籍因長嘯而起至半嶺聞有聲若鸞鳳之音而響振巖谷乃登之嘯也）飲餘回首話歸路遥指白雲天際頭（文選謝玄暉出新林浦云天際識歸舟雲中辨江樹）

吳融（字子華山陰人龍紀元年進士累官至翰林學士中書舍人後為翰林承旨卒有文集行於世）

閒望

三點五點映山雨一枝兩枝臨水花蛺蝶狂飛掠芳草

鴛鴦熟睡曉暖沙（暖一作晴）闕下新居非己業江南舊隱是誰家東還西去都無計却羨瞑歸林上鴉（詩意言禽尚知所止安有人而不如鳥乎）

即事

抵鵲山前寄掩扉（劉子崑山之下以玉抵鵲彭蠡之濱以魚飼犬而人不愛者非性輕財所豐故也抵鵲山在荆山山出玉故名之）便堪終老脫朝衣曉窺青鏡千峯入（周庾信東宮行雨山銘入樹入牀前山來鏡裏）暮倚長松獨鶴歸（謝宣城敬亭山詩獨鶴方朝唳飢鼯此夜啼）雲裏引來泉脉細雨中移得藥苗肥何須

一筯鱸魚膾注見前始掛孤帆問釣磯

書懷

傍巖依樹結簷楹傍去聲○杜詩滂沱朱檻濕萬慮傍簷楹夏物蕭條一本作踈景更清灘響忽高何處雨松陰自轉此山晴見多鄰犬遙相認杜詩犬迎曽宿客来慣幽禽近不驚争敢便誇饒勝事九衢塵裏免勞生爾雅九達謂之逵

金橋感事金橋洛陽橋名

太行和雪疊晴空二月郊原尚朔風飲馬早聞臨渭北

射雕今欲過山東射雕已見前注百年徒有伊川歎左傳辛有適伊川見被髮而祭於野曰不及百年此其戎乎其禮先亡矣五利寧無魏絳功左傳山戎無終子嘉父因魏絳請和諸戎晉侯欲伐之絳曰和戎有五利焉戎狄薦居貴貨易土土可賈焉一也邊鄙不聳民狎其野穡人成功二也戎狄事晉四鄰震動諸侯懷威三也以德綏戎師徒不勤甲兵不頓四也鑒於后羿而用德度遠至邇安五也君其圖之晉侯悅使魏絳盟諸戎日暮長亭政悠絕哀笳一曲戍烟中

廢宅

風飄碧瓦雨摧垣却有鄰人為鎖門幾樹好花虛白晝

滿庭芳草易黃昏放魚池涸蛙爭聚棲燕梁空雀自喧隋薛道衡詩空梁落燕泥不獨淒涼眼前事咸陽一火變寒原秦阿房宮東西五百步南北五千步下可建五丈之旗及項羽屠咸陽燒其宮室火三月不滅故杜牧之賦云楚人一炬可憐焦土

彭門用兵後經汴路懿宗咸通中龐勛反徐州為康承訓破滅彭門即徐州也

長亭一望一徘徊千里關河百戰來細柳舊營猶鎖月漢文帝北征周亞夫屯細柳營祁連新塚已封苔前漢霍去病攻匈奴至祁連山捕首虜甚

多及去病薨武帝悼之發蜀國玄甲自長安至茂陵為大塚像祁連山霜凋綠野愁無際文選顏延年詩春晚綠野秀巖高白雲屯燒接黃雲慘不開若比江南更牢落子山詞賦莫興哀梁庾信字子山有哀江南賦。陸機弔魏武帝云傷心百年之際興哀無情之地。詩意懿宗奉佛太過酷好音樂怠於政事盜賊蜂起姦邪竊柄於内將士解體於外致中原版蕩甚可傷也

二

隋隄風物已淒涼隄下仍多舊戰場金鏃有苔人拾得蘆衣無土鳥銜將吳志諸葛恪傳童謠云諸葛恪蘆葦單衣篾鉤落於何相求成子閣。文

選江文通恨賦云蔓草縈骨拱木斂魂○此傷兵士戰死已久箭鏃生苔蘆草縈骨而已秋聲暗促

河聲急野色遥連日色黄獨上寒城更愁絶更一作政戍鼙

驚起雁行行

高侍御話皮博士池中白蓮高駢皮日休也

白玉花開綠錦池風流御史報人知看来應是雲中墮

偷去須從月下移已被亂蟬催婉娩更禁涼雨動襹褷

襹褷婦人之纓也褷楊雄長楊賦云戴褷垂纓○襹褷謂花帶雨離披也

習家秋色堪圖畫

只欠山翁倒接䍦襄陽記峴山西有習郁大池山季倫每臨池必大醉而歸人歌曰時時能

騎馬倒着白接䍦注接䍦幘也○郭璞爾雅注曰白鷺翅上有長翰江東人取為接䍦也

新安道中翫流水

一渠春碧弄潺潺密竹繁花掩映間看處便須終日住見王徽之注下筭来寧得此身閑縈紆似接迷人洞謂武陵桃源也清冷應連有雪山成都有雪山上却征車更迴首了然塵土不相關

憶山泉

穿雲絡石細潺潺絡一作落杳杳疑聞弄管絃千仞瀉来寒

碎玉一泓深處碧涵天烟迷葉亂尋難見月好風清聽不眠春雨正多歸未得只應流恨更潺湲謝靈運詩石淺水潺湲日落山照耀

紅樹

一聲南雁已先紅槭槭凄凄葉葉同晉夏侯湛苦寒謠草槭槭以疎葉木蕭蕭以零殘○槭音索隕落貌自是孤根非暖地莫驚他木耐秋風燒烟散去陰全薄明月臨來影半空長憶洞庭千萬樹照山橫浦夕陽中

唐詩鼓吹卷六

唐詩鼓吹卷七

元 郝天挺 註

李商隱字義山懷州人令狐楚愛其才奏為集賢校理後為檢校吏部員外郎歸滎陽卒初自號玉溪子有樊南集傳於世

錦瑟

瑟繪紋如錦故曰錦瑟

錦瑟無端五十絃一絃一柱思華年古今樂志云錦瑟之為器也其絃五十其柱如之莊生曉夢迷蝴蝶適也望帝春心託杜鵑怨也滄海

月明珠有淚清也藍田日暖玉生烟和也此情可待成追憶

祇是當時已惘然適怨清和即其聲也一篇之中曲盡其意史稱其瓌邁奇古信然

杜工部蜀中離席懿宗時柳仲郢節度劒南東川辟商隱為判官檢校工部

員外郎時作

人生何處不離羣禮記子夏曰吾離羣而索居亦已久矣世路干戈惜蹔

分詩公劉干戈戚揚雪嶺未歸天外使杜詩雪嶺界天白松州猶駐殿

前軍杜詩玉壘雖傳檄松州已解圍座中醉客延醒客江上晴雲雜雨

雲美酒成都堪送老當壚仍是卓文君前漢相如傳卓文君當壚沽酒

相如着犢鼻裩親爲滌器

隋宮

紫泉宮殿鎖烟霞欲取蕪城作帝家蕪城即揚州古邗溝城也漢已後荒蕪鮑昭爲賦即此

玉璽不緣歸日角唐書唐儉說秦王建大計曰公日角龍庭姓協圖讖係天下望矣若外嚮豪傑北招戎狄濟海而南以據秦雍湯武之業也

錦帆應是到天涯隋煬帝造龍舟施錦帆於舟上以幸江都○詩意若非唐太宗據秦稱帝煬帝逸遊之心至於天涯猶未已也

於今腐草無螢火禮記月令季夏之月腐草爲螢○隋書煬帝大業末天下盜起帝於景華宮徵求螢火數斛夜出遊山即放之火光徧於巖谷○廣陵志揚州舊城七八里有煬帝放螢火幷十宮

終

古垂楊有暮鴉隋煬帝自汳渚引河築街道植以柳名隋隄一千三百里○隋室板蕩咸陽宮闕爲墟千秋萬歲惟有垂楊棲鴉而已地下若逢陳後主豈宜重問後庭花大業拾遺云煬帝遊雞臺怳惚與陳後主遇後主戴皁紗單幘綽袖長裙舞女數十侍左右一人迴美煬帝累目之後主云此張麗華也以綠紋螺酌紅粱醞勸帝飲因請張麗華舞玉樹後庭花一曲麗華不懌後主問龍舟之遊樂乎始謂殿下致治堯舜之上今日復此逸遊曩時何見罪之深三十六封書使人至今怏怏帝叱之遂不見

二月二日

二月二日江上行東風日暖聞吹笙花鬚柳眼各無賴

紫蝶黃蜂俱有情萬里憶歸元亮井晉陶淵明字元亮嘗爲彭澤令督郵至縣吏白應束帶見之淵明嘆曰吾不能爲五斗米折腰事鄉里小兒遂解印綬賦歸去來辭以自見三年從事亞夫營漢書將軍周亞夫嘗北征營於細柳新春莫悞遊人意悞一作怪更作風簷夜雨聲

籌筆驛在綿州綿谷縣北九十九里蜀漢諸葛武侯出師嘗駐軍籌畫於此

魚鳥猶疑畏簡書詩豈不懷歸畏此簡書○簡書蓋軍中法令約束言號令嚴明雖千百年之後魚鳥猶畏之也風雲長爲護儲胥楊雄長楊賦木擁槍纍以爲儲胥注胥須也言有儲蓄以待所須也韋昭曰儲胥藩落之類也○此言武侯忠義風雲猶護其壁壘東坡云誦此二句使人凜然復

見孔明風烈徒令上將揮神筆上將指武侯言弱主在位孔明才沒信黃皓姦邪使社稷爲墟出師之功徒勞而已終見降王走傳車魏將軍鄧艾破蜀劉禪銜璧輿櫬降遂傳送洛陽管樂有才眞不忝武侯傳孔明初自比管仲樂毅人不信也及相先主五月渡瀘七擒孟獲出斜谷斬夏侯淵屯五丈原困司馬懿比管樂不忝矣關張無命欲何如蜀之飛將惟關羽張飛吳呂蒙殺羽於江陵閬州卒殺飛於帳下先主崩武侯死蜀祚休矣○王充論衡人生皆受天命今得短命宜曰無命也他年錦里經祠廟蜀志錦里成都地名武侯祠在焉梁父吟成恨有餘梁父吟武侯所作曰朝出城東門遥望蕩陰里里中有三墳纍纍正相似云云

九成宮宮在鳳翔府麟遊縣西五里隋仁壽宮也楊素爲文帝起唐改作九成宮

十二層城閬苑西前漢郊祀志黃帝爲五城十二樓以候神人○淮南子崑崙山有層城九重生木禾其條五尋○十洲記曰崑崙山有瑶池閬苑玉樓十二平時避暑拂虹蜺蔡邕月令章句虹蜺者陰陽交接之氣雄曰虹雌曰蜺○班孟堅西都賦虹蜺迴帶於棼楣○此言九成宮之高也雲隨夏后雙龍尾史記夏孔甲擾龍帝賜之乘龍河漢各二有雌雄○山海經曰夏后乘兩龍雲蓋三層○括地志禹誅防風氏夏后德盛二龍降帝使范氏御之以行經南方防風氏神見禹怒射之有迅雷二龍升去神懼以刃自貫其心而死風逐周王八馬蹄周穆王巡行天下馭八龍之駿一名絶地二名翻飛三名奔霄四名超影五名逾輝六名超光七名騰霧八名挂翼○翻飛一本作翻羽○王元長曲水詩序夏后兩龍載驅璿臺之上穆滿八駿如舞瑶水之陰吳嶽曉光連翠巘周禮

雍州山鎮曰吳嶽○漢書地里志吳嶽在汧縣西　甘泉晚景上丹梯甘泉漢武宮名○謝玄暉敬亭山詩要欲追奇趣即此陵丹梯　荔枝盧橘霑恩澤漢永元間嶺南獻荔枝十里一置五里一堠○盧橘枇杷也○詩意荔枝盧橘皆暑天方熟故貢於九成宮也　鸞鵲天書濕紫泥鄴中記石虎每詔書出著鳳口中銜出○紫泥見前注

碧城

碧城十二曲闌干犀辟塵埃玉辟寒嶺表異錄云有辟塵犀婦人爲簪梳則塵不著髮○南越志高州巨海有大犀出入有光其角能開水辟塵○唐杜陽編同昌公主乘七寶步輦四面綴五色玉香囊中貯辟寒香刻鏤水晶辟塵犀爲龍鳳觀者眩目○唐武宗會昌九年夫餘國貢火玉三斗

（色赤光照十步置之室中不復挾纊）閬苑有書多附鶴（集仙錄周穆王駕黿鼉魚鼈爲梁以濟弱水而升崑崙玄圃閬苑之好會西王母歌白雲之謠云）女牆無樹不棲鸞（杜詩樓高望女牆釋名曰女牆言卑小比之於城如女子之於丈夫也此辯言碧城如仙人宮闕也）星沉海底當牕見雨過河源隔坐看若是曉珠明又定一生長對水晶盤（曉珠謂日也）

馬嵬

海外徒聞更九州（史記騶衍好爲閎大之言言中國名赤縣神州內有九州禹之敘九州是也中國外如赤縣神州者九乃所謂神州也）他生未卜此生休空聞虎旅鳴

宵柝書曰虎賁三千人○張平子西京賦陳虎旅於飛
廉正壘辟乎上蘭○易繫辭曰重門擊柝以待暴
客柝軍中警夜之木也○一無復雞人報曉籌周禮雞
本說文柝夜行所擊木也人掌夜
呼曉叫爲官○漢官儀宮中不畜此日六軍同駐馬書
雞衛士候於朱雀門外專傳雞唱甘
誓大戰于甘乃召六卿注當時七夕笑牽牛唐明皇天
天子六軍其將皆命卿也寶十載避
暑驪山宮秋七月七日牽牛織女相見之夕秦人風俗
號爲乞巧宮掖間尤尚之夜半侍衛皆休貴妃獨侍上
凭肩而立因仰天感牛女一年一會如何四紀爲天子
不如己終歲相守誓願世世爲夫婦
明皇即位四十四年起先天開不及盧家有莫愁梁武
元二十九年終天寶十五年帝河
中之水歌云河中之水向東流洛陽女兒名莫愁莫愁
十三能織綺十四採桑南陌頭十五嫁作盧家婦十六

生兒似阿侯

深宮

金殿香銷閉綺籠玉壺傳點咽銅龍宮中更漏以銅龍吐水狂飈不惜蘿陰薄清露偏知桂葉濃詩蔦與女蘿施于松柏南有樛木葛藟纍之言后妃能逮下也蓋蘿附物而生陰條甚薄狂風吹之桂葉至濃而清露潤之榮枯不均怨之之詞斑竹嶺邊無限淚舜南巡不返葬於蒼梧之野堯二女追之不及至洞庭之山淚染竹即斑妃死爲湘水神景陽宮裏及時鐘齊書武帝宮內深隱不聞端門鼓漏聲置鐘於景陽樓上以應五鼓及五鼓宮人聞鐘聲早起粧飾豈知爲雨爲雲意只有高唐十二峯楚襄

王與神女遇陽臺曰妾巫山之神也朝爲行雲暮爲行雨朝朝暮暮陽臺之下宋玉有高唐賦巫山十二峯在大江北與神女廟正相對今屬巫山縣

留贈畏之

清時無事奏明光明光宮名○漢李陵與蘇武書曰策名清時○曹植送應瑒詩清時難屢得佳會不可常不遣當關報早霜當關司門之人也○東觀記汝郁載病徵詣公車門臺遣兩當關扶入拜郎中○言天下無事宮門晏開也中禁詞臣尋引領杜詩詔許辭中禁○孟子曰則天下之民皆引領而望之矣左川歸客自迴腸司馬遷云腸一日而九迴郎君下筆驚鸚鵡禰衡作鸚鵡賦見前注侍女吹笙弄鳳凰秦穆公女弄玉

（好吹笙後與簫史乘鳳而去見前注○李白詩鳳女吹玉簫吟弄天上春）空寄大羅天上事（大羅天仙人所居○秦中雜記進士放榜後至春開前須一人謝世名報羅使言報大羅天也）衆仙同日詠霓裳（明皇遊月宮見仙人歌霓裳羽衣之曲）

對雪

寒氣先侵玉女扉（庾信哀江南賦云倚弓玉女牕扉繫馬鳳凰樓柱）清光旋透省郎闈（梁水部郎中劉孝綽對雪詩云浮光亂粉壁積照朗彤闈）梅花大庾嶺頭發（廣南有大庾嶺上多梅花今名之爲梅嶺）柳絮章臺街裏飛（漢張敞爲京兆尹居走馬街多柳樹又名爲章臺街）欲舞定隨曹植馬（魏曹子建名植擬樂府作白馬篇）有情應

濕謝莊衣宋書大明中雪花降殿庭右將軍謝莊下殿雪集衣白上以爲嘉瑞命羣臣皆賦雪花詩

龍山萬里無多遠宋鮑昭雪詩云胡風吹朔雪千里度龍山集君瑶池裏飛舞兩楹間留

待行人三月歸

其二

旋撲珠簾過粉牆輕於柳絮重如霜已隨江令誇瓊樹陳尚書令江總與後主狎客孔範沈客卿等作玉樹後庭花曲云璧月夜夜滿瓊樹朝朝新又入盧

家妬玉堂梁武帝河中之水歌云盧家蘭室桂爲梁中有鬱金蘇合香詳見前注侵夜可

能爭桂魄忍寒應欲試梅粧宋武帝女壽陽公主人日臥於含章殿簷

下梅花落額上成五出之花後人效之爲梅花粧關河凍合東西路腸斷班騅送陸郎晉成都王穎以陸機爲後將軍河北大都督討長沙王義戰於鹿苑機軍大敗爲孟玖等所譖遂遇害於軍中是日昏霧晝合平地雪深尺餘議者以爲陸氏之寃也○周庾信哀江南賦云雪暗如沙冰橫似岸逢赴洛之陸機見離家之王粲云云

牡丹

錦帷初卷衛夫人史記孔子見衛夫人南子夫人自帳中再拜而環珮玉聲璆然繡被猶堆越鄂君越鄂君見前注垂手亂翻雕玉珮明皇雜錄云舞有大垂手小垂手或若驚鴻或如飛燕○梁劉孝標詩云轉袖隨歌發頓履赴絃餘度行過接手回身作歛裾招腰爭

舞鬱金裙招腰爭舞英華作細腰頻換○史記衛靈公與夫人同車招搖於市過之前言衛夫人當作招搖今作招腰未詳何意石家蠟燭何曾剪晉石季倫以蠟燭代炊王愷以飴糖澳釜荀令香爐可待薰襄陽記曰劉季和性愛香主簿張坦曰人名公俗人不虛也季和曰荀令君至人家坐幕三日香氣不歇爲我何如坦曰醜婦效顰見者必走也我是夢中傳彩筆彩筆見江淹注欲書花葉寄朝雲古樂府有朝雲曲詳見前注

促漏

促漏遥鐘動靜聞唐百官志監門校尉巡日送平安及奏事遣官送入晝題時刻夜題更籌宮女得而奏聞之報章重疊杳難分杳作亦字○詩雖則七襄不成報章舞鸞鏡

匣收殘黛昔罽賓王得一鸞不鳴夫人曰嘗聞鸞見其類而後鳴因懸鏡以映鸞覩形哀舞中宵而絕○范泰有詩云明鏡懸中堂顧影悲同契睡鴨香爐換夕薰唐李賀詩云深幃金鴨冷歸去豈知還向月淮南子羿請不死之藥於西王母未及服其妻姮娥竊服得仙奔入月中夢來何處更爲雲爲雲爲雨見前注○詩意謂恨不能如姮娥奔入月中又不能如巫娥夢接襄王也南塘漸暖蒲堪結李賀正月樂辭云官街柳帶不堪折早晚菖蒲勝綰結兩鴛鴦護水紋李白長干行鴛鴦綠蒲上翡翠錦屛中○晉虞摯文章流別論曰詩六義興者有感之辭也此篇擬深宮怨女恨不如禽鳥猶有匹也

聖女祠

松篁臺殿蕙香幃龍護瑤牕鳳掩扉無質易迷三里霧

後漢書張楷字公超能作五里霧時關西裴優亦能作三里霧

不寒長着五銖衣

博異志岑文本山亭避暑有叩門云上清童子見其着衣極細曰此五銖之衣也又曰天上衣六銖尤細者五銖也出門不見得一古錢○北里志詩玉肌無胗五銖輕

人間豈有崔羅什

酉陽雜俎長白山有夫人墓魏孝昭之世清河崔羅什被徵夜經於此忽有朱門粉壁有一青衣出遇什曰女郎須見崔郎什怳然下馬入兩重門青衣通問曰女郎劉府君之妻侍中吳質之女女郎曰比見崔郎息駕庭樹嘉君吟嘯故一叙玉顏什乃辭去女曰從此十年當更相逢什以玳瑁簪遺之女以指上玉環以贈什上馬行數十步回顧乃一大塚也

天上應無劉武威

漢冠軍將軍武威太守劉子南從道士尹公授務成子螢火丸佩之

隱形辟疫鬼及五兵白刃賊盜凶害永平間與虜戰軍潰天下如雨未至子南馬數尺輒墮地終不能傷出神仙感應篇。劉禹錫和失婢詩把鏡朝猶在添香夜不歸不逐張公子應隨劉武威寄問釵頭雙白燕白燕釵見前注每朝珠館幾時歸珠宮貝闕皆神仙所處

野菊

苦竹南園椒屋邊微香冉冉淚涓涓杜詩風含翠篠涓涓淨雨浥紅蕖冉冉香已悲節物同寒雁忍委芳心與暮蟬細路獨來當此夕清樽相伴省他年紫雲新苑移花處不取霜裁近御筵詩意譏當時草澤遺賢無所進用也

與同年李定言曲水閑話戲作

海燕參差溝水流同君身世屬離憂相攜花下非秦贅史記秦俗家貧子壯則出贅對泣風前類楚囚楚囚已注碧草暗侵穿苑路珠簾不捲枕江樓莫將五勝埋香骨地下傷春亦白頭

重有感

玉帳牙旗得上游上游即上流也安危須共主分憂竇融表已來關右漢竇融字周公遭更始敗天下擾亂融爲屬國都尉決策東向遣長史劉鈞奉書獻馬於光武

陶侃軍宜次石頭晉蘇峻反溫嶠邀侃同朝初明帝崩侃不在顧命之列以爲恨曰吾江邑外將不能越局嶠固請推爲盟主會庾亮於石頭戍遂誅峻豈有蛟龍曾失水曾一作長○莊子神龍失水而陸居爲螻蟻之所制更無鷹隼與高秋杜詩蛟龍得雲雨鵰鶚在秋天晝號夜哭兼幽顯伍員與申包胥友員之亡也謂包胥曰我必復楚及昭王在隨包胥如秦乞師依於庭牆而哭日夜不絕聲十日秦師乃出早晚星關雪涕收

出關宿盤豆館對蘆叢有感甘棠志云盤豆館在湖城縣西二十里昔漢武帝過此父老以牙豆盤獻因名焉

蘆葉梢梢夏景深郵亭暫欲灑塵襟昔年曾是江南客

此日初爲關外心此言在關外見盧忽憶客江南時也思子臺邊風自急前漢戾太子爲江充巫蠱所陷奔於湖自經死後帝知太子寃族江充乃作思子宫歸來望思之臺玉娘湖上月應沉清聲不逐行人去一世荒城半夜砧

子初郊墅

看山對酒君思我聽鼓離城我訪君臘雪已添牆下水齋鐘不散檻前雲陰移竹柏濃還淡歌雜漁樵斷更聞亦擬村南買烟舍子孫相約事耕耘

井絡

井絡天彭一掌中晉左思蜀都賦岷山之精上爲井絡注岷山爲東井星絡之維○杜詩繫舟戀井絡○成都彭州有山兩峯如闕相去四十步名天彭門因以名州謾誇天設劔爲峯指劔關也陳圖東聚燮江石武侯作八陣圖聚細石爲之今在夔州堆石各高丈餘爲人散亂或夏水漂沒水退即依然如故邊柝西懸雪嶺松成都有雪山彭州在其東松州在其西吐蕃時犯松維故云邊柝堪嘆故君成杜宇杜宇謂望帝也可能先主是真龍周瑜曰劉備非久爲人用者恐蛟龍得雲雨終非池中物將來爲報奸雄輩莫向金牛放舊蹤輿地記曰秦惠王伐蜀不知道作五石牛言能糞金蜀王貪金乃令五丁開道秦使張儀司馬錯引兵滅之

宋玉

何事荆門百萬家獨教宋玉擅才華楚辭已不饒唐勒風賦何曾讓景差荆楚故事曰楚襄王與唐勒景差宋玉遊雲陽之臺王令各賦大言唐勒景差各賦不如王意宋玉曰方地爲輿天爲蓋彎弓掛扶桑長劒倚天外於是王喜賞以雲夢之田又宋玉有九辯及風賦

落日渚宮供觀閣渚宮即江陵也開年雲夢送烟花開年即新年也可憐庾信尋荒徑猶得三朝託後車庾信梁元帝承制除御史中丞聘西魏屬大軍南討留長安江陵平遷儀同三司周孝閔踐祚遷開府後陳與周通好流寓之士各許還惟信及王褒惜之不遺常有鄉關之思作哀江南賦以致意云

贈別前蔚州契苾使君

何年部落到陰陵即陰山也奕世勤王國史稱吳步騭上疏勸太子登曰人君承奕世之基據自然之勢○左傳勤王之師夜捲牙旗千帳雪朝飛羽騎一河氷蕃兒襁負來青塚論語襁負其子至矣青塚昭君墳在豐州狄女壺漿出白登孟子簞食壺漿以迎王師○白登屬雲中漢高祖爲冒頓所圍處日暮鵰鶚泉畔獵鵰鶚泉在金微山南西受降城劉屈丐嘗奔於此路人遥認郅都鷹漢酷吏傳郅都爲中尉行法不避貴戚列侯宗室側目而視號爲蒼鷹

春日寄懷

世間榮落重逡巡管子曰枯茂非四時之悲欣榮落非我心之憂喜我獨丘園坐四春易束帛戔戔賁于丘園○王輔嗣云天位無應隱處丘園縱使有花兼有月可堪無酒更無人青袍似草年年定庾亮哀江南賦云青袍似草白馬如練白髮如絲日日新欲逐風波千萬里未知何路到龍津三秦記河津一名龍門龜魚之屬集門下數千不得上上即爲龍○梁任昉知己賦云過龍津而一息望鳳條而載翔

和劉評事永樂閑居見寄

白社幽閑君暫居逸士傳董威隱居洛陽白社以殘絮縷帛爲衣號百結衣青雲器

業我全疏〔晉阮咸字仲容爲始平太守顏延年五君詠曰仲容青雲器〕已看諫草歸鸞掖〔宮門有左右掖〕尚憤衡門待鶴書〔詩衡門之下可以棲遲○孔稚珪北山移文曰鶴書赴隴鳴騶入谷〕蓮聳碧峯關路近〔西嶽名蓮花峯函谷關在其東也〕荷翻翠蓋水堂虛自探典籍忘名利〔探平聲〕敧枕時驚落蠹魚

無題

萬里風波一葉舟〔李陵與蘇武詩風波一失所各在天一隅〕憶歸初罷更夷猶〔楚辭曰君不行兮夷猶 王逸曰夷猶猶豫也〕碧江地末元相引黃鶴沙邊亦少留翼德寃魂終報主〔三國志張飛字翼德先主征吳飛領軍就之臨發爲帳下

健兒所殺阿童高義鎮橫秋晉書童謡曰阿童復阿童銜刀浮渡江不畏岸上虎但畏水中龍羊祜曰此必水軍有功祜先知王濬小字阿童因表監益州諸軍事密令修舟楫爲順流之計濬終滅吳矣人生豈得長無謂懷古思鄉共白頭

二

昨夜星辰昨夜風畫樓西畔桂堂東身無綵鳳雙飛翼心有靈犀一點通抱朴子通天犀角有白理如綫置犀粟中雞往啄粟見犀輒驚駭故南人呼爲駭雞犀隔座送鉤春酒暖漢武故事鉤弋夫人少時手拳不開故因爲藏鉤之戲後人效之分曹射覆蠟燈紅漢武帝常使諸家射覆置守宮盂下皆不能中東方朔自贊曰

臣請據易以釋之卦成是非守宮即蜥蜴上善之賜帛一十匹嗟予聽鼓應官去走馬蘭臺類轉蓬曹子建詩轉蓬離本根飄颻隨長風

三

來是空言去絕蹤月斜樓上五更鐘夢爲遠別啼難喚書被催成墨未濃蠟燭半籠金翡翠麝香數度繡芙蓉劉郎已恨蓬山遠更隔蓬山一萬重劉郎蓬山用漢武帝求神仙事

四

颯颯東南細雨來唐楊師道詩開牕臨鳳詔颯颯雨聲來芙蓉塘外有輕

雷芙蓉塘見前注金蟾齧鎖燒香入金蟾即鎖飾也玉虎牽絲汲井迴玉虎謂轆轤也賈氏窺簾韓掾少晉韓壽字德眞美姿容賈充辟爲司空掾每宴賓僚其女輒從青瑣中窺之因通焉時西域有貢奇香一着人則經月不散帝甚貴之惟賜充其女盜之遺壽充知之因以女妻壽宓妃留枕魏王才魏黄初三年陳思王朝京師還濟洛川古人有言斯水之神名曰宓妃感宋玉對楚王神女之事遂作賦曰余情悅其淑美兮心振蕩而不怡無良媒以接歡兮託微波而通辭春心莫共花爭發一寸相思一寸灰

五

相見時難別亦難東風無力百花殘春蠶到死絲方盡

蠟燭一本作炬成灰淚始乾曉鏡但愁雲鬢改夜吟應覺月光寒蓬山此去無多路青鳥殷勤爲探看漢武帝内傳七月七日上於承華殿忽有青鳥從西來集殿前上問東方朔朔曰此西王母欲來也有頃王母果至

回中牡丹爲雨所敗

浪笑榴花不及春隋高祖受禪孔紹安來奔見之甚悅拜内史舍人時夏侯端亦嘗爲御史先歸朝授秘書監因侍宴賦石榴云祇爲來時晚花開不及春時人甚稱之先期零落更愁人玉盤迸淚傷心數迸舊作送今從英華本錦瑟驚絃破夢頻萬里重陰非舊圃陰一作怜○張衡南都賦玄雲合而重陰谷風起而增哀一年生意

屬流塵生劉休玄擬古云堂上流塵生庭中綠草滋注流遊也前溪舞罷君迴顧古今樂錄云晉車騎將軍沈玩作前溪曲故劉剛詩云山邊歌樂日池上舞前溪○湖州有前溪唐于競曰即南朝習樂之所併覺今朝粉態新

富平少侯

七國三邊未到憂史記冠帶之國七而三國邊於戎狄○此言若邊陲有警富平少侯何憂哉十三身襲富平侯漢成帝鴻嘉初始微行或乘小車或皆騎馬出入市里遠至旁縣鬭雞走馬自稱富平侯富平侯者張安世三世孫臨尚公主所生子放也娶許皇后女弟與上遊宴禁中無度寵幸甚盛故假稱之也不收金彈抛林外西京雜記韓嫣以金爲彈丸一日失數十每出兒童

輒隨之以拾所落長安語曰苦饑寒逐彈丸却惜銀牀在井頭銀牀井欄也樂府淮南篇云淮南王自言尊百尺高樓與天連後園作井銀作牀金瓶素綆汲寒漿綵樹轉燈珠錯落開元遺事楊國忠姊妹上元夜置百枝燈樹輪轉無休杜詩云西域燈輪千影合繡檀回枕玉雕鏤枕有轆轤形故云回枕也當關莫報侵晨客嵇康書云晝臥喜晚起當關呼之不置注漢有當關之職曉至呼門新得佳人字莫愁莫愁已注

楚宮

月姊曾聞下彩蟾月姊謂嫦娥也詳見前注傾城消息隔重簾漢書李延年歌云北方有佳人絕代而獨立一顧傾人城再顧傾人國已聞珮響知腰細漢書馬廖

傳楚王好細腰宫中多餓死　更辨絃聲覺指纖暮雨自歸山悄悄雨暮已

秋河不動夜厭厭王昌且在牆東住襄陽耆舊傳王昌字公伯為東平相散騎常侍早卒婦任城王曹子文女昌弟式為度遼將軍長史婦尚書令桓楷女昌母聰明有教典二婦入門皆令變服下車不得踰侈後楷子嘉尚魏主欲金縷衣見式婦嘉止之曰其嫗嚴固不聽善耳不須持往犯人家法

未必金堂得免嫌漢武帝八歲長公主欲以其畏如此女阿嬌妻帝帝曰我若得阿嬌當以金屋貯之○詩意以桓嘉尚主故用金堂事言雖富之極終不免王昌家之嫌疑也

鄭州獻從叔舍人

蓬島烟霞閬苑鐘三官牋奏附金龍唐吳道玄畫天地水三官皆乘龍鳳

輿輦○東齋記云道家有金龍玉簡學士院撰文具一歲中齋醮投於名山洞府金龍以銅製玉簡以階石製之

茅君奕世仙曹貴 茅君已見前注

許掾全家道氣濃 十二真君傳許遜字敬之汝南人舉孝廉拜蜀旌陽令慕道以晉室亂棄官歸師大洞君吳猛傳三清法要至太康二年八月一日於洪州西山舉家四十二口白日皆拔宅上昇○雲笈經云真君孫玉斧子嘗爲臨沮令真誥稱許掾是也

絳簡尚參黃紙按 太上有丹簡黑錄經唐制舍人掌誥命有黃麻白麻此詩以官品比仙品者也

丹爐猶用紫泥封 紫泥已見前註

不知他日華陽洞 華陽洞洞天名也

許上經樓第幾重 詩意舍人之職得近天顏亦能相薦達否

溫庭筠字飛卿舊名岐并州人也宰相彥博之孫任終國子助教有集傳於世

春日將欲東遊寄苗紳

幾年辛苦與君同得喪悲歡盡是空猶喜故人先折桂杜詩禮闈曾擢桂○陳元老及第詩桃花先透三層浪月桂曾攀第一枝自憐羈客尚飄蓬三春月照千山路十日花開一夜風知有杏園無路入唐進士及第杏園初會謂之探花選年少者二人爲探花使世謂之探花郎此也馬前惆悵滿枝紅

河中陪節度遊河亭

倚欄愁立獨徘徊欲賦慙非宋玉才滿座山光揺劒戟

遶城波色動樓臺鳥飛天外斜陽盡人過橋心倒影來添得五湖多少恨柳花飄蕩似寒梅

過陳琳墓（琳廣陵人名在建安七子中）

曾於青史見遺文（三國志有陳琳傳）今日飄零過古墳詞客有靈應識我霸才無主始憐君（三國志陳琳避難冀州袁紹以琳典文章令作檄以告劉備言曹公失德後紹敗琳歸曹公公曰卿爲紹作書但可罪孤而已何乃上及祖父耶琳謝罪曰矢在弦上不得不發曹公愛其才不責）石麟埋沒藏秋草（石麟已註）銅雀荒涼對暮雲（魏武帝有銅雀臺）莫怪臨風倍惆悵欲將書劍學從軍（魏太祖辟

琳爲軍謀祭酒〇王粲從軍詩云從軍有苦樂但問所從誰

傷李羽士

柳不成絲草帶烟海槎東去鶴歸天王子年拾遺記堯時有巨槎浮于西海上光若星月十二年一周天名貫月槎又云掛星槎羽仙棲其上愁腸斷處春何限病眼開時月正圓花若有情應悵望水因無事莫潺湲須知此恨消難得孤負南華第二篇莊子號南華眞人第二篇即齊物論

初秋

月出西南露氣秋綺寮河漢在斜樓綺寮一作倚霄〇左太沖魏都賦雷

雨杳冥而未半皎日籠光於綺寮註曰交結綺紋而爲寮也　楊家繡作鴛鴦幔張氏金爲翡翠鉤白氏六帖唐楊國忠張宏靖第宅服用甲於當時　香燭有光妨宿燕曉屛無睡待牽牛唐七夕宮中以錦綵結作高樓可容數十人陳花果酒炙以祀牛女二星嬪妃穿針乞巧動清商之樂宴樂達旦時人皆效之○詩意以楊家張氏奢侈蓋當時風俗皆取法於宮中蓋讖之也　萬家砧杵三篙水一夕橫塘是舊遊

楊柳

楊柳千條拂面絲綠烟金穗不勝吹香隨靜婉歌塵起梁書羊侃字祖欣雅愛文史姬妾列侍窮極奢靡舞人張靜婉腰圍一尺六寸能爲掌上舞　影伴嬌

嬈舞袖垂宋子侯有董嬌嬈詩○杜詩愷郝使君云佳人屢出董嬌嬈羌管一聲何處笛笛中有折楊柳曲○虞羲詠霍將軍北伐云胡笳關下思羌笛隴頭鳴流鶯百囀最高枝賈至詩千條弱柳垂青瑣百囀流鶯滿建章千門九陌花如雪飛過宮牆兩不知

春日偶成

西園一曲豔陽歌擾擾車塵負薜蘿楚辭若有人兮山之阿被薜荔兮帶女蘿○謝靈運溪行詩想見山阿人薜蘿若在眼自欲放懷猶未得杜詩放懷殊不愜良覿渺無因不知經世竟如何夜聞猛雨判花盡寒戀重衾覺

夢多釣渚別來應更好春風還爲起微波

途中偶作

石路荒涼接野蒿西風吹馬利如刀暮城投驛蕙蘭靜廢寺入門禾黍高雞犬夕陽喧縣市鳧鷖秋水暴城壕詩鳧鷖在涇故山有夢不歸去官樹陌塵何太勞

春日野步

日西塘水金堤斜百草芊芊暗吐芽暗一作青野岸明媚山芍藥水田叫噪官蝦蟆晉惠帝在華林園間蝦蟇聲問左右曰此爲官乎爲私乎侍中

賈肩對曰在官地爲官在私地爲私也

鏡中有浪動菱蔓陌上無風吹柳花何事輕橈向溪客緑萍方好不歸家

和道溪君別業

積潤初消碧草新鳳陽晴日帶雕輪絲飄弱柳平橋晚雪點寒梅小院春屛上樓臺陳後主陳書至德二年後主於光照殿起臨春結綺望仙三閣檻欄以沈檀爲之飾以金玉每微風起香聞數里之外鏡中金翠李夫人漢武帝夫人花房露透紅珠落蛺蝶雙雙護粉塵

劉長卿字文房河間人開元中進士爲監察御史終隨州刺史有集傳於世

登餘干古城餘干饒州也

孤城上與白雲齊萬古蕭條楚水西官舍已空秋草綠女牆猶在夜烏啼古樂府有烏夜啼曲平江渺渺來人遠落日亭亭向客低沙鳥不知陵谷變詩高岸爲谷深谷爲陵朝來暮去弋陽溪弋溪在弋陽二十里有大石面如鏡鐫弋字近饒中故云

李德裕字文饒蔭補校書郎名拜監察御史擢翰林學士未幾授御史中丞武宗立爲門下侍郎同中書門下平章事拜太尉後卒懿宗時詔追封衛國公贈尚書左僕射

嶺南道中

嶺水爭分路轉迷，桄榔樹葉暗蠻溪。桄榔見前注愁衝霧毒逢蛇草，嶺南蛇過草有毒人遇之即病畏落沙蟲避燕泥。五月畬田收火米，易元妄註田一歲曰菑三歲曰畬土人以五月收米為火米三更津吏報朝雞。津吏守津之吏也三月收米三更雞鳴言嶺南氣候異於中土也不堪腸斷思鄉處，紅槿花中越鳥啼。嶺南異物志云嶺南紅槿自正月至十二月常開秋冬差小耳

李紳字公垂亳州人也元和元年進士補國子助教累遷中書舍人武宗即位拜中書侍郎平章事與李德裕元稹同時稱三俊

江南暮春寄家

洛陽城見梅迎雪魚口橋逢雪送梅魚橋在蘇州子城西琴高於此乘鯉魚上昇劍外寺前芳草合平江府即古姑蘇有吳王池在虎丘寺秦始皇嘗試劍於此鏡湖亭上野花開鏡湖即鑑湖在越州即今紹興府也江鴻斷續翻雲去海燕差池一本作參差拂水迴詩云燕燕于飛差池其羽料得心知寒食近潛聽喜鵲望歸來漢陸賈曰乾鵲噪而行人至蜘蛛集而百事喜

紀唐夫

贈温庭筠開成中庭筠才名籍甚然不拘細行以文爲貨識者鄙之執政有奏庭筠攪擾場屋黜方城令中書舍人裴坦當制有澤畔長沙之比時文士爭爲詩送別惟紀唐夫此

詩擅場當時盛傳也

何事明時泣玉頻卞和得玉獻楚懷王王使樂正子占之言石以爲欺刖其左足至平王復獻之以爲欺刖其右足至昭王和復欲獻之恐復見害乃抱玉而哭泣盡繼之以血王使剖之得美玉封爲侯和辭謝而去長安不見杏園春杏園已註鳳凰詔下雖雲命石虎鄴中記每詔書下著鳳雛口中銜出鸚鵡才高却累身鸚鵡賦見前注且盡綠醽消積恨休辭黃綬拂行塵漢董巴輿服志二千石青綬千石六百石墨綬丞尉三百石長相二百石皆黃綬方城若比長沙路猶隔千山與萬津左傳僖公三年齊代楚楚屈完對曰楚國方城以爲城漢水以爲池雖衆無所用之○長沙喻賈誼也已見前註

陳上美（開成元年高鍇放榜第人登科有詩集傳於世）

咸陽懷古

山連河水碧氤氳，瑞氣東移擁聖君（前漢都咸陽後漢都洛陽故曰東移）。秦苑有花空笑日，漢陵無主自侵雲（秦都咸陽西漢諸陵在焉）。古槐堤上鶯千囀，遠渚沙中鷺一羣。賴有淵明同把菊（陶詩采菊東籬下悠然見南山），烟郊四望夕陽曛。

來鵬（鵬豫章人大中咸通間舉進士不中客死於維揚有詩集傳於世）

宛陵送李明府罷任歸江州

菊花村晚雁來天共把離觴向水邊官滿便尋垂釣侶家貧已用賣琴錢浪生溢浦千層雪溢浦見前註雲起爐峯一炷烟匡廬山有香爐峯李太白詩云日照香爐生紫烟儻見吾鄉舊知己爲言顦顇過年年

清明日與友人遊玉塘莊

幾宿青山逐陸郎晉陸機春遊樂府曰遊客芳春林春芳傷客心和風飛清響鮮雲垂薄陰清明時節好風光歸穿綠荇船頭滑醉踏殘花屐齒香晉謝玄破苻堅驛書至謝安對棊看書竟便放床上了無喜色圍棊如故既罷還內心喜甚過戶限不覺屐齒

之折風急嶺雲飄迴野雨餘田水落方塘文選劉公幹贈中郎將詩也

細柳夾道生方塘涵清源不堪吟罷東回首滿目蛙聲正夕陽

鄭準嘗爲荆南從事

清明日江南

吳山楚驛四年中一見清明一改容旅恨共風連夜起

韶光隨酒着人濃延興門外攀花別延興門在建康采石江頭

帶雨逢江源記商旅取石於此至都輸爲造宫之石因名此渚爲采石渡無計歸心何

日是路邊戈甲正重重

章八元睦州桐廬人大歷六年進士貞元中調句容主簿有詩集傳於世

登慈恩寺浮圖

十層突兀在虛空四十門開面面風却訝鳥飛平地上自驚人語半天中回梯暗踏如穿洞絶頂初攀似出籠落日鳳城佳氣合梁元帝納涼詩高春斜日下佳氣滿欄楹滿城春樹雨濛濛春一作烟

李羣玉字文山澧州人也太中八年詣闕上表裴休入相薦之授弘文館校書郎有詩集行於世

將欲南行陪崔八宴海榴亭

朝宴華堂暮未休幾人偏得謝公留謝公謝安也風傳鼓角霜侵戟雲捲笙歌月上樓賓館盡懸徐孺榻陳蕃爲豫章太守不接賓客惟徐孺子來特設一榻去則懸之客帆空戀李膺舟後漢郭林宗與李膺同舟而濟衆賓望之皆以爲神仙焉謾誇書劍無歸處水遠山長步步愁

秣陵懷古

野花黃葉舊吳宮六代豪華燭散風六代謂吳東晉宋齊梁陳也龍虎勢衰佳氣歇諸葛亮謂吳大帝曰鍾阜龍蟠石頭虎踞真帝王所都也佳氣已註鳳凰名在故臺空建康有鳳凰臺故基在保寧寺後李太白有詩市朝遷變秋蕪綠

墳塚高低照落紅霸業鼎圖人去盡（秣陵六朝建都之地）獨來惆悵水雲中

金塘道中

山連楚越復吳秦蓬梗何年是住身（蓬梗已註）黃葉黃花古城道秋風秋雨別家人冰霜想度商於凍（商於即商州也）桂玉愁居帝里貧（桂玉詳見前註）十口繫心抛不得每回回首即長嚬

望月寄人

浮雲卷盡看朣朧朣朧月明貌直出滄溟上碧空盈手水光寒不濕流天素彩靜無風酒花蕩漾金樽裏李白詩惟願當歌對酒時月光長照金樽裏棹影飄飖玉浪中川路正長難可越宋劉休玄詩山高路難越注秦嘉妻徐氏答嘉書曰高山巖巖而君是越斯亦難矣美人千里思何窮宋謝莊月賦美人邁兮音塵闕隔千里兮共明月臨風嘆兮將焉歇川路長兮不可越

送秦鍊師歸岑公山在萬州

仙翁歸臥翠微岑一葉西風月峽深言乘月而去也月峽即明月峽也松逕定知芳草合玉書應念素塵侵太上八素眞經曰玉書用青璧玄玉

爲之閒雲不繫東西影野鶴寧知去住心晉書嵇紹如野鶴昂藏在雞羣
中○閒雲野鶴以比秦鍊師也蘭渚蒼蒼春欲暮曹植應詔詩朝發鸞臺夕宿蘭渚注公孫
乘月賦鵾雞舞於蘭渚落花流水怨離琴隋江總詩云去雲目徒送離琴手自揮

唐詩鼓吹卷七

唐詩鼓吹卷八

元　郝天挺　註

羅隱

字昭諫錢塘人也累舉進士不第後事錢鏐為給事有文集行世

牡丹

似共東風别有因絳羅高捲不勝春若教解語應傾國傾國見前注任是無情亦動人芍藥與君為近侍芙蓉何處避芳塵拾遺記石虎起樓四十尺雜寶異香為屑風作則揚之名曰芳塵○陸機天暮賦云播芳塵之

馥可憐韓令功成後辜負穠華過一身藝苑雌黄云唐元和中韓弘罷宣威節制歸長安命鄭去第中牡丹曰吾豈效兒女輩耶當時為牡丹包羞之不暇故隱有辜負穠華之語弘官至中書令故云韓令詩河彼穠矣華如桃李

杏花

暖觸衣襟漠漠香間梅遮柳不勝芳數枝艷拂文君酒漢司馬相如沽酒滌器於臨邛市文君當壚也半里紅攲宋玉墻宋玉登徒子好色賦曰臣東家子登牆闚臣三年矣盡日無人應悵望有時經雨更淒涼舊山山下還如此回首東風一斷腸謝靈運詩云楚人心昔絶越客腸今斷

登夏州城樓

寒城獵獵戍旗風獨倚欄杆悵望中萬里山川唐土地千年魂魄漢英雄夏州漢邊塞也離心不忍聽邊馬漢蔡琰詩曰北風厲兮肅泠泠胡笳動兮邊馬鳴又王正良詩朔風動秋草邊馬有歸心往事應須問塞鴻好脫儒冠從校尉漢書戊已校尉元帝初置如甲乙丙丁庚辛壬癸皆有正位唯戊已寄治亦無常居故名戊已校尉一枝長戟六鈞弓三國志袁術遣紀靈攻劉玄德呂布謂靈曰玄德布弟也請君觀布射戟小枝中者各解兵不中可留決戰布一發正中戟小枝靈等皆言將軍天威也皆罷去○左傳顏高之弓六鈞

曲江春感隱以諷刺久困場屋友人劉贊贈詩云人皆言子屈我獨以為非明主既難謂青山胡不歸隱見之遂起歸與之興故作此詩

江頭日暖花正開江東行客心悠哉高陽酒徒半凋落史記酈食其落魄無為以衣食初欲見沛公沛公以儒生不之見酈生瞋目按劍曰吾高陽酒徒非儒生也終南山色空崔嵬聖代也知無棄物侯門未必用非才于令升晉紀總論樹立失權托付非才四維不張苟且之政多也滿船明月一竿竹家住五湖歸去來住一作在

春日題禪智寺在揚州

樹遶連天水接空幾年行樂舊隋宮（煬帝都於江都以奢淫失國故云舊隋宮）花開花謝長如此人去人來自不同楚鳳調高何處酒（論語楚狂接輿歌而過孔子曰鳳兮鳳兮何德之衰往者不可諫來者猶可追）吳牛蹄健滿車風（風俗通曰吳牛苦於日故望月而喘滿車風言疾也）思量只合騰騰醉煮海平陳盡夢中（煮海見前注隋煬帝滅陳皆揚州故實）

緱谷迴寄蔡氏昆仲

一年兩度錦城遊（成都記錦里城呼為錦城以江山明媚錯雜如錦城也）前值東風後值秋芳草有情皆礙馬好雲無處不遮樓山牽別

恨和愁斷水帶離聲入夢流今日不堪回首望古烟高

木隔縣州牽一作卷

寄竇尚書

往年西謁謝玄暉謝玄暉比竇尚書也尊酒留連醉始歸曲檻柳濃鶯未老小園花暖蝶初飛噴香瑞獸金三尺舞雪佳人玉一圍宋玉神女賦飄飄兮若流風之回雪○杜詩急雪舞回風言舞態回翔也今日亂離尋不得滿簑風雨釣魚磯

張蠙字象文清河人乾寧中進士授校書郎有集二卷傳於世

前塘夜宴留别郡守前疑作錢

四方騷亂一州安賈子新書曰士卒罷獘死於甲兵老弱騷動不能治產業云夜列樽罍伴客歡箪簴調高山閣迥蝦蟇聲促海濤寒江南以木柝警夜故曰蝦蟇更屏間珮響藏歌妓開元遺事寧王有妓美姿容善歌舞客莫能見李白侍酒戲曰聞王有寵姬善謳令羣公宴倦王何吝此王笑令於七寶花障後歌白起謝曰雖不許見面聞其聲亦幸矣幕外刀光立侍官沈醉不愁歸棹晚晚風吹上子陵灘後漢嚴光字子陵釣於富春山七里灘

長安春望

明時不敢卧烟霞又見秦城換物華殘雪未消雙鳳闕天子之闕門也新春已發五陵家漢長陵安陵陽陵茂陵平陵也甘貧只擬長監酒晉阮籍聞步兵厨中人能釀酒有貯酒三百斛乃求為步兵校尉忍病猶期强采花古樂府于闐採花云亦如溱洧地自有採花人故國别來桑柘盡十年兵踐海西涯

李山甫咸通中累舉進士不第後亦嘗為府從事有詩賦等集並傳

寒食

柳礙東風一向斜春陰澹澹野人家有時三點兩點雨

到處十枝五枝花萬井樓臺疑繡畫九原松栢似烟霞禮記檀弓趙文子與叔向遊於九京謂叔向曰死者如可作也吾誰與歸其隨武子乎京當作原年年今日誰相問獨卧長安泣歲華梁蕭子雲歲暮賦云日躔女度歲華云暮

寓懷山甫落魄不羈拙於身謀薄怨當路故有此作

萬古交馳一片塵思量名利孰如身長疑好事皆虛事却恐閒人是貴人老逐少來終不放辱隨榮後定須勻勸君莫謾誇頭角夢裏輸贏總未真

公子家

曾是皇家幾世侯入雲高第照神州高第即甲第也神州詳見前註柳遮門戶橫金鎖花擁絃歌咽畫樓錦袖妬姬爭巧笑論語巧笑倩兮美目盼兮玉銜驕馬索閒遊麻衣酷獻平生業詩蜉蝣掘閱麻衣如雪醉倚春風不點頭

二

柳底花陰壓路塵瑞烟輕罩一園春鴛鴦占水能欺客欺一作嗔鸚鵡嫌籠解罵人腰褭似龍隨日換淮南子曰夫待腰褭而駕之則世莫乘車矣詳見前註後漢章帝時有司請封諸舅太后詔曰前過濯龍見外家車如流水馬如游龍吾

不譴怒但絶其歳用耳輕盈如燕逐年新漢趙后以體如燕故名飛燕不知盡買長安笑或作買盡活得蒼生幾戶貧

上元懷古上元金陵縣名也

南朝天子愛風流南朝謂六朝也詳見前註盡守江山不到頭總為戰爭收拾得却因歌舞破除休南朝自劉裕至陳霸先皆篡弑得之如東昏侯陳後主輩皆以淫荒失國堯將道德終無敵孟子無敵于天下者天吏也秦把金湯可自由韓子曰雖有金城湯池非粟不守○漢蒯通傳注云金取堅湯取熱皆喻險固不可近也試問繁華何處在雨苔烟草石城秋金陵有石頭城

武元衡字伯蒼河南人建中四年進士元和三年以門下侍郎平章事秉政早朝遇盗從暗中射殺之有臨淮集傳世

荆帥

金貂再入三公府漢官儀侍中金蟬左貂金取堅不朽蟬居高食潔貂外勁悍而内温○漢董巴輿服志曰武弁大冠侍中中常侍加黄金璫附蟬為文貂尾為飾謂之惠文冠錦帳連封萬户侯簾捲青山巫峽曉雲凝碧岫渚宫秋巫峽渚宫詳見前注劉琨坐嘯風生苑晉劉琨字越石為胡騎所圍窘迫乘月登樓清嘯胡騎聞之皆肅然引去謝朓裁詩月滿樓南史謝朓字玄暉美文章清麗可愛為隋王功曹尤被賞擢不捨日夕白

雪調高歌不得美人南國翠娥愁宋玉對楚王曰楚有善歌者始歌下里巴人國中和者數萬人中歌陽阿採菱國中唱而和之者數百人既而歌陽春白雪國中唱而和之者數人蓋其曲彌高而其和彌寡也

送張諫議

詔書前日下丹霄頭戴儒冠脫皂貂漢書王莽篡位更漢黑貂用黃貂太后命其官屬戴黑貂笛怨柳營烟漠漠柳營細柳營也雲愁江館雨瀟瀟

鴛鴻得路爭先翥莊子南方有鳥名鵷雛發於南海而飛於北海非梧桐不止非竹實不食非醴泉不飲松桂凌霜貴後凋論語歲寒然後知松栢之後凋也歸去朝端

如有問玉關門外老班超漢班超自以久在絶域年老思歸上疏曰臣超犬馬齒殲常恐年衰奄忽僵仆孤魂棄捐臣不敢望到酒泉郡但願生入玉門關帝憐之放還

送崔巡使還本府

勞君車馬此逡巡我與劉公本是親梁劉孝標答秣陵令劉沼書劉侯既重有斯難值余有天倫之戚竟未之致也兩地山川分節制十年京洛共風塵唐書元衡代高崇文為西川節度詩意昔與崔巡使同仕京洛今各官於兩地也笙歌幾處胡天日羅綺長留蜀國春報主獨來須盡敵左傳晉侯使太子申生伐東山大夫先丹木諫太子曰今公曰盡敵而反敵可盡乎雖盡敵猶有內讒不如違之還期萬

里寶刀新漢武陵蠻夷作難遣將軍馮緄南征緄有功而還表奉金寶錯刀一具

唐彥謙字茂業并州人也咸通末舉進士為河中從事歷晉絳二州刺史後為閬州刺史卒號鹿門先生有詩集傳世

長陵

長陵高闕此安劉長陵高祖陵也○高祖遺詔呂后曰周勃厚重少文然安劉氏者必勃也後呂后欲立諸呂勃為太尉入北軍誅諸呂立文帝附葬纍纍盡列侯後漢和帝幸長陵曰高祖功臣蕭曹為首有傳世不絕之義朕望長陵東門見二臣之壟每有感焉可遣使以中牢祀之豐上舊居無故里沛中豐民盡移於長安新豐故云無故里沛中原廟對荒丘漢惠

帝思高祖之樂沛以沛宮為高祖原廟顔注原再也先已有廟今再立曰原廟

耳聞明主提三尺高祖曰吾以布衣提三尺劍取天下此非天命乎眼看愚民盜一抔前漢有盜高廟玉環得之下廷尉當棄市文帝欲族之張釋之曰假令愚民取長陵一抔土陛下何以加其法乎千載

豎儒騎瘦馬酈食其說高祖復立六國張良入諫以為失帝罵曰豎儒幾敗乃公事渭城

斜日重回頭

蒲津河亭

宿雨清秋霽景澄廣亭高樹更晨興烟横博望乘槎水漢張騫乘大槎窮河源後封為博望侯日上文王避雨陵左傳蹇叔曰殽有二陵焉其南

陵夏后臯之墓其北陵文王之所避風雨也孤棹夷猶期獨往夷猶已注曲欄愁絶每長凭思鄉懷古多傷别此際哀吟幾不勝

李遠字求古太和五年進士蜀人也累官歷忠建江三州刺史終御史中丞有集傳於世

贈寫御容李長史

寶座烟消硯水清寶一作玉○文選謝希逸誄云庭樹鷩兮中帷響金釭暖兮玉座寒龍髯不動彩毫輕初分隆凖山河秀凖音拙高祖龍顔隆凖隆高也凖頰顴也乍點重瞳日月明太史公曰吾聞周書舜目重瞳子○尸子舜兩眸子宫女捲簾皆暗認侍臣開殿盡遥鷩六朝供奉無人敢始覺僧繇

浪得名張僧繇吳人也天監中歷官右將軍吳興太守以丹青馳譽於時

失鶴

秋風吹却九臯禽詩小雅鶴鳴于九臯聲聞于天注聞音問臯澤中所溢出所為坎言九者以喻深遠也一片閒雲萬里心杜詩老鶴萬里心碧落有情空悵望空一作應瑤臺無路可追尋崑崙山有瑤臺閬苑來時白雪翎猶短來時一作初來去日丹砂頂漸深去日一作欲去華表柱頭留語後更無消息到如今

聽話叢臺藝文志趙武靈王建叢臺於邯鄲

有客新從趙地回自言曾上古叢臺前漢鄲陽曰全趙之時武力勇士袪服叢臺之下一旦成市雲遮襄國天邊盡襄國趙地漢書項羽分趙地立張耳為常山王居信都改曰襄國樹遶漳河掌上來漳河過襄國城邉絃管變成山鳥哢綺羅留作野花開金輿玉輦無行迹風雨唯知長綠苔鄴中記石虎沿漳河四十里一宮宮中宮女數十人一夫人主之石虎下輦止宿

權德輿字載之秦州人初以文章稱德宗名為太常博士進中書舍人元和五年拜禮部尚書同中書門下平章事有集傳於世

田家即事

閒卧藜牀對落暉白氏六帖管寧家貧所坐藜床欲穿為學不倦○杜詩衰病只藜床脩然便覺世情非漠漠稻花資旅食青青荷葉製儒衣楚辭製芰荷以為衣兮紉秋蘭以為珮山僧相訪期中飯漁父同遊或夜歸待學尚平婚嫁畢後漢尚平字子平隱居不仕讀易至損益卦歎曰吾已知富不如貧貴不如賤但未知死何如生耳建武中男女婚嫁既畢勅斷家事勿相關當如我死也於是遂肆志遊五岳名山渚烟溪月共忘機

和司門殷員外早秋省中書直夜寄荊南衛家端公

共嗟王粲滯荊州 三國志王粲字仲宣山陽人以西京擾亂乃之荊州依劉表表不甚重作登樓賦以自見

才子為郎憶舊遊涼夜偏宜粉署直 唐諸郎中員外郎尚書郎所居謂之畫省以粉畫之故名之曰粉署也

清言遠待玉人酬 晉裴楷為吏部風神高邁容儀俊爽時人謂之玉人

風生北渚烟波濶 楚辭帝子降兮北渚目渺渺兮愁予

露下南宮星漢秋 南宮謂禮部也

早晚得為同舍旅 前漢直不疑為郎有告歸誤持其同舍郎金去

知君兩地結離憂 屈原九歌思公子兮徒離憂

奉和太常韋卿閣老左藏庫中假山之什

春山仙掌百花開九棘腰金有上才 周禮九棘孤卿大夫位焉鄭玄注曰

樹棘以為位者取其赤心而外刺象赤心三刺也忽向庭中摹峻極詩嵩高維嶽峻極于天如從洞裏見昭回詩倬彼雲漢昭回于天注昭光也回轉也小松已負干霄壯片石皆疑縮地來神仙傳漢費長房遇壺公得神術能縮地脈十里聚目前放之如舊都內今朝似方外莊子子桑戶死孔子曰遊方之外者也丘遊方之內者也仍傳麗句寄雲臺華山有雲臺觀

送張閣老中丞持節冊弔回鶻

旌旆翩翩擁漢官君行當得遠人懽論語近者悅遠者來分職南臺知禮重綴書東觀見才難後漢張衡字平子為侍中上疏請得專事東觀收檢

遺文畢力補綴又條上司馬遷班固所叙與典籍不合者十餘事上不聽時人追恨

金章玉節鳴騶遠如淳漢書注騶馬以給騶使乘之○臧榮緒晉書曰騶六人白草黃雲出塞寒

欲散別離惟有酒暫煩賓從駐征鞍

送李處士弋陽山居 限姓名中用韻

暫來城市意何如却憶葛陽溪上居不憚薄田輸井稅井田之稅自將佳句著州閭波翻極浦檣竿出霜落秋郊樹影踈想到家山無俗侶逢迎只是坐籃輿晉陶淵明傳江州刺史王弘半道要淵明還州問其所乘答云素有足疾向乘籃輿亦足自返乃令一門生二兒共轝之至州矣

于鵠高隱於漢陽大歷中應薦起歷諸府從事有集一卷傳於世

送宮人入道

十載吹笙入漢宮看修水殿種芙蓉自傷白髮辭金屋漢武帝為膠東王年數歲長公主抱問曰兒欲得婦否答曰欲得指女阿嬌好否笑曰若得阿嬌當作金屋貯之喜戴黃冠向雪峯太白山有雪峯解語老猿開曉户引雛飛鶴下高松定知别後宮中伴遥聽緱山半夜鐘緱山見王子晉注○齊武帝景陽樓有三更五更鐘

盧弼與李光遠同時人也

秋日寓居精舍書事

葉滿苔堦杵滿城此中多恨恨難平疎簷看織蠨蛸網（詩蛜蝛在室蠨蛸在戶注蠨蛸小蜘蛛也）暗室愁聽蟋蟀聲（詩蟋蟀在堂歲聿云暮即促織也）醉卧欲抛羇客思夢歸偏動故鄉情覺來獨步長廊下半夜西風吹月明

獨孤及（字至之河南人天寶末以有道舉高第代宗朝為左拾遺歷濠舒常三州刺史有集傳世）

同皇甫齊年春望見示之作

望遠思歸心易傷況將衰鬢偶年光時攀芳樹愁花盡

晝掩書齋覺日長甘比流波辭舊浦忍看新草徧橫塘謝靈運詩池塘生春草因君贈我江楓詠唐崔信明有楓落吳江冷之句鄭世翼曰願見其餘覽未終曰所見不逮所聞投諸水中而去春思如今未易量

胡宿

雪

屏翳驅雲結夜陰楚辭曰屏翳起雨○相如子虛賦注屏翳天神使○魏曹植誥洛文河伯典澤屏翳司雨素花飄墜惡氛沈襄公二十七年伯夙謂趙孟曰楚氛甚惡懼難注氛氣也色欺曹國麻衣淺詩曹國風蜉蝣掘閱麻衣如雪寒入荆王翠被深左傳

楚王次於乾溪雨雪王皮冠秦復陶翠被豹舄執鞭以出注秦遺羽衣天上明河銀作水有明河篇海中仙樹玉為林日高獨擁鸘裘臥誰乞長安取酒金司馬相如以鷫鸘裘貰酒與文君為歡又陳皇后以黃金百斤為相如文君取酒請解悲愁之辭相如為賦以奏之

沖虛觀

五粒青松護翠苔李賀為五粒小松歌石門岑寂斷纖埃水浮花片知仙路陶潛桃源記晉太元中武陵人漁為業溪行忘路之遠近忽逢桃花夾岸數百步中無雜木芳華鮮美落英繽紛漁人異之尋路見黃髮垂髫問云皆避秦人也風遞鸞聲認嘯臺

阮籍至蘇門半嶺聞鸞鳳之音乃孫登長嘯也詳見前注桐井曉寒千乳斂庾信三月三賦草衘長帶桐垂細乳茗園春嫩一旗開世說茶之始生而嫩者為一槍漸大而開者為一旗過此老矣馳烟未勒山亭字可是英靈許再來金陵地記云周顒字彥倫隱北山後應詔出為海鹽令欲過此山孔德璋假山神作文以却之曰鍾山之英草堂之靈馳烟驛霧勒移山亭云云

淮南發運趙邢州被詔歸闕

天臺封詔紫泥馨紫泥已見前註馬首前瞻北斗城三輔黃圖云長安故城城南為南斗形城北為北斗形故號北斗城人在函關先望氣列仙傳老子西遊函谷關

令尹喜先見其東有紫氣知真人當過候物色而求之果見老子受道德經而去

帝於京兆最知名前漢趙廣漢守京兆尹遷潁川太守復為京兆尹自將吏入霍禹家搜索屠酤斬關而去帝心善之名禹廣漢由是侵犯貴戚一區東第趨晨近文選云位為通侯處列東第注甲第也在帝城之東故曰東第數刻西廂接晝榮周昌傳呂后側耳於東廂聽顏注正寢之東西室皆曰廂言似箱篋之形也○易晉卦康侯用錫馬蕃庶晝日三接注柔進受寵則一晝三接也正是兩宮

裁化日百金雙璧拜虞卿史記虞卿者游說之士也躡蹻擔簦說趙孝成王一見賜金百鎰白璧一雙再見為上卿故號虞卿

天街曉望

長樂才聞一叩鐘長樂宮名詳見前注百官初謁未央宮未央漢宮金波穆穆沙堤月謝玄暉詩云金波麗鳷鵲玉繩低建章注漢書歌曰月穆穆以金波○李肇國史補云唐制凡拜相府縣載沙自宮城至其第名為沙堤玉樹琤琤上苑風太白贈魏山人詩君來幾何時仙臺應有期東牕緣玉樹定長三五枝○上苑上林苑也香重椒蘭橫結霧杜牧阿房宮賦烟斜霧橫焚椒蘭也氣寒龍虎遠浮空諸葛亮謂吳大帝曰鍾阜龍蟠石頭虎踞真帝王所都也嗟予索米無人問前漢東方朔傳朔對上曰侏儒長三尺餘俸一囊粟錢二百四十朔長五尺餘亦俸一囊粟錢二百四十侏儒飽欲死臣朔饑欲死臣言可用幸異其禮不可用罷之無令但索長安米上大笑行避霜臺御史驄御史驄馬見前注

淮南王

貪鑄金錢盜寫符前漢淮南王安入朝田蚡迎之霸上與語曰今上無太子王高帝孫行仁義宮車晏駕非王誰可立者淮南王大喜及置攻戰具集金錢事覺削二縣王自傷曰孤行仁義見削地寡人甚恥之爲反謀益甚乃令官奴入宮中作皇帝璽及丞相御史大夫將軍中二千石等印後伍被告變上使宗正以符節治王王未至安自殺何曾七國戒前車前漢七國反遣太尉周亞夫將軍竇嬰破之斬吳王濞於丹徒膠西王印楚王戊趙王遂濟南王辟光淄川王賢膠東王雄渠皆自殺○前漢賈誼治安曰前車覆後車戒也長生不待爐中藥淮南王學神仙謂鍊藥可長生藥未成而王身已戮矣鴻寶誰收篋裏書淮南王有枕中鴻寶苑秘書言神仙使鬼巫爲金之術碧井

牀空天影在晉書樂志淮南王自言尊百尺樓高與天連後園鑿井銀作牀金瓶素綆汲寒漿

小山人去桂叢疎淮南王好古愛仙招置賓客有八公之徒分造詩賦以類相從或稱大山小山如詩大雅小雅故小山招隱士曰桂樹叢生兮山之幽雲中雞犬無消息麥秀漸漸徧故墟並見前注

趙宗道歸輦下

㳂牒相逢楚水湄漢書長安令楊興說將軍史高曰匡衡但以無階朝廷故隨牒在遠方注謂隨選補之常牒不被超擢也○晉王衍曰隨牒推移遂至於此竹林文酒此攀嵇晉阮籍與嵇康山濤向秀劉伶阮咸王戎為竹林之遊世號為竹林七賢半氊未暖還傷別謝朓

見江革時大雪轝絮單席耽學不倦朓乃脫所着襦并手割半氊與之充卧具而去○前漢班固傳云孔席不煖

一臂初交又解攜莊子外篇田子方篇云吾終身與汝史一臂而失之可不哀之與

江浦嘔啞風送艣河橋勃窣柳垂堤司馬相如賦媻嬌勃窣上金堤注匍匐上下貌

明年四月秦關到洗眼揚州看馬蹄唐章孝標及第後寄淮南李紳相公云一第全勝十政官金湯渡了出長安馬頭漸向揚州郭為報時人洗眼看

憶薦福寺牡丹

十日春風隅翠岑秖應繁朵自成陰樽前可要人頹玉嵇康醉如玉山之將頹

樹底遥知地側金花界三千春渺渺華嚴經有

現三千大千金色世界銅槃十二夜沈沈以銅槃十二然蠟看花如秉燭夜遊也雕盤分篸何由得篸作紺切以針篸物之篸言簪花也空作西州擁鼻吟謝安能為洛下書生詠有鼻疾故其音濁名流愛其不能及或以手掩鼻以效之

次韻和朱況雨中之什

蒼野迷雲黯不歸莊子莽蒼之野遠風吹雨入巖扉石牀潤極琴絲緩水閣寒多酒力微夕夢將成還滴滴春心欲斷正霏霏正一作更憂花惜月長如此爭得東陽病骨肥梁沈約久處端揆志望台司武帝終不用與徐勉書陳情曰疾已數旬革帶常移引手握臂率計月小半分欲謝事求歸

光之秩勉為請三司之儀帝勿許

感舊

千里青雲未致身青雲已注馬蹄空踏幾年塵曾迷玉洞花光老欲過金城柳眼新晉桓溫自江陵北伐行至金城見少時所種柳皆十圍慨然曰木猶如此人何以堪攀枝折條泫然流涕粉壁已沈題鳳字見前注酒壚猶記姓黃人晉王戎為尚書令公服過黃公壚謂後車客曰吾昔與嵇叔夜阮嗣宗酣暢於此壚自嵇阮亡來便為時所羈紲今視此雖近邈若山河塢中橫笛偏多感一涕闌干白角巾劉向說苑雍門子周引琴而鼓之徐動宮徵微揮角羽終而成曲孟嘗君雪涕闌干增欷而就之曰先生

鼓琴令文立若破國亡邑之人也

寄昭潭王中立

高絃一弄武陵深武陵在常德府○晉崔豹古今注云馬援門生爰寄生善音律援作武陵深之曲以和之其曲曰滔滔武溪一何深鳥飛不渡獸不能臨嗟哉武溪兮多毒淫六幕天空萬里心六幕上下四方吳苑歌驪成久別前漢王式傳歌驪駒注其辭曰驪駒在門僕夫具存驪駒在路僕夫整駕楚峯回雁好歸音衡州有回雁峯十千美酒花期隔文選美酒斗十千三百枯碁奕思沈吳韋弘嗣博奕論枯碁三百孰與萬人之將○邯鄲淳藝經云碁局縱横各十七道合二百八十九道白黑子各一百五十枚方成碁莫上孤城

頻送目浮雲西北是家林

城南

昨夜輕陰結夕霏城南十里有香泥初聞山鳥驚新哢遙見林花識舊蹊蕩槳遠從芳草渡古樂府云艇子打兩槳催送莫愁來墊巾還傍綠楊堤後漢郭林宗太原人嘗過陳遇雨巾一角墊時人效之故折一角名林宗巾羅敷正苦桑蠶事惆悵南來五馬蹄史記秦氏女邯鄲人名羅敷嫁邑人千乘王仁後為趙王家令敷出採桑王見悅之敷乃彈箏作陌上桑以自明云使君從南來五馬立踟躕羅敷年幾何十五頗有餘使君謝羅敷寧可共載不羅敷前致辭使君一何愚使君自有婦羅敷自有夫

早夏

井轄投多思不禁漢陳遵每留客飲輒投其車轄於井中使不能去客甚苦之窓垂珠箔晝沈沈珠一作朱○左太沖蜀都賦幽堂晝密睡驚燕語頻移枕病起蛛絲半在琴雨徑亂花埋宿艷月軒修竹轉凉陰一春酒費知多少探盡囊中換賦金陳皇后以黃金百斤為相如取酒相如為作長門賦以獻

古別

長道何年祖軷休軷蒲撥切○左傳祖而舍軷飲酒於其側曰餞重始於道路也○黃帝子

名祖不才而好遠遊死於道路故今出行者祭於郊次而後行曰祖風帆不斷岳陽樓杜詩歛側風帆滿佳人挾瑟漳河曉古三婦艷詩小婦何所為挾瑟上高堂丈人且安坐調絃歌未央○鄴中記自襄國至鄴二百里中四十里置一宮以夫人主之宮女數十悉通音樂石虎下輦止宿壯士悲歌易水秋荊軻之秦燕太子送之歌曰風蕭蕭兮易水寒壯士西去兮不復還九帳青油徒自貴宋書劉禹為右將軍求益州不得與顏峻書曰朱脩之三世叛兵一日居荊州青油幕下作謝宣城面目○梁宣武王為朗州坐青油幕下以見庾信百壺芳醑豈消憂詩韓侯餞之清酒百壺至今長樂坡前水不啻秦人怨隴頭秦州記曰隴西郡一百六十里隴山秦人西役昇此山莫不回首悲泣為隴水歌歌曰隴頭流水鳴聲嗚咽遙望秦川肝

腸斷絶○長樂坡在長安

侯家

洞户春遲漏箭長遲一作深○文選劉孝標辨命論曰長不可急之於箭漏短輳初

返洛陽傍晉王導妻曹氏性妬導憚之乃密營别館以處衆妾曹氏知將往焉導恐妾被辱遽命駕以所執麈尾柄驅牛而進司徒蔡謨聞之戲導曰朝廷欲加公九錫不聞何物惟有短轅犢車長柄麈尾導

大怒

綵雲按曲青岑醴張平子思玄賦云飲青岑之玉醴兮飡沆瀣以為粻注青岑山名

沈水熏衣白璧堂楊雄傳歷金門而上玉堂○古詩云黄金為君門白玉為君堂

前檻蘭苕依玉樹史記趙武靈王夢處女鼓琴而歌曰美人熒熒兮顔若苕之華○謝靈運詩翡翠在

蘭苕○楊雄甘泉賦云萃玉樹之青葱後園桐葉護銀牀古詩井梧花落盡一半在銀牀銀牀井欄也見前注宴殘紅燭長庚爛詩東有啟明西有長庚又曰明星有爛還促朝珂謁未央未央宮名

函谷關

天開函谷壯關中萬古驚塵同此空望氣竟能知老子老子已注○甘棠志陝州靈寶縣南有尹喜望氣臺棄繻何不識終童前漢終軍入關關吏與軍繻曰為復傳還當以合符軍曰丈夫西遊當不復傳還棄繻而去後為謁者符節出關關吏識之曰此棄繻生也謾持白馬先生論桓譚新論云公孫龍常論白馬非馬人不能屈後乘白馬無符

傳欲出關關吏不聽曰此虛言難奪實也

未抵鳴雞下客功

史記秦王聞齊孟嘗君賢請以為相或譖之秦王將殺之以狐白裘獻幸姬乃得遣後王悔使人追之孟嘗君已至關關法雞鳴出客時尚早客中有作雞鳴者雞皆鳴遂得免去

符命已歸如掌地

光武紀彊華奉赤伏符曰劉秀發兵捕不道四夷雲集龍鬭野四七之際火為主○光武建武四年田戎聞秦豐破懼欲降其妻兄圖畫公孫述等所得郡縣以示戎曰維陽地如掌耳按甲以觀其變戎曰以秦王之强猶為征南所虜吾降決矣

一丸曾誤隗王東

後漢隗囂遣子詣闕其將王元不顧內事說囂曰今天水完富士馬精强北收西河上郡東收三輔之地請以一丸泥為太王東封函谷關

殘花

雨壓殘紅一夜凋曉來簾外正飄颻數枝翠葉空相對萬片香魂不可招宋玉有招魂篇長樂夢回春寂寂武陵人去水迢迢圖經云常德府武陵縣有桃源山昔秦人避亂之地陶潛為之記愁將玉笛傳遺恨笛有落梅曲苦被芳風透綺寮梁簡文帝秋夜詩云轉露沾懸井浮烟入綺寮○寮小牕也詳見前注

塞上

漢家神箭定天山唐薛仁貴傳九姓羌衆三萬餘驍騎數十來挑戰仁貴發三矢殺三人於是虜降軍中歌曰將軍三箭定天山壯士長歌入漢關烟火相望萬里間望平聲義同

契利請盟金匕酒契疑作頡○唐貞觀元年頡利突厥可汗來請和詔許之乙酉幸城西斬白馬與頡利盟於便橋賜之金帛將軍歸卧玉門關班超事見前注雲沈老上妖氛斷老上單于名也雪照回中探騎閒漢文帝十四年匈奴入蕭關殺北地都尉回中宫候騎至雍○回中屬扶風五餌已行王道勝漢賈誼上策請試屬國施五餌三表以係單于賜之盛服以壞其目賜之盛食以壞其口賜之音樂以壞其耳賜之高堂奴婢以壞其腹於來降者上召幸之以壞其心此五餌也絶無刁斗至闐顔刁斗銅器軍中晝炊夜以為警○漢武帝元狩四年衛青將軍出漢北圍困單于斬首一萬九千級追至闐顔山乃還

長卿

買賦金錢出後宮文選云漢武帝陳皇后得幸頗妬别在長門宮聞蜀郡司馬相如天下工為文奉黃金百斤為相如文君取酒因求解悲愁之辭而相如為文以悟主上皇后復得幸長門賦是也長卿文彩冠諸公梁園末至時名大文選謝惠連雪賦梁王不悦遊於兎園乃置旨酒命賓友召鄒生延枚叟相如末至居客之右蜀道前驅使節雄見相如入蜀注已託焦桐傳密意相如與臨邛令王吉相善臨邛富人卓王孫聞令有貴客為具名之客以百數相如至一座盡傾酒酣令請奏琴於相如相如為令鼓一再行是時王孫有女新寡好音故相如謬與令相重而以琴心挑之文君竊從戶窺好之恐不能當也更因殘札寄遺忠相如病甚上使所忠往取其書而相如已死其妻對曰長卿未死時曰有吏來求書奏之其遺札書言封禪事所忠奏之如何

一諷神仙事却得飄雲起賦中相如奏大人賦天子大悦曰飄飄然有凌雲之氣也

洞靈觀納涼

秋波不動簟紋融松月愔愔透綺籠霜重井梧翻瘦碧雨回堦藥墮嫣紅彩鴛靜占銀塘水唐毛文錫詞云鴛鴦對浴銀塘暖水面蒲梢短乳燕涼飛玉宇風秋酒易銷殘夢斷却疑身在廣寒宫廣寒宫見前注

津亭

津亭欲闋戒棠舟闋苦穴切○莊子瞻彼闋者注門開也○梁元帝有烏栖曲云沙棠作舟兮桂為楫五兩風來不少留五兩舟上候風扇也詳見前注西北雲浮連魏闕東南日出背秦樓河之西秦地河之東魏地層城渺渺人傷別芳草萋萋客倦遊楚詞芳草生兮萋萋王孫遊兮不歸○漢司馬相如傳長卿故倦遊雖貧其人才足依也平樂舊歡收不得平樂觀名更憑飛夢到瀛洲海中三山有蓬萊方丈瀛洲

送林學士知明州

綠綈膺檢出神州漢書趙皇后傳十月中宮乳掖庭牛官令舍有婢六人中黃門田客持詔

記綠綈方底封御史中丞印師古注綈厚繒也方底者盛書囊也膺當也檢印窠封題也又拜東吴最上游上游上流也腰下漢符分半虎漢武帝初為郡守為銅虎符竹使符應劭曰銅虎符第一至第五國家發兵遣使者至郡合符乃受竹使符以竹箭五枚長五寸鐫刻漢書第一至第五師古曰與郡守為符各分一半右留京師左與之手中庖刃欠全牛莊子庖丁為文惠君解牛曰臣之刃十九年所解千牛而刃若新彼節有間而刃無厚以無厚入有間恢恢乎其游刃必有餘也玳筵進酒吴歈曲楚辭曰吴歈齊謳翁習容裔○梁元帝纂要曰齊歌曰謳吴歌曰歈碧洛觀魚越鄂舟鄂君舟見前注政是金華隆舊業漢翼奉傳於金華殿進講羣仙相望在瀛洲瀛洲指玉堂同僚也

芙蓉湖泛舟

小湖香艷戰芙蓉碧葉田田擁釣蓬蓬編竹覆舟也嵐氣欲飛山隔岸秋波不動水搖空秋波不動一作秋光不定翩翻雪鳥爭投浦潑刺霜鱗對擲風杜詩沙頭窺露聯拳淨船尾跳魚潑刺鳴政是滄浪濯纓日濯纓見前注一竿多謝紫溪翁紫溪翁即陸龜蒙也有紫溪翁序并歌云采江之魚兮朝船有鱸采江之蔬兮暮筐有蒲左圖且書右琴與壺壽與夭與貴與賤與

次韻徐奭見寄

五兩青絲帝渥深楊子孝至篇曰由其德舜禹之受天下不為泰不由其德五兩之綸半通

之印亦泰矣注青綵印綬也平時何敢嘆英沈侏儒自是長三尺見索米注澼絖都來直數金莊子宋人有善為不龜手之藥者世以洴澼絖為事客聞之請買其方百金聚族而謀曰我世世為洴澼絖不過數金而一朝鬻技百金請與之澼音辟漂也絖音纊絮也寂寞死灰人喪偶莊子形固可使如槁木而心固可使如死灰乎○莊子妻死惠子弔之則方箕踞鼓盆惠子曰不亦甚乎莊子曰不然察其始而本無生非徒無生而本無形非徒無形而本無氣也偶配也婆娑生意樹交陰桓玄敗後殷仲文為大司馬諮議憶往日聽前有老槐甚扶踈殷視良久嘆曰槐樹婆娑無復生意年來想見瓊枝色江文通詩願一見顏色不異瓊樹枝夕夢蘧蘧到竹林莊子莊周夢為蝴蝶栩栩然不知周也俄然覺則蘧蘧然周也○宿言徐奭如瓊枝

玉樹思見其顏色形於夢寐之間也

蘇廣文

自商山宿陶令隱居

闇道花源堪避秦注見前尋幽數日不逢人尋幽一作幽尋烟霞洞裏無雞犬風雨林中有鬼神黃公石上三芝秀黃公黃綺也○抱朴子云參成芝河渠芝建實芝此三芝得而服之白日昇天○嵇康詩云煌煌靈芝一年三秀陶令門前五柳春注見前醉卧白雲閑入夢不知何物是吾身

夜歸一本作居華山因寄幕府

山村寥落野人稀竹裏衡門掩翠微詩衡門之下可以棲遲溪渡一本作路夜隨明月入亭臯春伴白雲飛文選亭臯木葉下隴首秋雲飛嵇康懶慢仍耽酒晉嵇康絶交書云情復懶慢筋駑肉緩頭面常一月十五日不洗不大悶癢不能沐也又自云簡與禮相背懶與慢相成著養生論曰夫氣静神虚者心不存於務尚體亮心達者情不累於所苟范蠡逋逃又拂衣謝靈運詩高揖七州外拂衣五朝裏汀畔數鷗閒不起只應知我已忘機狎鷗忘機已見前注

春日遇田明府焦山人

陶公歸隱白雲溪謂陶弘景也買得春泉灌藥畦夜靜林間風虎嘯王褒聖主得賢臣頌虎嘯而風冽龍興而致雲月明竹上露禽棲陳倉邑吏驚烽火太白山人訝鼓鼙太白山下陳倉路也相見只言秦漢事武陵溪裏草萋萋武陵見前注

王建字仲幼潁川人大歷十年進士授渭南尉歷秘書丞侍御史太和中出為陝州司馬從軍塞上弓劍不離身數年後歸卜居咸陽原上有集今傳

李處士故居

露濃烟重草萋萋樹映闌干柳拂堤一院落花無客醉

半牕殘月有鷺啼芳筵想像情難盡故榭荒凉路欲迷

風景宛然人自改却驚門外馬頻嘶

上李庶子

紫烟樓閣碧沙亭上界詩仙獨自行奇險驅回還寂寞

雲山經用始鮮明藕絹紋縷裁來滑鏡水波濤濾得清

習鑿齒論諸葛亮曰水至平而邪者取法鑑至明而醜者亡怒以其無私也○已上二聯言庶子文章政事之清麗

昏思願因清露洗王建自言也 幸容堦底禮先生也

周家溪亭

少年因病離天仗乞得歸家自養身買斷竹溪無別主
散分泉水與新鄰山頭虎下長鷩犬池面魚行不怕人
鄉使到門常款語（杜詩夜闌接款語）還閒世上有功名

從軍後答友人（一作答山友）

愛山無藥住溪貧脱却山衣事漢臣夜半聽雞梳白髮
天明騎馬走紅塵（一作走馬入紅塵）村童近去嫌腥食野鶴高
飛避俗人勞動先生遠相訪別來弓箭不離身

華清宮感舊

聞道朝元天使急驪山有朝元閣千官夜發六龍迴英華作火照中原邊使急千官夜發六龍迴輦前月照羅衣淚馬上風吹蠟炬灰公主粧樓金鎖澁貴妃湯殿玉蓮開天寶中安祿山自范陽獻白石魚龍鳧雁蓮花命置于華清宮至今在有時雲一本作門外聞天樂疑是先皇沐浴來華清宮有溫泉明皇貴妃嘗浴於此

唐詩鼓吹卷八

唐詩鼓吹卷九

元　郝天挺　註

譚用之

贈索處士

不將桂子種諸天長得尋君水石邊玄豹夜寒知霧隱列仙傳陶荅子妻諫其夫曰妾聞南山有玄豹霧雨不下食者何也欲以澤其衣毛而成其文章驪龍春暖抱珠眠搜神記河上翁家貧恃緯蕭而食其子沒川得千金之珠父曰夫珠在驪龍頷下于

遭其睡也使其寤子當為虀粉尚奚珠之有哉山中宰相陶弘景南史陶弘景字通明丹陽秣陵人為諸王侍讀永平十年遂掛朝衣於神武門而去隱於金陵華陽山自號華陽真逸國家有大事無不諮詢時人謂之山中宰相洞裏真人葛稚川列仙傳葛洪字稚川亡時年八十一視其貌如平生舉屍入棺輕如空衣時人咸以為屍解一度相思一惆悵水寒烟澹落花前

別洛下一二知己

金鴨光輝照雪袍書注武王克商遷九鼎於洛邑昔禹徵九牧之金以鑄鼎洛陽春夢憶波濤塵埃滿眼人情異風雨前程馬足勞接塞峨

嵋通蜀險峨嵋山在嘉定府過山仙掌倚秦高仙掌華山也別来無限幽求子晉杜夷字行齊廬江人世以儒學稱惠帝時三舉孝廉並不就後移渡江元帝特立儒林祭酒以夷為之夷辭疾未嘗朝會又除國子祭酒皇太子三至夷家執經問義國有大故必就夷諮訪焉卒年六十六贈大鴻臚謚曰貞子臨終遺命其子晏曰吾少不出身頃雖見羈錄冠冕之飾未嘗加體其角巾素衣斂以時服殯葬之事務從簡儉亦不須苟取矯異也夷所著幽求子二十篇行於世○幽尋幽求謂隱士也韓愈詩幽子顏不多應笑區區味六韜太公兵法有文韜武韜龍韜虎韜犬韜豹韜

約張處士游梁

莫學區區老一經漢制專經各置博士故云窮一經而皓首東門闕吏舊書

生史記侯嬴年七十家貧為大梁夷門監者晉朝滅後無中散晉嵇康好老莊與魏宗室婚拜中散大夫至晉不仕鍾會譖康於文帝遂刑於東市韓國亡來絕上卿史記張良傳秦滅韓良年少未仕韓有家僮三百人弟死不葬悉以家財求客刺秦王為韓報仇以大父五世相韓故也龍變洞中千谷冷文子微明篇云內有一定之操而外能屈伸與物推移萬舉而不陷所貴乎道者貴其能變也翩橫天外八風清宋玉賦長翩倚天外○八風見闔閭風註好攜長策千時去前漢賈誼上文帝萬言策故曰長策免遂漁樵度太平

送友人歸青社周公建大社於國中取五方之土為社東方青土令擁齊地為青社取此

雕鶚途程在碧天杜詩雕鶚在秋天綵衣東去復何言老萊子孝奉二親行年七十作嬰兒戲身着五色斑斕之衣三千賓客舊知己史記孟嘗君賓客三千人十二山河新故園漢高帝紀夫齊東有琅琊即墨之饒南有泰山之固西有濁河之限北有勃海之利持戟百萬懸隔千里之外齊得十二焉吟看桂生溪上月醉聽鯤化海濤翻莊子北溟有魚其名曰鯤鯤之大不知其幾千里也化而為鳥其名曰鵬鵬之背不知其幾千里也○看月生聽鯤化蓋以齊地近海故也好期聖代重相見莫學衰生老竹軒文選應璩書云幸有衰生時步玉趾樵蘇不爨清談而已

送丁道士歸南中

孤雲無定鶴辭巢陶淵明詠貧士詩萬族各有托孤雲獨無依自負焦桐不說勞漢蔡邕知音見吳人燒桐以爨者聞其聲曰此良桐也因請削為琴尾尚焦故號曰焦尾服藥幾年期碧落驗符何處呪丹毫以朱書符故曰丹毫子陵山曉紅雲窓子陵見前注青草湖平雪浪高從此人稀見蹤跡還應選地種仙桃西王母獻蟠桃於武帝帝食桃留其核欲種之母笑曰此桃三千年一開花三千年一結子也

月夜懷寄友人

劒氣徒勞望斗牛見前注故人別後阻仙舟見李膺注殘春謾

道深傾酒好月那堪獨上樓何處是非隨馬足由來得喪白人頭清風未許重携手文選趙景真與嵇茂齊書云携手之期邈無日矣幾度高吟寄水流

閒居寄陳山人

閒居何處得閒名坐掩衡茅損性靈衡以衡木為門茅以茅苫宇也淵明詩養真衡茅下庶以善自名破夢曉鐘聞竹寺漲心秋雨浸莎庭甕邊難負千鍾綠晉畢吏部卓鄰家酒熟盜飲於甕下海上終眠萬仞青文選郭景純游仙詩云青谿千餘仞中有一道士注青溪山名珍重先生全太古杜詩封內如太

古時危獨蕭然應看名利似浮萍以名利喻水萍之無定也

憶南中

碧江頭與白雲門別後秋霜點鬢根長記學禪青石寺最思共醉落花村林間竹有湘妃淚牕外禽多杜宇䰟蜀帝名杜宇號望帝后得相曰鼈靈因遜位焉遂自亡去化為子規故蜀人聞子規鳴曰是我望帝也未棹扁舟重回首采薇收橘不堪論史記伯夷叔齊孤竹君之二子武王伐紂義不食周粟隱於首陽山采薇而食之

寄友人

病多慵引架書看官職無才思已闕思一作興穴鳳瑞時來

却易山海經丹穴之山有鳥狀如鶴五色而文名曰凢皇鳳見則天下太平人龍別後見

何難晉宋纖字令艾少有遠操不與世交太守馬岌高尚之士也威儀造焉纖拒而不見岌嘆曰名可聞而身不可見德可仰而形不可觀吾今而後知先生人中龍也琴樽風月閒生計金玉

松筠舊歲寒論語歲寒然後知松栢之後凋也早晚烟村碧江畔掛罾

重對蓼花灘

別江上一二友生

國風千載務重華詩自關雎至豳風皆國風也○書重華協于帝須逐浮雲背

若耶若耶溪名無地可歸堪種玉注見前有天教上且乘槎荊楚歲時記漢武帝令張騫使大夏窮河源乘槎經月而至一處見城郭如州府室内有一女織又見一丈夫牽牛飲河騫問曰此是何處答曰可問嚴君平白綸巾卸蘇門月綸音關○蘇門見孫登注紅錦衣裁御苑花他日成都卻回首東山看取謝鯤家東山見謝安注○晉謝鯤王敦引為長史鯤知敦不可以道匡弼乃優游與畢卓桓彛等縱酒常候明帝在東宮見之甚親重之問曰君方庾亮何如答曰端委廟堂鯤不如亮一邱一壑自謂過之安鯤之從子也

寄岐山林逢吉明府

岐山高與隴山連岐山在東隴山在西皆秦地也製錦無私服晏眠左傳

襄公子皮欲使尹何為邑子產曰子有美錦不使人學製焉大官大邑身之所庇也而使學者製焉其為美錦不亦多乎

鸜鵒語中分百里隴山出鸜鵒鳳凰聲裏過三年河圖括地象云周之興也鸑鷟鳴於岐山人謂岐山為鳳凰堆太王去邠遷於岐山秦無舊俗雲烟媚周有遺風父老賢潘岳西征賦子嬴鋤以借父訓秦法而著色耕讓畔以閒田沾姬化而生棘莫役生靈種楊柳靈一作民一枝枝折灞橋邊

感懷呈所知

十年流落賦歸鴻誰傍昏衢駕燭龍唐清涼禪師序般若心經云般若者苦海之慈航昏衢之巨燭○山海經鍾山之神曰燭陰視為晝瞑為夜吹為冬呼為夏身長千里人面蛇身赤

色又名燭龍天不足西北無陰陽消息故有龍啣火精以照天門也竹屋亂烟思梓澤圖經晉書石崇有別館在河陽之金谷一名梓澤酒家疎雨夢臨邛臨邛在成都縣名卓文君沽酒處也千年別恨調琴懶一片年光覽鏡慵早晚休歌白石爛見甯戚注放教歸去臥羣峯文選謝靈運詩遂登羣峯首邈若昇雲烟

江上聞笛

誰為梅花怨未平李白詩羌笛梅花引吳溪隴水深又云黃鶴樓中吹玉笛江城五月落梅花一聲高喚百龍驚杜詩晚來橫吹好泓下一龍吟風當閶闔庭初靜閶闔見八風注月在姑蘇秋正明曲盡綠楊涵野渡管吹青玉

動江城古樂府有折楊柳曲有青玉紫曲臨流不欲殷勤聽芳草王孫舊有情芳草王孫已注

寄孟進士

依舊池邊草色芳故人何處憶山陽晉向秀共呂安灌園於山陽嵇康既誅秀乃作思舊賦有云濟黃河以泛舟兮經山陽之舊居書回科斗江帆暮科斗書古文也曲罷騶虞海樹蒼琴操曰古琴曲有歌詩五一曰鹿鳴二曰伐檀三曰騶虞四曰鵲巢五曰白駒吟望曉烟思桂渚桂渚在江南桂州也醉依殘月夢餘杭寰宇記夏禹舍舟航登陸於此因名別來南國知誰在空對譜榆一斷腸張衡四愁

詩云美人贈我貂襜褕何以報之明月珠蔡邕獨斷曰侍中中常侍加貂蟬說文曰直裾謂之襜褕○鮑照詩云行子心腸斷

寄閣記室

織錦歌成下翠微隋盧思道嘗共庾知禮作詩已而思道未就知禮曰盧詩何太春日思道答曰自許編苫疾嫌他織錦遲出啓顏錄豈勞西去問擣機擣機見前注○詩言記室才華文綺固知其必達不必去蜀問於嚴君平也未開水府珠先見木玄虛海賦爾其水府之內極深之處○大戴禮玉在山而木有潤川生珠而崖不枯珠者陰中之陽也不掘豐城劒自輝豐城劒見前注鼇逐玉蟾攀桂上杜詩攀桂仰天高馬隨青帝踏花

歸相逢半是雲霄客應笑歌牛一布衣歌牛一布衣用之自謂也

幽居寄李祕書

幾年帝里阻烟波敢向明時叩角歌叩角歌見飯牛注看盡好花春卧穩醉殘紅日夜吟多印開夕照垂楊柳畫破寒潭老芰荷昨夜前溪有龍鬬石橋風雨少人過畫胡变切

貽釣魚李處士

䆗吟鸚鵡草芊芊見鸚鵡洲注又泛鴛鴦水上天一棹冷涵楊柳雨片帆香掛芰荷烟緑搖江澹萍離岸紅點雲疎

橘滿川何處邀將歸畫府數莖紅蓼一漁船

河橋樓賦得羣公夜讌

芙蓉薰幙扇秋紅蠻府星郎夜讌同晉郝龍為桓溫南蠻參軍三月三日賦詩不能者罰酒三升隆便作一句云娵隅躍清池溫問娵隅是何語答曰蠻人名魚也溫曰何謂作蠻語答曰千里投君始得蠻府忝軍何得不作蠻語滿座馬融吹笛月後漢馬融知音律追慕王子淵枚乘等簫琴笙頌惟笛無故作長笛頌一樓張翰過江風張翰見前注杯粘紫酒金螺重江南紅醸涼州蒲萄其色皆紫○螺以金作杯如螺狀也談轉琱璫玉麈空謂談論如珠之圓活也○晉書王衍每清談莊老手執玉柄麈尾與手同色深荷良宵

慰顛頴德星池館在江東德星見陳仲弓注

寄左先輩

狂歌白鹿上青天列仙傳紫陽真人周義山入蒙山遇羨門子乘白鹿佩青毛之節義山乞長生要訣羨門子曰子名在丹臺玉室何憂不仙○古樂府歌云仙人騎白鹿髮短耳何長○李白五雲裘歌身騎白鹿行飄飄手翳紫芝笑披拂為君持此凌蒼蒼上朝三十六玉皇何似蘭塘釣紫烟文選楊子雲羽獵賦云蹂蕙圃踐蘭塘萬卷祖龍坑外物史記始皇紀李斯請史官非秦記皆燒之天下有藏詩書百家語者悉詣廷尉雜燒之盧生亡去始皇怒按問諸生諸生轉相告引除犯禁者四百六十餘人皆坑之使者從關東來有人持璧遮使者曰為我遺滈池君因言曰今年祖龍死注祖始也龍

人君象謂始皇也一泓孫楚耳中泉晉孫楚字子荆為扶風王駿參軍少時欲隱謂王濟曰當漱石枕流濟曰流非可枕石非可漱楚曰所以枕流欲洗其耳漱石欲礪其齒翩翩蠻榼薰晴浦榼酒器也轂轆魚車響夜船學取青蓮李居士一生杯酒在神仙李白贈湖州司馬云青蓮居士謫仙人酒肆藏名三十春湖州司馬何須問金粟如來是後身

貽費道人

誰如南浦傲烟霞白葛衣輕稱帽紗碧玉蜉蝣迎客酒南中以竹筩筩酒常帶米穀故謂之浮蟻黃金轂轆釣魚車吟歌雲鳥歸樵

谷卧爱神仙入画家他日凤书何处觅武陵烟树半桃花武陵已见前注

寄许下前馆记王侍御

昔年南去得娱宾频遂杯前共好春南州异物志顿逊国有酒树似安石榴取花汁停瓮中数日乃成酒极美而醉人　蜡炬羽觞蛮酒腻楚辞瑶浆蜜勺实羽觞兮○晋束皙引逸诗云羽觞随波孟康曰羽觞爵也作生爵形有头尾羽毛凤衔瑶句蜀笺新蜀地之成多制鸾凤花卉之象花怜游骑红随辔草恋征车碧绕轮别后青青郑南陌不知风月属何人

寄王侍御

烏盡弓藏良可哀史記范蠡遺大夫種書曰飛鳥盡良弓藏狡兔死走狗烹越王長頸鳥喙不可同安樂子何不去種見書稱病不朝誰知歸釣子陵臺子陵臺見前注鍊多不信黃金耗吟苦須驚白髮催喘月吳牛知夜至風俗通云吳牛苦於日故望月而喘嘶風胡馬識秋來後漢班超傳久在絕域年老思土上疏曰臣聞太公封齊五世葬周狐死首丘代馬依風況臣久處絕域能無依風首丘之思哉注韓詩外傳云代馬依北風飛鳥揚故巢燕歌別後休惆悵黍已成畦菊已開陶淵明為彭澤令公田悉令種秫妻子固請種秔乃以二百五十畝種秫五十畝種秔又居紫桑舍前後皆種菊

秋日圃田送人隨計列子居鄭圃四十年註左氏傳云鄭之有原圃猶秦之有具圃也故云圃田圃田在今鄭州東二十五里

僕射陂前是傳郵鄭州管城縣有僕射陂周四十八里後魏孝文皇帝以此地賜僕射李沖後人因俗呼為僕射陂○孟子速於置郵而傳命去程雕鶚美高秋杜詩雕鶚在秋天

吟拋芍藥栽詩圃詩鄭國風伊其相謔贈之以芍藥醉下茱萸飲酒樓杜詩明年此會知誰健醉把茱萸仔細看向日迴飛駒皎皎詩皎皎白駒在彼空谷生芻一束其人如玉臨風誰和鹿呦呦詩呦呦鹿鳴食野之苹人之好我示我周行明年

二月仙山下莫遣桃花逐水流見武陵注

途次宿友人别墅

千里崤函一夢勞秦地有崤函二山豈知雲館共蕭騷半簾緑透偎寒竹一榻紅侵墜晚桃蠻酒容稀知味長上聲蜀琴風定覺絃高蜀琴司馬相如之琴感君巖下閒招隱文選有招隱士詩細縷金盤鱠錯刀杜詩鸞刀縷切空紛綸註言切鱠如絲縷之細也○文選美人贈我金錯刀註王莽鑄大錢又造錯刀魚形類錯刀故云

春日期巢湖舊事

暖掠紅香燕燕飛詩燕燕于飛差池其羽五雲仙珮曉相携五雲五色

雲花開鸚䳇韋郎曲京兆有韋曲杜曲竹亞虬龍白帝溪白帝溪即也

白帝城古魚復地產龍頭竹富貴萬塲歸紫酒見前注是非千載逐芳泥不知多少開元事開元明皇年號露泣春叢向日低

再遊韋曲山寺

鵲巖烟斷玉巢欹鵲巖在南山罨畫春塘太白低罨畫丹青生色圖畫也○太白山在韋曲之西馬踏翠開垂柳寺人耕紅破落花蹊千年勝槩咸原上咸陽原也幾代荒涼繡嶺西繡嶺即驪山也碧吐紅芳舊行處豈堪回首草萋萋

寄徐拾遺

長竿一繫白龍吟說苑曰白龍下清冷之淵化為魚見困於漁者豫且○劉孝綽詩無人重高節徒自抱貞心誰能製長笛當為吐龍吟誰和騶虞發素琴太平正樂曰騶虞操者邵國女之所作也傷國道衰微百姓怨苦男怨於外女傷於內內外無主內迫情性外迫禮義傷不逢時援琴而歌之野客碧雲魂易斷江文通擬沙門惠休詩西北秋風至楚客心悠哉日暮碧雲合佳人殊未來用之困於時故有此作故人芳草夢難尋謝靈運夢中得詩云池塘生春草○野客用之自道故人比拾遺也天從補後星辰穩列子湯問篇女媧氏煉五色石以補天海自潮來島嶼深杜詩台州地潤海冥冥雲水長和島嶼青好向明庭拾遺事

莫教玄豹老泉林玄豹已注○詩意云拾遺補天之大手湖海之深量當遂必能起拔幽隱也在六義中比也

秋宿湘江遇雨

江上陰雲鎖夢魂江邊深夜舞劉琨晉祖逖與劉琨俱為司州主簿情好綢繆共被而寢中夜聞荒雞鳴蹴琨起曰此非惡聲也因起舞相謂曰若四海鼎沸豪傑並起吾與足下當相避於中原秋風萬里芙蓉國暮雨千家霹靂村或作薜荔村鄉思不堪悲橘柚旅遊誰肯重王孫前漢韓信傳信不能治生從漂母寄食信曰吾必重報母怒曰大丈夫不能自食吾哀王孫而進食豈望報乎漁人相見不相問長笛

一聲歸島門

貽南康陳處士

白玉堆邊蔣逕橫白玉堆在道州○漢蔣詡字元卿開三徑空涵二十四灘聲道州有二十四灘水急亦能病舟老無征戰軒轅國史記黃帝公孫氏名軒轅時諸侯相侵伐暴虐百姓黃帝乃習用干戈以拒不庭與炎帝戰於阪泉與蚩尤戰於涿鹿乃擒殺蚩尤披山通道未嘗寧居○列子黃帝即位憂天下不治退而閒居逌月不親政事晝寢而夢遊華胥國既寤又三十有九年天下大治若華胥之國幾負有茅茨帝舜城史記李斯傳曰堯有天下也堂高三尺采椽不斵茅茨不剪雖有逆旅之宿不勤於此矣○詩謂軒轅張樂於洞庭之野舜崩於蒼梧皆湖湘間事丹鳳

畫飛羣木冷一龍秋卧九江清襄陽記曰劉備訪世事於司馬德操德操曰儒生俗士豈識時務識時務者在乎俊傑此間自有伏龍鳳雛備問為誰曰諸葛孔明龐士元也○詩意以陳處士喻此二人時人莫笑非經濟還待中原致太平

别何處士陵儁老

三皇上人春夢醒晉陶潛夏日高卧北牕之下清風颯至自謂羲皇上人○三皇即羲皇也東侯老大麒麟生邵平故秦東陵侯秦滅為布衣種瓜長安城東瓜美世謂之東陵瓜○徐陵母夢五色雲化為鳳集左肩已而誕陵時有寶誌上人有道術摩陵頂曰天上石麒麟也洞連龍穴全山冷牕透鼇波盡室清計拙恥居巖麓老氣狂憨

一本作漸與斗牛平事見前注誰人為向青編上直傍巢由寫一名逸士傳巢父堯時隱人年老巢居樹上人號為巢父堯之讓許由也由告巢父父曰汝何不隱汝形藏汝光非吾友也由不自得乃於清冷水中洗耳拭目曰吾負吾友樊仲父牽牛飲之見許由洗耳乃驅牛還恥令其牛飲於下流也

渭城春晚

秦樹朦朧春色微香風烟暖樹依依邊城夜靜月初上芳草路長人未歸折柳且堪吟晚檻美花何處醉殘暉釣鄉千里斷消息滿目碧雲空自飛碧雲見前注

山中春晩寄賈員外

不隨黄鶴起烟波應笑無成返薜蘿杜峡中詩冊中得病移衾枕洞口經春長薜蘿看畫好花春卧穩醉殘紅日夜吟多髙添雅興松千尺興一作韻暗養清音竹數科文選左太沖招隱詩何必絲與竹山水有清音珍重仙曹舊知已往来星騎一相過郎官上應列宿故曰星郎星騎謂員外馬也

貽净居寺新及第

秋池雲下白蓮香詩意比白蓮社池上吟仙寄竹房閒頌國風

文字古詩有國風雅頌靜消心火夢魂涼三春蓬島花無限蓬島即三島也八月銀河路更長八月銀河見前注詩意及第比天上仙人也此境空門不曾有佛教寂滅故曰空門從頭好語與醫王語去聲○華嚴經云釋迦佛能醫一切衆生苦惱故名大醫王

古劒

鑄時天匠待英豪紫焰寒星匣倍牢三尺何年拂塵土漢高紀曰朕以布衣提三尺劒取天下四溟今日絕波濤雄應垓下收蛇陣孫子曰善用兵者如常山之蛇擊首則尾應擊尾則首應擊其中則首尾俱應滯想溪頭伴

豹韜（太公兵法有文韜武韜龍韜虎韜豹韜犬韜）惜是真龍懶拋擲夜來衝斗氣何高

江邊秋夕

千鍾紫酒薦菖蒲（薦一作煮○神仙傳仙人謂漢武帝曰聞中岳石上有菖蒲一寸九節食之可以長生故来采之忽然不見帝謂侍臣曰彼非欲服食以此喻朕耳）松島蘭舟潋灩居曲内橘香江客笛字中嵐氣岳僧書吟期汗漫驅金虎（淮南子盧敖遊玄闕至蒙穀之上見一士深目玄準敖曰敖少好遊夫子可與遨遊矣若士儆然笑曰我方南遊罔㝗之野北息乎沈默之鄉下無土上無天吾能往来子處矣吾與汗漫遊於九垓之上○黃庭要旨曰兌

之氣金之精其色白其象如懸磬其神如白虎坐約丹青跨玉魚漢書王莽使嚴尤等討青徐云明告以丹青之信○魏曹子建王仲宣誄曰吾與夫子義貫丹青此言丹青二色相宣以明期約不渝也○列仙傳琴高趙人以鼓琴為宋康王舍人浮遊冀州二百餘年後辭入碭水中取龍子與弟子期之曰皆齋潔侯於水傍設祠屋果乘赤鯉來出祠中且有萬人觀之月餘復入水去七色花虬一聲鶴漢武帝內傳帝七月七日掃宮掖設坐以侯仙官二更後西王母至或駕龍虎或乘麟鶴王母乘紫雲之輦駕七色班麟幾時乘興上清虛玄宗遊月宮見門榜書廣寒清虛之府

贈僧中孚南歸

琵琶峽口月溪端方輿勝覽琵琶峽在巫山下大江南形如琵琶此鄉婦人皆曉音律○歸

州巴東縣大江南上有峩如明月山名明月山溪名明月溪玉乳頭佗憶舊川唐李宗諤經圖云威州保寧縣南連乳州北連雪山積雪如玉○文選頭陀寺碑李善注頭陀抖擻也言抖擻煩惱憂障也一錫冷涵蘭逕露片帆香掛橘洲烟李衡種橘江邉號橘洲洲詩云昭潭無底橘洲浮苔封石錦樓霞室氷迸衣珠噴玉蟬莫道翩翩去如夢本來吟鳥在林泉

江館秋夕

耿耿銀河雁半橫夢歆金碧轆轤輕枕上有轆轤環故有轆轤枕滿牕謝練江風白謝玄暉詩云澄江淨如練一枕齊紈海月明班婕妤詩新裂

齊紈素皎潔如霜雪裁成合歡扇團團似明月楊柳敗梢飛葉響芰荷香柄折秋鳴誰人更唱陽關曲王維詩勸君更盡一杯酒西出陽關無故人後人因為陽關三疊之曲牢落烟霞夢不成牢落猶言落寞

秋夜同友人話舊

露下銀河雁度頻囊中爐火幾時真爐中燒煉之術成則為良金此喻功業無成數莖白髮生浮世一盞寒燈共故人雲外簞涼吟嶓月島邊花暖釣江春此聯道鄉中之景物何當歸去重携手依舊紅霞作近隣

司空圖字表聖河中人也咸通十年進士王凝為宣歙觀察使辟置幕府召拜殿中侍御史尋遷禮部郎中昭宗召為兵部侍郎號三休亭主人又號知非子耐辱居士後聞哀帝遇弒不食嘔血數升而死年七十有二有一鳴集傳世

山中

全家為我戀孤岑踏得蒼苔一徑深逃難人多分隙地放生鹿大出寒林名應不朽輕仙骨左傳穆叔如晉范宣子逆之問曰古有言曰死而不朽何謂也穆叔未對宣子曰昔匄之祖自虞以上為陶唐氏在夏為御龍氏在商為豕韋氏在周為唐杜氏晉主夏盟為范氏其是之謂乎穆叔曰以豹所聞此之謂世祿非不朽也魯有先大夫曰臧文仲

既沒其言立其是之謂乎豹聞之太上有立德其次有立功其次有立言雖久不廢此之謂不朽矣若夫保姓受氏以守宗祊世不絕祀無國無之祿之大者不可謂不朽○神仙傳王方平過蔡經家告云汝有仙骨理到忘機近佛心傳燈錄本靜禪師曰若欲求佛即心是佛若欲求道無心是道昨夜山前驟風雨曉晴獨步數溪禽數上聲

丁未歲歸王官谷

家山牢落戰塵西疋馬偷歸路已迷冢上卷旗人簇立花邊移寨鳥驚啼本來薄俗輕文字却致中原動鼓鼙將取一壺閒日月壺公事見前注長歌深入武陵溪

書懷

病來猶强引雛行引雛謂引稺子也杜詩徐卿二子歌云二雛者名位豈肯卑微休力上東原欲試耕幾處馬嘶春麥長上聲一川人喜雪峰晴閒知有味心難肯道貴謀安迹易平陶令若能兼不飲無絃琴亦是沽名無絃琴見前注

退棲

宦遊蕭索為無能為去聲移住中條最上層中條河中山名也得劒作如添健僕亡書久似失良朋燕昭不是空憐馬戰國

策郭隗謂燕昭王曰古之人君遣使賫千金市千里馬於他國未至馬死買其骨五百金以歸天下皆知王之好也於是期年而千里馬至者三馬王欲致士先從隗始況賢於隗者支遁何妨亦愛鷹晉沙門支遁字道林常畜馬養鷹或問之養此何為遁曰愛其神駿耳自致此身繩檢外

肯教世路日兢兢

五十

閒身事少只題詩五十今來覺陡衰陡音斗清秩偶叨非養望圖為兵部侍郎○晉陶侃曰何有亂頭養望自謂弘達耶丹方頻試更堪疑髭鬚強染三分折絃管遙聽一半悲漉酒有巾無黍釀晉陶

潜郡将来候值其酒熟潜取頭上葛巾漉酒還復戴之又為彭澤令在縣公田悉令種秫曰令吾常醉酒足矣

負他黄菊滿東籬

陳疾

自憐旅舍亦酣歌世路無機奈爾何霄漢逼來心不動

杜工部贈鮮于京兆詩雲霄今已逼台衮更誰親○孟子公孫丑問曰夫子加齊之卿相得行道焉雖由此霸王不異矣如此則動心否乎孟子曰吾四十不動心

鬢毛白盡興猶多殘陽暫照鄉關近遠鳥因投嶽廟過聞得此身歸未得磬聲深夏隔烟蘿

新歲對寫真

得見明時下壽身莊子下壽六十歲也須甘歲酒更移巡生情暗結一本作隔千里恨寒勢常欺一半春文武輕銷丹竈火文武火見前注市朝偏貴黑頭人自傷衰颯慵開鏡擬與兒童別寫真

華下

簪冠新帶步池塘齊高帝謂僧明紹弟慶符云卿兄高尚亦堯之外臣朕夢想幽人固已勤矣乃贈竹根如意筍簪冠隱者亦為榮逸韻偏宜夏景長扶起綠荷承早

露鷺迴白鳥入殘陽久無書去干時貴時有僧來自故
鄉不用名山訪真訣道經有登真隱訣退休便是養生方嵇康有養生論

重陽山居

詩人自古恨難窮暮節登臨且喜同四望交親兵亂後
一川風物笛聲中菊殘深處迴幽蝶陂動晴光下早鴻
明日更期來此醉不堪寂寞對衰翁

爭名

爭名豈在更搜奇不朽纔消一句詩不朽見前注窮辱未甘英氣沮平疎還有正人知荷香浥露侵衣潤松影和風傍枕移只此共棲塵外境無妨亦戀好文時好去聲子好文見顔駟注

光啟四年春戊申

亂後燒殘數架書峯前猶自戀吾廬陶淵明詩吾亦愛吾廬忘機漸喜逢人少覽鏡空憐待鶴疎孤嶼池痕春漲滿謝靈運詩亂流趨正絶孤嶼媚中川小欄花韻午晴初酣歌自適逃名久不必

門多長者車漢陳平傳家貧以席為門然門多長者車轍

淅上

華下支離已隔河華下即華山之下也○莊子人一世篇支離其形者猶足以養其身又來此地避干戈山田漸廣猿頻到村舍新添燕亦多丹桂石楠宜並長上聲秦雲楚雨暗相和兒童栗熟迷歸逕栗一作粟歸得仍隨牧豎歌

其二

西北鄉關近帝京烟塵一片正傷情愁看地色連空色

靜聽歌聲似哭聲紅蓼遮村人不見青山遶檻路難平

從他烟棹更南去休向津頭問去程問津見前注

丁巳重陽

重陽未到已登臨採得黃花且獨斟採平聲客舍喜逢連日雨家鄉似響隔河砧亂來已失耕桑計病後休論濟活心已且病焉安能活人自賀逢時能自棄歸鞭唯拍馬驢吟

不知名氏

長信宮長信宮漢宮名三輔黃圖曰從洛門至司馬門乃長信宮在其中

細草侵堦亂碧蘚宮門深鎖綠楊天珠簾欲捲擡秋水

羅幌微開動冷烟風引漏聲來枕上月移花影到牕前

獨挑殘燭䰟堪斷却恨青娥誤少年

經漢武泉長安志敦化坊曲江西有泉俗謂之漢武帝泉時旱或造祈禱有應焉

芙蓉池苑起清秋漢武泉聲落御溝千里江山映蓮鬢

二年楊柳別漁舟竹間駐馬題花雨英華作竹間駐馬題詩去物外

何人識醉遊盡把歸心付紅葉晚來隨水向東流

袁不約

長安夜遊

鳳城連夜九門通帝女皇妃出漢宮千乘寶車珠箔捲

萬條銀燭碧紗籠歌聲緩過青樓月李白詩瑶臺有黄鵠為報青樓人

香氣潛來紫陌風長樂曉鐘歸騎後遺簪落翠滿街中簪一作釵○唐楊妃外傳兄銛錡國忠諸姊弟舍聯垣治錦繡珍金玉者大抵千人變化若神仙帝每幸華清宮五家隊合炯若萬化川谷遺鈿墮舄瑟瑟珠翠狼藉於道香聞於數十里

病宮人

佳人卧病動經秋簾幙襤襂不掛鉤木玄虚海賦被羽翮之襂纚

體強扶藤夾膝夾膝見前注雙鬟慵整一本作捅玉搔頭漢武帝寵李夫人夫人常以玉簪搔頭後人人效之因以為名花顔有幸君王問藥餌無徵待詔愁惆悵近來消瘦盡淚珠時傍枕函流

唐詩鼓吹卷九

欽定四庫全書

唐詩鼓吹卷十

元　郝天挺　註

鄭谷字守愚袁州宜春人光啓三年進士授京兆鄠縣尉後為都官郎中時人稱鄭都官退歸仰山書堂卒有宜陽集三卷及撰國風正誤一卷並傳焉

鷓鴣谷以此詩得名人號為鄭鷓鴣

暖戲平蕪錦翼齊品流應得近山雞雨昏青草湖邊過花落黄陵廟裏啼青草湖黄陵廟俱在長沙遊子乍聞征袖濕佳人

纔唱翠眉低（曲有鷓鴣詞）相呼相喚湘江浦苦竹叢深春日

西

益州

海棠風外獨沾巾（蜀地產海棠故云）襟袖無端染蜀塵和暖又逢挑菜日（歲時記人日挑七種菜作羹）寂寥未是采花人（英華作採花人不）嫌蟻酒衝愁陣（蟻酒見前注）卻憶漁蓑覆病身何事晚來微雨過錦江春似曲江春（成都有錦江之水濯錦則鮮明○曲江在長安）

石城（即金陵石頭城）

石城昔爲莫愁鄉莫愁魂散石城荒石城莫愁見前注江人依舊棹舴艋江岸還是飛鴛鴦帆去帆來風浩渺花開花謝春悲涼烟濃草遠望不盡千古漢陽閒夕陽

蜀中春暮

到處明知是暗投暗投見前注兩行清淚語前流雲漫新寨遮秦水花落空山入閬州不怨黃鸝驚曉夢惟應杜宇信春愁梅青麥綠無歸處可是漂漂愛浪遊

倦客

十年五年岐路中千里萬里西復東匹馬愁衝晚村雪

孤舟悶阻春江風達士猶來知道在昔賢何必哭途窮晉阮籍乘車任所之途窮則哭而返○詩意達士知出處窮通有道存焉何必哭途之窮也閒烹蘆

筍炊菰米會向源鄉作醉翁源鄉地名

結綬郊麾攝府署偶有自咏漢書蕭育與朱博為友著聞當世時人為之語曰蕭朱結綬

鶯離寒谷七逢春釋褐年來暫種芸前漢楊雄解嘲云或解縛而相或釋褐而傅注解縛管仲也釋褐傅說也自笑老為梅少府類要云按李白贈瑕邱王少府詩云

皎皎鸞鳳姿飄飄神仙氣梅生亦何為来作南昌尉又有別河西劉少府贈秋浦柳少府又杜甫貽華陽柳少府往往如是唐日縣尉多稱少府也○梅少府即漢豫章南昌縣尉梅福也

可堪貧攝鮑參軍宋書鮑照字明遠文辭贍逸初為中書舍人後臨海王子頊為荊州名為前軍參軍○杜詩俊逸鮑參軍

酒酣往事多興念吟苦憐家一本作唐必厭聞推卻簿書擡

短髮落花飛絮正紛紛

峽中嘗茶

簇簇新英摘露光小江園裏火前嘗火一作水吳僧漫說鴉

山好蜀客休誇鳥觜香鴉山烏觜產茶處也吳蜀興宜土人洛重之也入座半

甌輕泛綠開緘數片淺含黄鹿門病客不歸去酒渴更知春味長（鹿門山在襄陽）

雁

八月悲風九月霜蓼花紅淡葦花黄石頭城下波摇影（石頭城見前注）星子灣西雲間行（聞去聲○南康軍有星子灣）驚散漁家吹短笛失羣征戍鎖殘陽故鄉聞爾亦惆悵何況扁舟非故鄉

漂泊

槿墜蓮疎池館清日光風緒淡無情鱸魚斫鱠輸張翰橘樹呼奴羡李衡俱見前注十口飄零猶寄食兩川消息未休兵蜀有東川西川故曰兩川黄花催促重陽酒何處登高望二京二京洛陽咸陽也

渚宫亂後作

鄉人来話亂離情淚滿殘陽問楚荆滿一作滴白社已應無故老逸士傳董威隱於洛陽白社清江依舊繞孤城高秋軍旅齊山樹昔日漁家楚野營唐百家詩楚作是牢落故居灰燼後黄花

野蔓上牆生

蜀中

遠渚江清碧簟紋小桃花遶薛濤墳薛濤字洪度成都之樂妓也有姿色工詩翰元微之寄濤詩云錦江滑膩峩嵋秀幻出文君與薛濤朱橋直指金門路粉蝶高連玉壘雲粉堞城上女牆也杜詩城欹連粉壘玉壘山在成都茂州汶川縣東四里出璧玉左思蜀都賦據玉壘以為守摠下斷琴跳鳳足波中濯錦散鷗羣成都有濯錦江此水濯錦鮮明子規夜夜啼巴樹不並吳鄉楚國聞並猶言同也

張泌

晚秋過洞庭

征帆高掛酒初酣暮景離情兩不堪千里晚霞雲夢北一川霜橘洞庭南溪風送雨過秋寺（過平聲）澗石驚龍落夜潭（龍一作泉）莫把羈魂弔湘魄（屈原投湘水死故曰湘魄漢賈誼楊雄皆有文弔之）九疑愁絶鎖烟嵐（九疑山名舜葬於此）

題華嚴寺木塔（宇文愷以京城之西近昆明池地勢微下乃於永陽坊莊嚴寺建木浮圖高三百三十丈周一百二十步今謂木塔）

六街晴色動秋光雨霽憑高只自傷一曲晚烟浮渭水

半橋斜日照咸陽休將世路悲塵事莫指雲山認故鄉
回首漢宮樓閣暮數聲鐘鼓自微茫（李白詩寒松蕭索如有聲陽臺微茫自有情）

邊上

戍樓吹角起征鴻獵獵寒旌背晚風千里暮烟愁不盡
一川秋草恨無窮山河慘淡關城閉人物蕭條市井空
只此旅魂招未得（宋玉有招魂篇）更堪回首夕陽中

長安道中早行

客離孤館一燈殘牢落星河欲曙天雞唱未沈函谷月函谷亦號雞鳴關用孟嘗君出秦事雁聲新度灞陵烟灞陵文帝陵也浮生已悟莊周夢夢一作蝶○莊周夢為蝴蝶栩栩然不知周也俄然覺蘧蘧然不知周之為蝴蝶蝴蝶之為周也壯志仍輸祖逖鞭晉中興書祖逖與劉琨中夜而坐曰若四海鼎沸吾與足下相避中原後琨與親舊書曰吾枕戈待旦長恐祖生先我着鞭耳何事悠悠策羸馬此中辛苦過流年

洞庭阻風

空江浩蕩景蕭然盡日菰蒲泊釣船青草浪高三月渡

青草湖之浪也綠楊花撲一溪烟情多莫舉傷春目愁極兼無買酒錢猶有漁人數家住不成村落夕陽邊

春日旅泊桂州

暖風芳草竟芊綿多病多愁損少年弱柳未勝寒食雨好花平聲争奈夕陽天溪邊物色宜圖畫林畔鶯聲似管絃獨有離人開淚眼强憑杯酒亦潸然杜詩君行射洪縣為我一潸然

晚次湘源縣

烟郭遥聞向晚雞水平舟靜浪花迷杜詩正憐日破浪花出高林

帶雨楊梅熟曲岸籠雲謝豹啼江介曰子規啼苦則倒懸於樹自呼曰謝豹謝豹

二女廟荒汀樹老二女堯之女舜之妃即湘靈也九疑山碧楚天低舜殁葬蒼梧其山有九峯娥皇女英遥哭望葬處九峯相似故曰九疑

湘南自古多離怨

莫動哀吟易慘悽

惆悵吟

秋風丹葉動荒城慘淡雲遮日半明晝夢却因惆悵得

晚愁多為别離生江淹彩筆空題恨江淹夢人授五色筆由是文藻日進

後宿冶亭夢一老人自稱郭璞曰吾有筆在卿處多年可以見還淹探懷中得五色筆授之爾後為詩絶無美句人謂淹才盡

莊叟玄談未及情晉王衍字夷甫好雅詠玄虛後喪幼子悲不自勝山簡弔之曰孩抱中物何至於此衍曰聖人忘情最下不及情情之所鍾正在我輩簡於是服其言千古怨

魂銷不得一江寒浪若為平

春夕言懷

風透疎簾月滿庭倚闌無事倍傷情烟垂柳帶纖腰軟

露滴花房怨臉明愁逐野雲消不盡情隨春浪去難平

幽愢謾結相思夢欲化西園蝶未成化蝶見前注

贈韓道士

日暮秋風吹野花上清歸客意無涯道書有上清太清玉清以道士喻仙人也仙源寂寂烟霞閉見武陵注天路悠悠星漢斜見乘槎犯斗牛注還似世人生白髮定教仙骨變黃芽陰真君歌河車是水朱雀是火取水一年鐺中以火炎之百沸致聖石丸而其初成姹女故謂玉液後成紫色謂紫河車白色曰白河車青色曰青河車赤色曰赤河車亦名黃芽○樂天詩黃芽與紫車謂此東城南陌頻相見應是壺中別有家壺中見前注

韋莊字端己京兆杜陵人乾寧元年進士授校書郎後徵起居郎王建開偽蜀授吏部侍郎平章事

有浣花集傳於世

思歸

暖絲無力自悠揚暖絲游絲也牽引春風斷客腸外地見花終寂寞異鄉聞樂剩悲凉鮑明遠詩一息不相知何況異鄉別紅垂野岸櫻還熟綠染回汀草又芳舊里若為歸去好子期凋謝吕安亡吕氏春秋伯牙鼓琴鍾子期善聽志在高山子期曰善哉巍巍乎如太山志在流水子期曰洋洋乎如流水子期死伯牙破琴絶絃終身不復鼓琴以為世無足與鼓琴者也○嵇康傳東平吕安服嵇康高致每一相思輒千里命駕康友而善之

逢東吴王（王一作玉）

十年身世各如萍（世一作事）白首相逢淚滿纓（纓冠帯也）老去不知花有態亂來惟覺酒多情貧疑陋巷春偏少（論語顔子在陋巷人不堪其憂回也不改其樂）貴想豪家月倍明獨對一樽開口笑（開口笑見前注）未衰應見太階平（晉書太階上階上星為天子下星為女主中階上星為諸侯三公下星為卿大夫下階上星為士下星為庶人所以和陰陽而理萬物也君臣和集如其常度有變則占其人○長楊賦玉衡正而太階平）

灞陵道中

春橋南望水溶溶一桁青山倒碧峯秦苑落花零露濕詩零露瀼瀼灞陵新酒撥醅濃青龍天矯盤雙闕丹鳳襹褷隔九重萬古行人離別地不堪吟罷夕陽鍾灞水有橋唐人謂銷魂橋長安人送別於此

關河道中

槐陌蟬聲柳市風驛樓高倚夕陽東往来千里路長在聚散十年人不同但見時光流似箭豈知天道曲如弓老子天之道其猶張弓乎高者抑之下者舉之有餘者損之不足者補之天之道損有餘補不足○反其意用

之蓋怨之之詞也　平生志業匡唐舜唐謂堯也又擬滄浪學釣翁滄浪見前注

秋日早行

馬上蕭蕭襟袖涼路穿禾黍遶宮牆禾黍見前注半山殘月露華冷一岸野風蓮萼香烟外驛樓紅隱隱渚邊宮樹暗蒼蒼行人自是心如火兔走烏飛不覺長烏兔喻日月

嘆落花

一夜霏微露濕烟曉來和淚喪嬋娟喪去聲不隨殘雪埋

芳草又逐春風上舞筵又一作畫西子去時遺笑靨謝娥行處落金鈿西子西施也謝娥謝道韞也笑靨金鈿喻落花飄紅墮白堪惆悵少別穠華又一年詩何彼穠矣華如桃李

貴公子

大道青樓御苑東曹子建美女篇云青樓臨大路高門結重闗○列子曰虞氏梁之富人起高樓臨大路玉闌仙杏壓枝紅金鈴犬吠梧桐院朱芾馬嘶楊柳風詩斯干朱芾斯皇室家君王註男子之生于是室者皆將服朱芾煌煌之盛衣也毛詩鄭氏注曰芾者天子純朱諸侯黄朱○白虎通曰芾者蔽也行以蔽前天子朱芾諸侯赤芾以韋為之上廣一尺下廣

三尺朱芾馬者言衣朱芾者所乘馬也流水帶花穿巷陌斜陽和樹入簾櫳斜一作夕瑶池宴罷歸來醉瑶池王圃仙人所居笑語君王在月宮開元中明皇與申天師遊月宮中過一大門在玉光中見一大宮榜曰廣寒清虛之府兵衛甚嚴瑶池月宮喻天子之宮也

憶昔

昔年曾向五陵遊五陵見前注午夜清歌月滿樓銀燭樹前長似晝露桃花下不知秋西園公子名無忌魏曹子建詩清夜遊西園○史記信陵君公子無忌也南國佳人號莫愁莫愁見前注今日亂離

俱是夢夕陽唯見水東流

春日

忽覺東風景漸遲野梅山杏半芳菲落星樓上吹殘角金陵記吴嘉禾元年於桂林苑落星山起三重樓名曰落星○吴都賦亭戎旅於落星之樓偃月營中掛夕暉陸士衡論孫權聞曹公來築營於濡須塢以拒之狀如偃月號偃月營濡須在廬江今屬無為軍也旅夢亂隨蝴蝶散蝴蝶見前注離魂潛逐杜鵑飛杜鵑魂見前注紅塵望斷長安陌芳草王孫暮不歸芳草王孫已見前注

雪夜泛舟遊南溪

大江西面小溪斜入竹穿松似若耶若耶溪名兩岸嚴風吹

玉樹謝惠連雪賦林挺瓊樹一灘明月照銀沙因尋野渡逢漁舍

更泊前灣上酒家去去不知歸路遠棹聲烟裏獨嘔啞

杜牧之阿房宮賦管絃嘔啞多於市人之言語

謁巫山廟

亂猿啼處望高唐路入烟霞草木香山色未能忘宋玉

宋玉有高唐賦水聲猶似哭襄王楚襄王與神女遇於巫山之陽朝朝暮暮陽

臺下為雨為雲楚國亡神女謂襄王曰妾巫山神女也朝為行雲暮為行雨朝朝暮暮

陽臺之下惆悵廟前多少柳春來空鬭畫眉長

南昌晚眺

南昌城郭枕江烟章水悠悠浪接天芳草綠遮仙尉宅前漢梅福曰生為我酷身為桎梏形為我辱智為我毒於是棄南昌尉去妻子入洪崖山學道九江人以為仙去落霞紅襯賈人船賈音古霏霏閣上千山雨嘒嘒聲中萬樹蟬陸士衡詩嘒嘒寒蟬鳴○晉潘岳秋興賦蟬嘒嘒以寒吟怪得地多章句客庾家樓在斗牛邊庾亮樓見前註○王勃滕王閣序曰物華天寶龍光射牛斗之墟

咸陽懷古

城邊人倚夕陽樓城上雲凝萬古愁山色不知秦苑廢水聲空傍漢宮流李斯不向倉中悟見長笑李斯稱溷鼠注徐福應無物外遊史記秦始皇紀齊人徐生上書言海中有三神山仙人居之請得齋戒與童男女求之於是遣徐福發童男女數千人入海求仙人也莫怪楚吟偏斷骨野烟蹤跡似東周周平王東遷都洛陽故曰東周○論語子曰如有用我者吾其為東周乎

綏州今屬延安

雕陰無樹水南流綏州即秦上郡雕陰道也黃河在其東並城南流雉堞連雲古帝州鮑明遠蕪城賦板築雉堞之陰○橋山在南黃帝冢存焉故云古帝州帶雨晚駝

鳴遠戍望鄉孤客倚高樓明妃去日花應笑明妃昭君別號也詳見前注蔡琰歸時鬢已秋後漢蔡琰字文姬邕之女也博學有材辯適河東衛仲道夫亡無子歸寧于家為胡騎所獲沒於南匈奴左賢王在胡十二年生二子曹操與邕善痛其無嗣乃遣使以金帛贖之而重嫁於董祀祀為屯田都尉一曲單于暮風起唐李益聽曉角詩邊霜昨夜墮關榆吹角當城片月孤無限塞鴻飛不度秋風吹入小單于○古詩云秋江斜日浪花麤墟落人歸鳥自呼新月高城三百雉角聲吹徹小單于則知小單于角調也扶蘇城上月如鉤史記秦始皇長子扶蘇監兵上郡蒙恬為將將三十萬衆築長城起臨洮至遼東延袤萬餘里○近東即代地有扶蘇城謂此也

鄜州留別張外郎

江南相送君山下君山在岳陽塞北相逢相幕中唐百家詩浣花集皆作朔幕中三楚故人皆是夢世家楚文王都郢昭王都鄀考烈王都壽春故曰三楚○孟康成漢書曰江陵南楚吳為東楚彭城為西楚十年塵事只如風莫言身世他時異且喜琴樽數日同惆悵却愁明日別馬嘶山店雨濛濛

沂陽縣閣

沂水悠悠去似絣補耕切○人以繩直物曰絣遠山如畫翠眉橫僧尋野渡歸吳岳秦中山名雁帶斜陽入渭城邊靜不收蕃帳

馬地負帷賣隴山鸜隴西山中出鸜鵒牧童何處吹羌笛一曲梅花出塞聲笛有梅花曲又有出塞入塞之聲

漢州

北儂初到漢州城北儂自言北人也南人以儂為我郭邑樓臺觸目驚松樹影中旌旆色芰荷風裏管絃聲人心不似經離亂時運還應卻太平十日醉眠金雁驛漢州驛名也臨岐無限臉波橫杜詩臨岐別數子握手淚再滴

長安清明

早是傷春夢雨天夢雨字出高唐賦杜牧之夢雲字意如可堪芳草正芊芊內官初賜清明火唐會要唐朝清明取榆柳之火以賜近臣順陽氣亦出歲時記上相閒分白紙錢唐王璵專以祠神牢相漢以来葬喪瘞錢後世俚俗相傳稍以紙寓錢至是璵乃用之紫陌亂嘶紅叱撥洛中紀異曰大宛進汗血馬一曰紅叱撥二曰紫叱撥又有丁香叱撥桃花叱撥明皇改紅紫叱撥為紅紫玉輦綠楊高映畫鞦韆遊人記得升平事暗喜風光似昔年

和人暮春書事寄崔秀才

半掩朱門白日長晚風輕墮落梅粧見前注不知芳草情

何限只怪遊人思易傷纔見早春鶯出谷已驚新夏燕巢梁相逢只賴如澠酒左傳有酒如澠有肉如陵一曲狂歌入醉鄉唐王績好飲酒嘗作醉鄉記

吳商浩

宿山驛

文戰何堪功未圖文戰喻科舉也又驅羸馬指天衢露華凝夜渚蓮盡月彩滿輪山驛孤岐路辛勤終日有列子楊朱之隣人亡羊既率其黨又請楊子之竪追之楊子曰嘻亡一羊何追之者衆隣人曰多岐既返問獲羊乎曰亡之矣曰奚

亡之歧路之中又有歧焉吾不知所之所以返也鄉關音信隔年無好乘范蠡扁舟興乘一作同高掛一帆歸五湖

塞上即事

身似流星迹似蓬玉關孤望杳溟濛玉關見班超注寒沙萬里平鋪月曉角一聲高繞風戰士沒邊魂尚哭單于獵處燒猶紅燒去聲分明更想殘宵夢故國依然到甬東甬東在會稽句章縣東海洲中○左傳句踐滅吳欲從吳王甬東即鄞縣今為明州也

胡曾長沙人也咸通中進士不第嘗為漢南節度從事有詠史詩一卷及安定集十卷傳於世

交河塞下曲

交河冰薄日遲遲詩春日遲遲漢將思家感別離塞北草生

蘇武泣前漢蘇武使匈奴匈奴知武不可降使北海上無人處牧羝羝乳乃得歸廩食不至乃掘野鼠草根而食節尾盡脫隴西雲起李陵悲前漢李陵以少擊衆將步兵五千人出居延累殺戮萬餘人後因無救遂降匈奴與蘇武書云胡地玄冰邊土慘裂但聞悲風蕭條之聲胡笳互動牧馬悲鳴邊聲四起晨坐聽之不覺淚下子卿獨何心能不悲乎曉侵雉堞烏先覺春入關山

雁獨知何處疲兵心最苦夕陽樓上笛聲時

車遥遥古樂府名傅玄車遥遥篇云車遥遥兮馬洋洋追思君兮不可忘君安遊兮西

〔入秦顧為影兮隨君身君在陰兮影不見君依光兮妾所願〕

自從車馬出門朝便入空房守寂寥玉枕夜寒魚信斷〔飲馬長城窟行客從遠方来遺我雙鯉魚呼兒烹鯉魚中有尺素書上言加餐飯下言長相憶〕金鈿秋盡雁書遥臉邊楚雨臨風落〔楚雨淚也〕頭上秦雲向日銷〔秦雲髮也〕芳草又衰還不至碧天霜冷轉無憀〔一作夜迢迢〕

獨不見〔古樂府名柳惲獨不見云别島望雲臺天淵臨水殿芳草生未積春花落如霰出從張公子還見趙飛燕奉歸長信宮誰知獨不見王訓亦有此作〕

玉關一自有氛埃〔有一作絶〕年少從軍竟未迴〔魏王粲詩從軍有苦樂借〕

閒所從誰門外塵凝張樂榭水邊香滅按歌臺繐殘夜月人何處簾捲春風燕復来萬里寂寥音信斷寸心爭忍不成灰

漁者

不媿人間萬戶侯子孫相繼老扁舟往来南越諳蛟室郭璞江賦淵客築室於巖底蛟人構館於懸流○郭子横洞冥記曰文犀國人長七尺被髮至踵乗象入海底取寶宿蛟人之舍夕得淚流則反蛟人所泣淚皆成珠也生長東吳識蜃樓長上聲○漢書曰海旁有蜃氣結為樓臺廣埜氣成宮闕自為釣竿能遣悶不因萱草解忘

憂詩伯兮焉得萱草言樹之背註蘐草合歡食之令人忘憂也羨君獨得逃名趣身

外無機任白頭莊子天運子貢過漢陰見一丈人為圃鑿隧入井抱甕而出灌用力甚多而見功寡子貢曰有械於此一日浸百畦丈人曰奈何鑿木為械後重前輕挈水若抽數若泆湯其名桔槔丈人忿然曰有機械者必有機事有機事者必有機心道之所不載也吾非不知羞而不為也

自嶺下泛鷁到清遠峽鷁下有船字○晉陸機棹歌行龍舟浮鷁首羽旗垂藻葩韻集曰鷁首天子之船也

乘船浮鷁下韶水淮南子曰龍舟鷁首浮吹以虞此游於此也○漢張平子西京賦云浮鷁首翳雲芝註船頭象鷁鳥猒水神故天子乘之絕境方知在嶺南蘿薜雨餘山

似黛蘺薛一作薜荔蒹葭烟盡島如藍且遊蕭帝新松寺蕭帝梁武帝也詳見前註夜宿嫦娥舊桂潭不為篋中書未報一本作獻便來此地結茅菴

周瑜廟

共說生前國步難詩國步斯頻又天步艱難山川龍戰血漫漫易坤卦龍戰于野其血玄黃交鋒魏帝旌旗退建安十三年曹操伐吳與周瑜遇於赤壁初交戰操軍不利瑜縱火燒船操軍大敗委質吳王社稷安史記委質為臣○建安七年曹操責孫權任子權引周瑜定議瑜曰將軍承父兄餘資六郡之衆兵精糧多人不思亂有何逼迫而欲送質質入便見制

(於人不如勿遺權遂不送質)庭際雨餘春草長(上聲)廟前風起晚花殘
功勲碑碣今何在不得當時一字看

王表

清明日登城春望寄王使君

春城閒望愛晴天何處風光不眼前寒食花開千樹雪
清明日出萬家烟興來促席惟同舍(陶淵明停雲詩安得促席說彼平生)
醉後狂歌盡少年聞說鶯啼却惆悵詩成不見謝臨川(晉謝靈運嘗為臨川內史)

項斯字子遷江東人也會昌二年第二人進士授潤州丹徒縣尉卒於任所有集傳於世

送宮人入道

願隨仙女董雙成王母前頭作伴行漢武帝内傳七月七日王母降於帝宮之大殿母令王子登彈八琅之璈董雙成吹雲和之笙石公子擊昆庭之金許飛瓊鼓震靈之簧初戴玉冠多悞拜欲辭金殿別稱名將敲碧落新齋磬却進昭陽舊賜箏昭陽殿名旦暮焚香遶壇上步虚猶作按歌聲異苑曰魏陳思王遊山忽聞空中有誦經聲清遠遒亮解音者則而寫之為神仙聲道士效之作步虚聲也○唐陳羽步虚詞曰漢武清齋讀鶡書内官扶上畫雲車壇上月明宮殿閉仰看星斗禮玄虚

崔珏 與趙光遠一時人也

岳陽樓晚望

乾坤千里水雲間釣艇如萍去復還樓上北風斜捲席湖中西日倒銜山懷沙有恨騷人往楚辭云懷沙礫而自沈兮不忍見之蔽壅鼓瑟無師帝子閑帝子鼓瑟見前注何事黃昏尚凝睇數行烟樹接荊蠻詩蠢爾蠻荊○左太沖吳都賦包括於越跨躡荊蠻

哭李商隱

虛負凌雲萬丈才漢司馬相如大人賦飄飄有凌雲之氣○韓退之詩李杜文章在光燄萬

文長一生襟抱未嘗開鳥啼花發人何在竹死桐枯鳳不來詩卷阿鳳凰鳴矣于彼高岡梧桐生矣于彼朝陽註鳳凰之性非梧桐不棲非竹實不食良馬足因無主踠廣韻註踠跼屈也○戰國策云騏驥伏鹽車上太行白汗交流中坂遷延負轅不能上而長鳴伯樂下車攀而哭之為其識己也○班孟堅東都賦云馬踠餘足士怒未渫○晉傅咸感別賦曰蘭蕙含芳有時而馨龍驥踠足有時而征○詩意驥足一日千里而困於鹽車義山不遇而死如良馬之足不見知於主也舊交心為絕絃哀絕絃見前注九泉莫嘆三光隔九泉見前注○三光日月星也又送文星入夜臺阮瑀七哀詩冥冥九泉室漫漫長夜臺○駱賓王詩千秋掩夜臺

鴛鴦

翠鬣紅毛舞夕暉水禽情似此禽稀暫分烟島猶回首只度寒塘亦共飛映霧盡迷珠殿瓦霧一作露○晉書鄴都銅雀臺皆鴛鴦瓦逐梭齊上玉人機古詩云客從遠方来贈我一端綺文綵雙鴛鴦裁為合歡被言綺織作鴛鴦文也采蓮無限蘭橈女笑指中流羨爾歸

李後主

九月十日偶書

晚雨秋陰酒乍醒感時心緒杳難平黃花冷落不成艷

紅葉颸颸競鼓聲背世返能厭俗態厭平聲偶緣猶未忘多情晉王行曰上聖忘情下愚不及情情之所鍾正在我輩自從雙鬢班班白不學安仁却自驚晉潘岳秋興賦序晉十有四年余三十有二始見二毛賦云班鬢髟以承弁兮素髮颯以垂領髟音颩

秋鷺

殘鷺何事不知秋橫過幽林尚獨遊老舌百般傾耳聽深黄一點入烟流栖遲背世同悲魯詩北山或棲遲偃仰或王事鞅掌註言事煩勞也○論語微生畝謂孔子曰丘何為是栖栖者與謂不得時也劉亮如笙碎在緱

王子晉七月七日於緱氏山吹笙乘鶴而仙去莫更留連好歸去露華淒冷蓼花愁

病起題山舍壁

山舍初成病乍輕杖藜巾褐稱閒情爐開小火深回暖溝引新流幾曲聲暫約彭涓安朽質神仙傳彭祖姓籛名鏗顓頊玄孫殷末已七百六十七歲以養生治身為事喪四十九妻失四十五子後不知所之人著其論為彭祖經○三玄真一經涓子授蘋林三元真一之道曰能守三一名列玉札當念心聚神凝體專誠感所以百念不生精氣不散子能守一一亦守子子能見一一亦見子一須身而立好餌木著天地之經誠戒于不專○列仙傳涓子齊人

好餌术著天地之經三十八篇後釣于澤得符于鯉中隱宕山能致風雨終期宗遠問無生晉惠遠法師見廬峰清淨足以息心刺史桓奚乃為遠起東林寺居之絶塵清勝之賓不期而至南陽宗炳等凡百二十三人並棄貴榮依遠遊止○襄州居士龐蘊叅馬祖云不與萬法為侶是什麼人祖云待女一口吸盡西江水則向汝道居士言下頓悟作偈云有男不婚有女不嫁大家團圞坐共說無生話誰能役役塵中累會合魚龍構强名强去聲○老子曰道本無名强名曰道

送鄧王二十弟牧宣城

且維輕舸更遲遲詩繫之維之維繫也別酒重傾惜解攜浩浪侵愁光蕩漾亂山凝恨色高低君馳檜楫情何極詩淇水悠悠檜

楫松舟我憑闌干日向西憑皮證反咫尺烟江幾多地不須懷抱重淒淒

殷悅

送鄭王二十弟牧宣城

千里陵陽同陝服東漢立宣城郡宋齊因之梁置南豫州隋改為宣州陵陽宣城郡名也○史記召公奭與周公同姓武王封於燕成王時自陝以西召公主之自陝以東周公主之○書云五服甸侯綏要荒○文選任彥昇竟陵王行狀云作亂陝服鑿門胙土寄親賢淮南子曰古將之出鑿凶門設明衣剪指介許慎註曰明衣遺終衣也剪手足指介者亦必死○周書作雒曰周公建大社于國中其遺

東青土南赤土西白土北驪土中央黃土將道諸侯盤其方一面土苴以白茅以土封之謂之裂土○左傳非之土而命之氏建置社稷之服曙烟已別黃金殿晚照重登白玉筵江上浮光宜雨後郡中遠岫列牕前（謝惠連詩云牕中列遠岫）天心詩報期年政（用齊魯報政事論語朞月有成）留與工師播管絃（工師樂官也）

徐鉉

送鄭王二十弟牧宣城

禁裏秋光似水清林烟池影共離情暫離（一本作別來）黃閣只三載却望紫垣都數程（紫垣見前注）滿座清風天子送（詩烝

民吉甫作頌穆如清風

隨車甘雨路人迎唐顏真卿隨車雨事彤霞閣上題詩在彤霞閣在今宣州從此還應有頌聲

唐詩鼓吹卷十

總校官進士臣程嘉謨

校對官編修臣徐立綱

謄録監生臣德通暮

圖書在版編目（CIP）數據

唐詩鼓吹 / 佚名編. — 北京：中國書店，
2018.8
ISBN 978-7-5149-2121-2

Ⅰ. ①唐… Ⅱ. ①佚… Ⅲ. ①唐詩－詩集 Ⅳ.
①I222.742

中國版本圖書館CIP數據核字(2018)第084938號

四庫全書·總集類

唐詩鼓吹

作　者　佚名編
出版發行　中國書店
地　址　北京市西城區琉璃廠東街一一五號
郵　編　一〇〇〇五〇
印　刷　山東潤聲印務有限公司
開　本　730毫米×1130毫米　1/16
印　張　35.5
版　次　二〇一八年八月第一版第一次印刷
書　號　ISBN 978-7-5149-2121-2
定　價　一二八　元（全二册）